这届和亲的公主不行

石佳 著

中国致公出版社　知音动漫

愿你的公主梦野蛮生长

这本书的最开始只有一个故事,就是第一篇成君公主的故事。

在成君公主的故事最开始,我引用了半首诗:

穹庐为室兮旃为墙,以肉为食兮酪为浆,

居常土思兮心内伤,愿为黄鹄兮归故乡。

这首诗的作者叫刘细君,她有个更为人耳熟能详的名字,叫作乌孙公主。

她的祖父是汉武帝的哥哥,她的父亲是个蠢货,谋反未遂自杀,刘细君成了罪臣之女。

后来,乌孙国与汉朝往来,求娶汉朝公主,汉武帝把她嫁到了乌孙国。

史书上提到和亲公主,总是喜欢浓墨重彩地书写她们为母国带来了多少年的和平,为游牧民族带去了中原的文明,却鲜少写她们本身。

她们是一个符号,一件工具,一场悲剧。

所幸,刘细君留下了这首诗,把盛装之下的无奈惊惶披露出一丝来。

于是,有了和亲的成君,有了那些半开玩笑的所谓"女人的事业"。

因为，我希望在我的故事里，这些可爱的姑娘们都能活成自己想要的模样，而不是任由浩荡的历史长风，把她们曾经绚烂的少女情怀吹散在漫天的风沙里。

后面的故事来源于读者的催促。第一篇故事里的云珠可敦、柏华公主，她们也有着自己的故事，于是我心一横，喏，那就把她们的故事也写出来吧。

再后来，越来越多的配角出现，又在下一个故事里变成主角，某一天我回头一看——

嚯，这一大家子！

这本书里有许多姑娘，从和亲公主变成守城将军的成君，一心相夫教子的云珠，死宅追更话本子的柏华，嗜钱如命的牧云，性烈如火的星辰，还有怪力学渣妍君，射雕手白檀，大家闺秀宋琢，熊孩子李璟……

每一个姑娘都是这世上的小美好，不分种族，无关贵贱，她们永远热情，永远向上。每一个姑娘的梦想都值得被尊重，每一个姑娘的期待都值得拥有回响。

这不是一部传统意义上的古装爱情故事，而是一部披着古装外皮却拥有现代内核的群像故事。除却那些令人啼笑皆非的搞笑桥段，其实每一个矛盾都是现代女性会遭遇的事情。比如爱情的自由选择、性别歧视之下的梦想追逐、有关职业平等、有关责任与诺言……

社会总是会进步，但有些东西距离真正地实现还有着很长的距离。

多的是被婚姻绑架的姑娘，多的是被性别歧视黯然放弃梦想的姑娘……

多的是那些曾经鲜活的人生，在命运的现实里一点点褪去光亮的模样。

像刘细君，像文成公主，像如今身边许许多多的姑娘们。

但生活总要继续，我们无法拒绝命运给予的坎坷，但我们可以选择手持利刃，披荆斩棘，一路往前，直到到达梦想中的玫瑰花海。

届时，有星光做裳，花香为衣。

你不必是什么人的公主，你就是你自己；你将有足够的力量，去守护你自己心中的小女孩。

愿你永远美好。

石佳
2019 年 6 月 15 日

目录 — 这届和亲的公主不行

第一卷
和亲这件事

和亲的公主 / 008

急,不会放羊怎么办? / 022

小公主和大手子 / 036

公主请自重 / 048

第二卷
没事也要找点事

工科狗和女将军 / 060

学渣公主的风花雪月 / 075

性别歧视 / 087

第三卷

多年前的一些事

军师公主 / 102

公主的俘虏 / 122

北海情落 / 134

保护射雕手的熊孩子 / 149

阿布和后妈 / 179

牧云挣钱记 / 189

好闺蜜，一辈子 / 205

牧云相亲记 / 220

第四卷

搞了个大事

狼牙棒和花轿的十年之约 / 236

没头脑大师兄和熊孩子小师妹 / 261

军城四十年 / 296

和亲大事记 / 323

草原小剧场 / 328

第一卷 和亲这件事

她不愿做什么和亲的公主,她想做个将军,理由是"女人要有自己的事业"。

和亲的公主

一

"这届和亲的公主不行。"

可敦挤着羊奶,眼睛在侍女递过来的一张劣质宣纸上瞄了两眼,漫不经心地下了结论。

那宣纸上写着几行娟秀的字:

穹庐为室兮旃为墙,以肉为食兮酪为浆,

居常土思兮心内伤,愿为黄鹄兮归故乡。

前些日子南边王朝来了一位和亲的公主,叫作成君,长着一副弱柳扶风的模样,来了后整日里茶饭不思以泪洗面,再不就是写点像上文一样凄凄惨惨的酸诗词。作为阿布可汗后宫地位最高的女人,可敦觉得自己有必要提携一下后辈,于是擦了擦手,走进了成君公主的帐篷。

成君公主依然在哭,也不知道哪里来的那么多眼泪。可敦看了半天,发现都哭得快脱水了,这姑娘的皮肤还是那么细嫩水滑。

沉吟片刻,可敦矜持地开了口:"姑娘,你用的什么护肤品?"

成君公主的眼泪僵在了脸上。

"母妃从小就教育我,女人的脸,男人的心,都是经不住时间考验的东西,所以要时时刻刻注意呵护。我从五岁起,母妃就每日给我敷牛奶面膜,每七天做一次全身护理,这样才能远离痘痘、暗沉、雀斑……"

一说起护肤话题来,成君公主终于不再哭哭啼啼,她仔细地净了面,拿出一个精致的青瓷盒,盒子里是黑色的药膏,打开之后有一股药香扑鼻而来。

成君公主伸手挖了一坨,均匀地抹在脸上,一张白玉似的脸蛋转眼变得黑漆漆的,只剩一双眸子楚楚可怜地眨着。

"这是我来之前御医给配的修复面膜,草原上风沙大,这几天我皮肤干了许多。"

可敦下意识地摸了摸自己被草原上的风刮得起皮的脸,半晌后艰难开口:"我能试试吗?"

二

半个时辰后,可敦和成君脸上敷着面膜,裸了上半身趴在垫子上,两个侍女尽心尽力地帮她们按摩。

"姐姐,这侍女的按摩手法是我母妃亲自调教出来的,舒服吧?"成君公主扭了扭细腰,细腰下面隐隐约约露出半个挺翘的小屁股,可敦咽了咽口水,羡慕。

享受了半天，差点忘了正题，可敦清了清嗓子，决定来进行一点女人之间的谈话。

"成君公主，你还年轻，我跟你讲，女人是要有自己的事业才行的，你知道女人的事业是什么吗？"

成君公主沉思片刻："减、减肥？"

可敦摸了摸自己腰上的肉，一口气憋在了心里。

谈话最终也没顺利进行下去，不过可敦和公主的关系倒是亲近了许多。两人时不时一起敷个面膜做个按摩，聊天内容也渐渐丰富起来。

草原苦寒，东边部族今年又遭了白灾。成君公主来的时候，阿布可汗连人都没见到就匆匆去了东边应对灾情，个把月都没回来。

这天公主正拿着一把匕首在可敦脸上比画着："姐姐，你这眼睛生得好看，我觉得上挑眉最适合你了，很能衬气质，我帮你修个上挑眉行不？"

可敦摸了摸近日光滑了许多的脸，微笑道："你决定就好。"

帐篷外突然传来一声通报："报告可敦，大汗回来了！"

可敦漫不经心地摇了摇手："回来就回来呗，等我修完眉再去见他。"

忽然眉间一疼，可敦一抬头，就看见公主红着眼圈发呆，手中的匕首也失了准头，把她的眉角划伤了一道浅浅的伤口。

可敦叹了口气："这是咋了？"

"扑通"一声,公主跪得惊天动地。

"姐姐,我有一事相求!"

可敦眼神一沉,整了整衣襟,半晌才道:"起来吧,大汗也不是强人所难的人,你不愿,他不会强迫你的。"

公主眼睛亮了一下,有些诧异地抬起头:"姐姐你知道我——"

"哪个姑娘对自己的新婚之夜没期待呢?跟一个不认识的男人第一次见面就要上床,换谁也不乐意。"

公主的脸一下红了,垂下眼睑,倔强地咬住了嘴唇,不知道藏了什么情绪。

可敦笑了笑:"其实大汗长得还行,不骗你。"

公主又咬了咬唇,忽然下定决心似的脱口问道:"那姐姐爱他吗?"

可敦眯了眯眼,看着帐篷外的天光,良久才道:"什么才叫爱呢?"

没有等到回答,可敦整理好衣服去迎接阿布可汗了,留下公主独自坐在角落里不知在想些什么。

三

见到阿布可汗之后,公主才知道他长得不只是还行,应该算是非常英俊了。

那不是南边王朝常见的那种公子哥儿式的英俊,是独属于草原的一种英俊，被风沙磨砺过的脸庞棱角分明，一双眼睛亮得像天上的鹰隼。他身量极高，穿着一身银丝软甲，彪悍劲爽，带着一股不可逼视的威严。

公主掀开帐篷的门毡偷偷看了一眼，正看到可汗扬眉长笑，不知怎的，那鹰隼一般锐利的目光有意无意地对着公主的方向扫了一眼，吓得她慌忙掩上了门毡。

晚上的时候，可敦来找公主。

"听下面的人汇报说你没吃晚饭——啊哟，你这是咋了？"可敦话说一半被眼前的公主吓了一跳。

之前口口声声教育她做女人要精致的公主这会儿身上乌七八糟套了一大堆的衣服，头发蓬乱着，脸上被胭脂画得跟萨满法器似的……

"我说了，你不愿意，可汗不会强迫你的。可汗你也见到了吧，其实长得还行，你试试处处？"可敦循循善诱道。

公主睁着小鹿一般湿漉漉的眼睛，直勾勾地望着她，忽然跪了下来。

"姐姐，我有喜欢的人，他说过会来带我走，所以我——"

话未说完，可敦第一次有些不耐地打断了她："他不知道你来这里会遇到什么吗？万一可汗不是个好说话的人怎么办？"她突然冷笑了一下，"你就要用你手里那支簪子自杀为他守节吗？"

成君公主下意识后退了两步，藏在袖子里的手微微发抖，半晌,她苦笑了一声,抬起手来,果然握着一支锋利的金簪。

"哗"的一声,门毡被人粗暴地掀开。

醉醺醺的阿布可汗长腿一跨就走了进来,成君公主下意识就把金簪凑到了脖子旁。

熟料阿布可汗看都没看她一眼,猿臂一伸,把可敦扛上肩就往外走。

可敦怒捶了他两拳:"喝多了发什么疯?"

阿布蒲扇一样的大手在她屁股上轻轻拍了一下,他声音不甚清晰,带着酒醉后的浓浓鼻音:"乖,别动,将士们都扛舞娘走了,我不想扛那些小姑娘,找了你半天……"

四

次日,可敦和公主再见面的时候,两人都有些尴尬,两脸蒙了半天之后,到底是皇家的教育起了作用,公主笑得温婉:"姐姐和大汗感情真好,让人羡慕。"

可敦揉了揉腰:"嗨,什么感情不感情的,在一起好些年了,习惯了。"

公主体贴地叫来侍女给两人按摩,可敦决定趁机来进行一点女人之间的谈话。

"成君啊,昨天说得匆忙,但我还是想再跟你说道说道,你那个心上人,他是个什么人?"

公主抿了抿唇,犹豫半天还是开了口:"他是丞相家的嫡长子，原本太后是要将我许配给他的，可是没想到丞相前些日子得罪了我父皇，正赶上和亲这事儿，我父皇一怒之下就把我嫁过来了。我母妃不是什么得宠的后妃，我无依无靠，纵使再不愿意，也只能……"

她说着说着便哭了起来，可敦忙劝解道："哎，别哭别哭，哭多了皮肤不好，你这皮肤花大价钱保养了，坏了多可惜。"

公主抽抽噎噎我见犹怜："其实，姐姐不说我也知道，他让我等他，大抵他本身也没有太多把握。可爱情就是这样，明知不可为而为之。我一介女流，什么也做不了，却也不想任由自己的爱情被现实所践踏，纵使是死，我也——"

听她习惯性地停顿一下开始酝酿眼泪，可敦忙不迭地再次打断她："别哭别哭！"

公主擦了擦眼泪，勉强一笑："让姐姐见笑了。"

可敦叹了口气，难得正色道："你问我知不知道什么才是爱，其实我真的不知道，但我大抵是见识过真正的爱情的，或许可以告诉你让你参考一下。

"你还记得几年前来和亲的柏华公主吗？"

成君公主诧异地瞪大了眼睛："姑姑？她不是、不是嫁过来没几个月就病逝了吗？"

可敦却微微笑了一下，露出一丝缅怀的神色。

五

"不是的,她没有死。

"她来和亲的时候,跟你一样,饭食吃不惯,衣服穿不惯,又赶上草原冬天,一场病接着一场病。

"那时候可汗刚刚继位,手底下很多人不听话,也没空考虑娶老婆的事情,后宫就柏华公主一个人,几个月也回不来一次。

"公主身边有个贴身侍卫,是南边王朝一位高官家的二公子,十年前也算文武双全名满京城,为了公主,他放弃了大好前程,来给公主当了个贴身侍卫,也不怎么说话,只日日守在她身边。

"或许你要说他俩这样有些不堪,可公主身边的侍女都知道,他们没有一丝一毫越轨的行径,他们克制守礼,从不把感情宣之于口,只是默默做着能做的一切。

"幸好可汗不是个会强人所难的人,要不然柏华公主估计就跟你一样拿簪子自杀了。说起来,你们公主自杀真是没点新意。

"后来,战事激烈,可汗亲临前线,柏华公主本想趁着王帐守卫薄弱之际与那公子浪迹天涯去,可是公子却突然失踪了。

"公主万念俱灰,绝了出逃的念头。没想到,半年后,可汗却把重伤的公子带了回来。

"原来公子随着可汗上了前线,数次救了可汗的命,最后一次甚至用自己的身体帮可汗挡下了致命一箭。

"可汗问他要什么赏赐,他这才将他和公主的事情说了出来,可汗欣赏他的坦荡,便成全了两人,对南边王朝借口说公主病逝。"

可敦含着笑沉浸在回忆里,良久才看着成君公主道:"坦坦荡荡,不求回报,不能在一起便守她万全,能在一起便不顾一切,这应该就是爱情吧。至于你的心上人,任由你一个人独涉险境而不闻不问,只给你一个空口白牙虚无缥缈的承诺,我想大抵是当不起'爱情'二字的。公主,你还小,不要白白误了自己。"

成君公主怔怔发愣,半晌才道:"这些事情,姐姐是怎么知道的?"

可敦眨了眨眼:"我就是柏华公主的贴身侍女。"

"那你和可汗——"

"公主走了,没带我,我无处可去,连只羊都不会放,自小只学会了如何伺候人,干脆就去伺候可汗了。说是伺候,其实大多时候只是在一旁陪着。"可敦忽然笑了起来,眼角有些细纹,却怎么看怎么都流露出幸福的滋味,再说起可汗的时候,连称呼都变了。

"阿布从小吃过不少苦,也不习惯被人伺候,大多数时候我都只是在他身边陪着他。说起来好笑,那时候我年轻,贪睡,明明是陪他熬夜处理政事的,结果每次都比他先睡着,还占了他的床害他没地方睡。"

成君公主"扑哧"一声笑出来:"那后来呢?"

可敦耸耸肩："后来阿布说，你总睡我的床，害我没地方睡，这怎么行？不如你嫁给我，当我的可敦，跟我睡一张床好了。"

成君公主笑出了眼泪，笑着笑着又哭了起来，这回不待可敦开口，她自己擦了眼泪："姐姐，我真羡慕你，也羡慕柏华姑姑。"

可敦离开之后，成君独自一人在帐外吹了许久冷风，直到一只灰隼扑棱棱落在她的肩头，她才回过神来。

六

开春的时候，跟西边汗国的战事又起来了。

公主近日来神情恍惚，可敦心下奇怪，便去找她谈心。

刚走到公主的帐篷外，就听见里面稀里哗啦响成一片，进去一看，迎面一个花瓶砸了过来。

可敦忙伸手接住："公主，这个老贵了。"

公主一看可敦，咬着嘴唇不说话。

"怎么了这是？"

可敦四下一看，发现案几上有几张轻薄的丝绢，上面写着字。

一张张看过去，可敦沉下了脸。

原来公主与那位丞相家的公子一直以灰隼传信，前面几张全是些装模作样的甜言蜜语，最后一张上却拐弯抹角地询问公主王帐的方位和兵力部署。

"那天，你说我和他之间算不上是爱情，我心有不甘，恰好又收到了那封信,我就想,他是不是一直在骗我,只是想利用我。"

可敦摸了摸她的头发,没说话。

"我就试探了他一下,又暗地里托人打探,这才知道原来他早就已经娶了妻……"

成君公主惨笑了一声,却没有哭。可敦有些诧异,成君的眼神太奇怪,与过去那个只会哭哭啼啼的娇弱公主判若两人,她模模糊糊地想,或许成君本就不是个柔弱的公主。

忽然帐外号角长鸣,可敦神色一凛,匆匆走了出去。

原来是敌方一支奇兵绕过了可汗的大军,直取王城。王城兵力不足,可汗带着亲兵亲自出城迎敌去了,一时间全城戒备,人心惶惶。

深夜,有人匆匆来报,神色惊慌。

可敦赶到中军王帐,一眼就看到了浑身是血的阿布可汗。

"可敦,我军守卫本就薄弱,如今可汗重伤的消息已经被一些人知晓,军心有些不稳,怕是——"

"你怎么样了?"可敦努力控制住自己发抖的声音。

阿布可汗吃力地伸出一只手,抓住可敦的手:"瞎担心什么,不过是多流了点血,暂时不能乱动而已。"

可敦松了口气,却听御医道:"大汗失血过多,虽然暂时止住了,没有生命危险,但是伤口过大,不宜移动,更不能再次出战。"

"带我上城楼!"

"不行,你不能去!"

可敦讶异地扭过头,一眼看见一身劲装的成君公主。

"你现在上去,非但不能稳定军心,反而坐实了可汗重伤的消息。"成君公主仿佛换了一个人,俏脸上神色冰冷,黑眸里竟然有股杀伐决断的狠厉。

她说着就开始动手解阿布可汗身上的软甲。

可敦吃惊道:"公主,你终于想通要给可汗侍寝了吗?可惜阿布他现在恐怕力不从——"

成君愤怒地瞪了她一眼,迅速将可汗的软甲套在了自己身上,最后伸手抓起满是血污的盔帽,牢牢挡住了大半张脸。

"你,"她随手点了一人,"等下跟在我旁边,别的不用干,只管扯嗓子吼'大汗无恙,给我杀'就行,听明白没?"

"明白!"

"声音太小,换人!"

"明白!"那人吼破了音。

"很好。"成君拉过那匹足足比她高出一大截的战马,迅捷无比地上了马。她身形比可汗小不少,但是盔甲一套倒也看不出啥,她脊背挺直,伸手一拉缰绳,骏马长嘶一声,一个漂亮的腾空。

"公主你——"可敦有些蒙。

成君微微一笑,不复娇滴滴的模样:"姐姐,不瞒你说,其实我不会什么美容护肤，全靠母妃给我开小灶才从教习嬷嬷那儿蒙混过关，可我这骑射技术却是连将军家的儿子都比不过的，也因为这，父皇觉得我没个公主的样子，一直不待见我，一道圣旨就把我赶到了这里。不过现在，我倒是挺感激他这个决定的，姐姐放心，我一定帮你守好王城。"

"走！"成君用力一挥手，带着可汗的亲兵风一般卷出了城。

三日后，敌军后继乏力，被成君公主带人全歼在了城外一百里。

七

"报！城外一百里发现汉人的和亲车队，他们遭遇了大批马贼，护送车队的汉人将领阵亡，可汗派去接应的人也受了损伤，请求成君将军支援！"

成君公主一身戎装，站在高高的城楼上，抬起手，铿锵有力地下了结论："都是垃圾！"

说完随手点了两个人，让他们各带一支队伍出城救人。

三年前，成君公主穿着可汗的盔甲，凭借悍勇的骑射技术骗过了所有人，军心大振，连连告捷，最终全歼敌军，守住了王城。

那一战之后，成君公主便向可汗求了个恩典，她不愿做什么和亲的公主，她想做个将军，理由是"女人要有自己的事业"。

据知情人士介绍，当时可敦也在一旁，闻言直接一口茶喷在了可汗的脸上，可汗淡定地擦了擦脸，准了。

于是,成君公主就成了成君将军,领了王城守卫的职务,三年来治军严谨悍勇,多次得到了大汗的赞赏。

次日,出去支援和亲车队的人回来回话:"将军,都安顿好了,就是那公主一直哭哭啼啼的,也不肯吃东西,您要不要……"

成君挥挥手:"这位和亲的公主我就不见了,估计又是我哪个不受宠的妹妹被嫁过来了,你直接带她去见可敦吧!可敦最近坐月子正无聊,送她去进行一点女人之间的谈话就好了……"

急,不会放羊怎么办?

一

云珠抱着病恹恹的小羊羔,坐在无名山的一个山洞里唉声叹气。

云珠是柏华公主的陪嫁丫鬟,从繁华的南方都城到风沙连天的漠北草原,云珠作为一个从小接受过完善的侍女课程,并且以全优的成绩从教习嬷嬷那儿毕业的侍女专业优等生,自认为基本做到了以吃苦耐劳为荣、以挑三拣四为耻的基本侍女守则。

然而,她从来没想过,没有主子的时候,自己该怎么办?

事情是这样的。柏华公主是个非常好的主子,待她情同姐妹,就算一起被送到漠北和亲,也没让她吃多少苦,可耐不住公主是个情种,这红线对面的人还不是她的丈夫阿布可汗。

云珠见过阿布可汗,长得不错,跟柏华公主喜欢的小白脸很不一样。

好吧,其实也不是那么小白脸啦,最起码两个月前这兄弟一身是血地被可汗抬回来的时候还挺有爷们儿样的。

你问后来?呵呵,阿布可汗就把自己老婆送给小白脸了呗。

可汗也是个傻的,娶回来第一个月和公主认识了一下,公主说,我不想和你睡。可汗说,我不勉强你,然后他就出去打仗了,一去好几个月。

半年后他回来了,带回来失踪了半年的小白脸。小白脸一身是血,脸上还有几道没结痂的伤疤,公主急得差点把帕子绞断,强忍着没扑上去,然后可汗发话了:"别装了,你俩的事我准了,等他养好伤你们就走吧。"

后来云珠才知道,小白脸救了可汗的命,向可汗求了个恩典,想带柏华公主走,可汗居然答应了。

他居然答应了!

云珠觉得很不可思议,公主觉得很开心,可汗觉得——

哦,云珠不知道可汗怎么觉得。

这不重要,重要的是,公主和小白脸走了,没带自己,说要去纵情江湖,做对神仙眷侣,不能带个丫鬟破坏氛围。云珠很气愤,腻在公主怀里撒了半天娇,公主说:"你跟着我咋嫁人?反正我男人不能分给你。"

小白脸在旁边赶紧妇唱夫随:"对对,我只爱公主一个。"

云珠想了想,哦。

可是留下能干吗呢?

云珠观察了几天,发现草原上的女人都有几个必备技能:放羊,骑马,挤奶,织毛毡。

云珠自己去买了几只小羊羔,决定从放羊学起。

养了一个月,一只小羊羔生病死了,两只在她不知道的时候被狼叼走了,三只在放牧的时候被遇到的牧民强行划归到他们的羊群里了,云珠找谁说理去?

现在就剩下怀里这只,云珠天天与它同吃同睡,可还是眼看着草不吃水不喝,进气少出气多。

云珠在山洞里抱着小羊羔呜呜哭。

这个山洞是她放羊的时候偶然发现的,里面干燥避风,外面是个小小的山谷,青草鲜嫩,是个放羊的好地方。

除了洞壁上有一大堆不知道谁刻上的字之外,一切都很完美。

前面的很多字都看不清了,最近的几行还能勉强辨认。

字歪歪扭扭的,却是汉字无疑,云珠猜大概是个流落在草原的汉人写的。

最近的一行字写着:不开心,想娶老婆。

云珠呵呵一笑,少年,你整天脑子里都装着些啥?

上面一行:和哥哥打架打赢了,不开心。

云珠腹诽,这孩子咋这么贱,非得挨打才开心?

再上面一行:又被哥哥打了,不开心。

云珠嘴角抽搐:少年,你的要求很高啊!你名字就叫不开心吧?

字的痕迹都有点旧了,也不知道那人多久没来过这里了。

云珠搂紧了小羊羔,捡起地上的石块在字迹下面添了一行字:不会放羊怎么办?急!

二

小羊羔一天比一天虚弱,云珠把它安置在自己帐篷里给它喂羊奶,最后还是死了。云珠伤心极了,觉得自己作为一个侍女专业的优等生,遭遇了人生最大的挫折。

她把小羊羔埋在常去的山谷里,希望小羊羔来世可以不愁吃喝。

天忽然下起雨来,云珠跑进山洞里避雨,发现洞壁上多了一行字:

放羊守则第一条,不能给羊吃带露水的草,会拉肚子的。

云珠恍然大悟,一巴掌拍在洞壁上:你怎么不早说?

云珠又去买了几只小羊羔,卖羊羔的大妈看着她表情一言难尽,脸上活生生写着"要不是你钱多,我真不想把羊送给你糟蹋"几个字。

这回几只小羊羔活蹦乱跳地长到了半大。

嗯,山洞里的字也多了好几行。

云珠:我又养了几只小羊羔,它们很乖,我给它们吃没有露水的草,没生病。

不知道谁:放羊守则第二条,养两条狗,要不然狼会叼你的羊。

云珠:我怕狗。

不知道谁:那只能养匹马,你自己骑上马跟狼正面刚。

云珠:我还是养狗去吧!

云珠又从牧民家要来只狗一起养,巴掌大一只,贼能吃,蹭蹭长,几个月后长得老大,站起来爪子能搭上云珠的肩膀。

云珠苦笑,去洞壁留言:我的狗长得太大了,可还是喜欢往我身上扑,咋办?

过了好久都没回应。

三

又一年开春,云珠的羊群发展到了三十只,白绒绒的一片。云珠骑着一匹小马,旁边跑着一条巨大的狗,倒也有了几分草原女人的风范。

这天放羊归来,王城里热闹得很,听说是可汗和西边汗国打仗打赢了,带着大批战利品回来庆祝,云珠想这跟我有什么关系。

谁知道晚上可汗喝多了,跑到云珠帐篷里来了。

对了,云珠还住在公主的帐篷里,可汗也没别的老婆,所以公主的帐篷算是他唯一的后宫,里面还没女主人。

可汗喝得真有点多,嘟嘟囔囔着要洗澡,赖在云珠帐篷里不走了。云珠凑近闻了闻,那一身刚从战场上下来不知道多少天没洗过澡的男人味,实在令人不敢恭维。

于是她找了个大木桶,烧了一桶热水,找了两个侍卫把可汗扒光了扛进桶里。

云珠忙到半夜,帮可汗洗干净了头发,修了胡子,把他背上几十道深浅不一还没愈合好的伤口重新上了药包扎好,累得气喘吁吁。

然后,可汗酒醒了。

"你怎么在这里?"

"可汗啊,您看好了,这是我的帐篷。"

阿布可汗摸了摸鼻子,有点尴尬,又觉得浑身清爽,很是舒服,一闻还有一股子清新的皂角味儿:"我洗澡了?"

云珠规规矩矩地答道:"是的。"

"你帮我洗的?"阿布迟疑道。

"是的。"

"你们汉人不是讲究男女授受不亲吗?"阿布很震惊。

云珠无奈叹气道:"可汗啊,您是主子,我是个侍女,我帮您洗个澡而已,您想那么多干啥?"

"哦。"不知咋的,可汗的语气居然有点失落。

"以后不许给别人洗澡。"可汗可能酒还没醒,说话不像平时那样利落。

云珠偷偷翻了个白眼,心想我好歹是公主的丫鬟,您一没母亲二没妻妾,哪还有什么主子需要我亲自服侍啊!

可汗站起来打算走,走之前不知怎么想的,又说了一句:"你很会服侍人?"

云珠心中有些怅惘:"我五岁就被卖进了宫,从小就开始学如何服侍人。"

可汗"哦"了一声,走了。

四

打一顿就好了。

云珠望着山壁上多出来的那一行字,摸了摸一个劲儿腻在她怀里的傻狗,无言以对。

云珠回去的时候,发现可汗在帐篷里等她。她想这是咋了?看了他的身体难道要被灭口?不是吧,我只是个侍女而已啊!

可汗面色凝重,手里抱了个杯子喝茶。云珠有点心疼,那是公主带过来的好茶叶,喝一点少一点。

可汗喝了一杯又一杯,就是不说话。云珠在旁边沉默地烧水添茶,也不敢主动开口。

不知道过了多久,可汗终于发话了:"以后你去我那里伺候吧,我缺个人帮忙做些杂事。"

云珠愣了愣:"我的羊咋办?"

可汗的脸黑了一下:"送给别人。"

云珠:"不要,我养了好久呢,送给别人说不定就被宰了吃肉,我舍不得。"

可汗耐着性子:"你放心,我会跟人说好,不会宰了吃肉的。"

"哦。"

可汗迈开长腿急匆匆地走了,云珠心中奇怪,脑袋伸到帐篷外看了看,发现可汗去的方向是茅房。

收拾茶具的时候,云珠发现可汗喝茶的杯子上汗渍渍的,咦,可汗这是体虚盗汗?

不对啊,刚刚可汗是喝了三壶还是四壶来着?

嚯,可汗肾不错啊!

很快来了人带走了羊群,本来大狗可以留下的,不知为何,来的人坚持说换了狗,羊群会不高兴,愣是把腻在她怀里的傻狗给拖走了。

云珠眼泪汪汪:"你们可要照顾好它们啊,这傻狗爱吃肉,千万别饿着它,没钱来找我拿……"

去王帐里服侍前,云珠特地去了趟山洞,留了一行字:

羊和狗都给别人养了,我要去伺候可汗了,不开心。

五

服侍可汗的日子还是很轻松的,可汗没南边王朝的皇帝那么多讲究,天天就是忙忙忙,吃饭随意,穿着随意,其他更随意。

云珠没啥事做,后来她发现可汗好像挺喜欢洗澡的,于是天天晚上烧一大桶热水给可汗泡澡,勤勤恳恳地帮他搓背,搓得他浑身红通通的。

可汗皮肤还挺嫩的,云珠心想。

可汗的脸也很红,是不是水太热了?不会把可汗泡晕吧?

云珠担心地摸了摸可汗的额头,好像没事。

她不放心,又问了问:"可汗,是不是有些头晕?"

可汗垂着眼睛摇摇头:"没有,你先出去吧,我——想点事情。"

云珠摸了摸水:"行,我半个时辰后再来,水凉了容易生病。"

云珠半个时辰后回来的时候发现可汗不见了,不敢离开,收拾了一下就坐在帐篷里等。

等着等着就睡着了,云珠醒来的时候发现自己睡在可汗床上,透过床边的帘子可以模模糊糊看到可汗坐在案几前看书。

云珠很尴尬。

可汗倒是很淡定:"你继续睡吧,我今晚不困,看会儿书。"

"不……不了吧……"云珠觉得可汗好温柔,要死了,自己这是忤逆犯上啊!

云珠一口气跑回了自己的帐篷,一天没敢去王帐,可汗居然也没差人找她。

可汗脾气可真好啊,云珠想。

傍晚的时候她去了一趟山洞,发现多了一行字:想娶老婆,开心。

嗯?云珠目光回到最开始那几行字,心里有些感慨:真惨,这么久了还没娶到老婆啊!

想了想,她留了一行字:加油,你一定会成功的!

六

当云珠第八次在可汗的床上醒来时,她已经很淡定了。

没办法,可汗喜欢熬夜看书,自己守在一旁根本扛不住。

可汗也很习惯:"醒了?"

云珠点点头。

"再睡一会儿?反正天快亮了。"

"不了吧,您也睡一会儿吧,您明天还要参加那达慕盛会呢。"

可汗点点头,收了书准备上床。

云珠忽然想起来一件事:"那达慕盛会很多显贵都会参加,也是许多年轻公子向喜欢的姑娘表白心意的时候,您不考虑娶个可敦吗?"

可汗一愣,脸色不知为啥有些黑。云珠缩了缩脖子,心里默默抽了自己一巴掌,这段日子过得太轻松了,管的事情太多了,主子的事哪是自己能管的,忙福了一福跑走了。

那达慕盛会很盛大,贵族小伙子们在骏马上飞驰着,一个个看起来英姿飒爽的。

云珠自觉身份低,也不敢奢望能嫁给贵族公子哥儿,目光在几个侍卫脸上逡巡着,心想自己年纪也不小了,要不找个合眼缘的嫁了好了。

瞅了一圈,云珠叹了口气,又看了看可汗那张脸。

咋说呢,看惯了不觉得,这一对比,就觉得其他人简直丑得一言难尽。

可汗坐在主位上,并没有下场,听见云珠叹气,问道:"咋了?"

云珠摇了摇头,没说话,心想其实不嫁人也好啊,天天服侍可汗也挺轻松的。可转念一想,又觉得早点嫁人生子才是女人毕生的事业啊!

啊,好艰难的选择题!

在又一个小伙表白成功,把心仪的姑娘拉上马跑走之后,云珠羡慕得眼珠子都要黏上去了。

"怎么,你也想嫁人了?"

"对啊——啊不,没有——我——奴婢——"云珠开了口才发现是可汗问的,支支吾吾了半天,低着头不敢再开口。

这天晚上大家围着篝火唱歌跳舞喝酒,连云珠都被闹着喝了不少酒,有点晕乎乎的。

她撑着最后一点清醒想回去睡觉,结果到了地方才发现走错了。

走得太习惯了,自己居然走到了可汗的王帐里。

可汗一个人在喝酒。

大概是喝多了酒,云珠有些控制不住自己:"可汗,你怎么不去跟大家一起喝酒啊?"

可汗抬头看她,眼睛里映着烛火,很亮。

"对不起啊可汗,我走错地方了,我这就回去睡觉。"云珠踉跄了两下,准备离开。

一条有力的手臂从身后抓住了她:"还有老远呢,别回去睡了,就在这儿睡吧!"

云珠晕乎乎地就被可汗搋到了床上,熟悉的味道扑面而来,云珠满意地在熟悉的枕头上蹭了蹭,直接睡了过去。

可汗站在旁边看着,拳头握紧又松开。

七

云珠醒来的时候发现有点不对,肚子上多了个很重的东西,她迷迷糊糊地伸手搬开,不多会儿那东西又缠了过来。

云珠豁然坐起,吓出一身冷汗。

云珠感觉脖子有些不利索,她哆哆嗦嗦扭过去,果然,阿布可汗在她身边睡得正香。

这这这——

我干了什么?

可汗干了什么?

我的天,我需要冷静一下——

云珠一动不敢动,脑子里一片空白。

"喂——"

可汗的声音有些沙哑,大概是还没睡醒。

"我——奴婢——"云珠下意识地要请罪,却被打断了。

"你老睡我的床,害我没地方睡,你不觉得这样不太好吗?"可汗望着她,眼睛亮晶晶的。

云珠心想,明明每次都是你把我扛上床的好吗?

"奴婢——"

可汗皱了皱眉:"你们汉人的规矩真讨厌,说什么奴婢,你就是你。"

"哦——"

"你昨天说你想嫁人是吗?"

"没——奴婢——我——"云珠脸红了。

"要不然你嫁给我吧,做我的可敦,以后和我睡一张床。你看,昨天咱们已经试过了,这床挺大的,睡我俩正好……"

"啊?"

可汗伸手来抓她的手,云珠愣了愣,问道:"好多汗,可汗您体虚盗汗?"

阿布可汗:我紧张你知不知道啊!

不过体虚这种事是个男人就不能认好吗?

可汗一个翻身就把云珠扑倒了。

八

烦冗的婚礼结束之后,历经人生剧变的云珠终于得空去了一趟山洞,她想着这也算个好消息,得跟那位不知名的兄弟分享一下,顺便关爱一下对方有没有成功娶到老婆。

她进去一看,发现山壁上多了一行字:终于娶到老婆了,开心。

云珠也挺替他开心,忍不住多写了几个字:

祝福你!真替你开心!我也嫁人了,说来有点不好意思,我男人个子很高,还老喜欢往我身上扑,跟我以前养的那只大狗似的,你说我该怎么办?你别说打一顿就好了,我不敢打他的……

这天晚上,阿布可汗再次扑到云珠身上,用毛茸茸的大脑袋在她颈窝里蹭了蹭,说道:"就算你打我我也扑,哼!"

云珠:???

小公主和大手子

一

长公主觉得自己最近很是忧郁。

长公主名叫柏华,是先帝的幼女,年岁比她的众位哥哥姐姐们小了不止一轮,今年堪堪十八岁,和当今皇上的大儿子一般岁数。

岁数小,辈分高,柏华自幼在宫里的地位就有些尴尬。

宫里管得严,但柏华不一样,因为唯一能管她的太后和皇帝哥哥懒得管她,后宫嫔妃们不敢管她,是以柏华放飞自我活了十八年。

柏华最近爱上了看话本子。

不仅看,还追更,差贴身侍女云珠每半个月去京城书斋买新更的本子,买回来一看一个通宵,两眼熬得乌漆墨黑。

最近柏华追的那篇文名叫《大漠胡笳》,作者叫栖梧之凤,不似市面上那些个矫揉造作的情爱小说,反倒有一股子的大气磅礴,文笔情节皆为上上品,看得柏华心向往之。

然而断更了。

柏华公主忧郁了半个月，终于忍不住了，换了身男装跑出了宫，亲自去了书斋。

从书斋老板那儿知道，每月初一和十五，栖梧之凤会把手稿拿过来，书斋负责抄誊代售。而栖梧之凤每次来放下书稿拿了钱就走，多的话一句没有，也不知家住何方。

柏华公主更忧郁了。

书斋老板想了想，倒是想起来一件事，说那位公子留下过一个地址，说是方便书迷和他近距离沟通阅读感想，不过从来没人用过，不知道地址还有没有用。

地址在城外，太远了去不了，柏华当即坐下来写了一封情真意切的催更信，出门找了个送信的就回了宫。

二

宫里来了客人。

漠北的一位可汗新继位，前来中原谒见大国之主。皇帝派了太子接待，随行的还有几位官二代公子哥儿，说是可汗年轻，多几个年轻人招待比较好。

宫里大摆筵席，公主回去才发现，他的皇帝哥哥居然破天荒地想起了她这位年岁最小的妹妹，前来传话的嬷嬷火急火燎地扒下了她那一身男装，手脚麻利地帮她换上一身重得要死的礼服，顺便在她头上插了半斤钗子，最后略有些不满意地咂嘴："啧啧，胸太小，算了，就这样吧！"

柏华看了看自己的平板身材，很有些不忿。

宴会上一派歌舞升平，远道而来的可汗长得颇为英武，跟他一比，身边的几个官二代显得十分弱鸡。

柏华叹了口气，恨铁不成钢。

倒是有个小白脸看着文文弱弱的，可跟那可汗站在一起谈笑风生，颇有几分气度。柏华认得他，是御史家的二公子，在京城有几分才名。

柏华不受宠，平常自己宫里也没什么好东西吃，她倒是不稀罕，却心疼自小跟着她的云珠。今日难得能吃到这些个好东西，她一个劲儿地把鱼翅燕窝往身后的云珠手里塞。

云珠很无奈："公主，你自己吃。"

柏华一瞪眼："笨丫头，跟着我什么时候能吃到这些好东西，快点吃，过了这村没这店！"

云珠尴尬地使了个眼色，柏华顺着看过去。

要死！对面的可汗和小白脸眼都不眨地盯着这边。

柏华毫不示弱地瞪回去，没关系，反正丢的是皇兄的脸，谁怕谁？

宴会结束时，别人桌上的饭食几乎没动，柏华的饭食被主仆俩吃了个七七八八。

柏华带着云珠满面红光地走了。

三

过了几日又是月初,云珠被柏华差去书斋看看有没有更新,回来的时候没带回新更的话本子,倒是带回了一封厚厚的信。

打开一看,竟然是栖梧之凤给她回信了!

信中言辞恳切,说自己近日事务繁忙云云,最后居然贴上了数十页新写的手稿,请她看完给点读者建议。

柏华激动了!自己这是成了vvip读者啊!书斋都没有拿到的第一手手稿啊!

柏华熬夜看完了,男女主历经诸多互相暗恋的心酸终于告白,但是不知为何,柏华却觉得这次手稿的质量有些不尽人意。

思考了一夜,她终于想明白了。之前的情节男女主互相暗恋,作者把两人那份小心翼翼又按捺不住的心思写得入木三分,可写到相互袒露心迹,却觉得不是那么回事儿。

柏华认真地写了一封回信,阐述了自己的观点,最后道:男女相恋,没有切身体会大抵难以写得真实动人,不如谈场恋爱试试?

信刚寄出去,宫里又来了传话的。

柏华公主有些不耐烦,自己这公主殿里一年到头都没事,怎么最近尽没事找事?

原来是皇帝要带着可汗去西山围猎,说是围猎,其实就是一群公子哥儿射兔子玩,活动重点是骑马姿势要帅,射箭姿势要帅。至于射不射得到,嗨,放进猎场的兔子一个个肥得都跑不动，削根木棍都能叉起一串来，这都射不中还出来丢人现眼？

柏华公主应景地换了一身猎装，生无可恋地坐在临时搭建的帐篷里，脑子里想着《大漠胡笳》的后续。

"云珠啊！我觉得栖梧之凤肯定没谈过恋爱。"柏华公主托着腮帮子，目光放空。

"哦？何以见得？"

"你看啊，表白这种事呢，不管男人还是女人，只要决定表白了，就处于弱势地位了，这种感觉应该是非常没有安全感的，既急着想要个答案，又害怕答案不是自己想要的，怎么可能还有闲情去想别的呢？"

"这样啊！"

柏华猛一激灵，这才发现眼前不是云珠，而是之前宴会上见过的那位小白脸。

柏华脸一红："你什么时候进来的？"

"刚刚。"小白脸很坦然。

"你不是应该陪他们去狩猎了吗？"

"额，我不大喜好狩猎。"不知道是不是看错了，柏华发现小白脸的耳朵有些红。

小白脸忙换了个话题，声称自己也喜欢看《大漠胡笳》，柏华难得遇到同好，一时大喜，两人聊得十分投机。

中午时分，众人带着兔子、狍子等猎物回来了。那位可汗不愧是草原上的王，骏马身后挂着一打狍子，个个又肥又大，和其他人打的兔子显然不是一个水准。

云珠两眼放光:"公主,好肥壮的狍子,烤来吃一定很不错!"

柏华二话不说:"我去给你要一只。"

小白脸伸手拦住她,欲言又止。

可汗却已经提了一只最肥的走过来,温和地笑了笑,放下走了。

四

这一日云珠出宫归来,一脸如丧考妣,柏华吓了一跳:"咋了?"

云珠"哇"的一声哭出来:"公主,外面人都在传,要把你嫁给那位可汗和亲。"

"和亲?"柏华愣了愣,却没太大反应。

云珠眼泪汪汪地盯着自家主子:"公主,你难道不难过吗?"

柏华愣了愣,想了想那位英武不凡的可汗,觉得也不是不能接受,毕竟是皇家的女儿,婚姻这种事强求不得。

"挺难过的,以后不能追更了。"如果说还有点舍不下的,大概就是这位栖梧之凤了吧。

柏华觉得自己有点喜欢上这个没有见过面的人,可惜很快就再也没机会与他交流信件谈人生谈理想了。

栖梧之凤这次的来信中诚恳地表示柏华的意见让他受益良

多,但是他至今还未娶妻,不懂恋人之间的相处模式,不过倒是有一心仪已久的姑娘,一直以来却只敢远观不敢表白心迹,不知该如何是好。

柏华心里有些酸酸的,忽然涌起一股冲动,提笔就写:"我们见个面吧?我可以教你怎么和心仪的姑娘相处。"

云珠震惊道:"公主你要见他?!"

柏华:"马上就要走了,以后不能追更了,想问问他后面的情节。"

栖梧之凤很快回了信,约了时间,地点就在书斋。

一位五短身材的胖子等在书斋里,柏华觉得自己心里哗啦哗啦响,一腔少女心碎成了昨夜的星辰。

五短胖子见到她,上前行了个礼:"我家主人在隔壁茶楼等您。"

柏华乐呵呵地把自己的心拿点糨糊粘吧粘吧又成了一条好汉:"哦,好。"

走进茶室,小白脸正襟危坐,正在煎茶。

"你你你——"柏华有些震惊,"你是栖梧之凤?"

小白脸脸一红:"一点业余爱好……"

"哦……"

"公主,你要教我如何与心仪的姑娘相处?"小白脸晃了晃手中的信,一脸无辜。

不知为何,柏华忽然脸红了,红着红着,眼眶子也有点红,她一把扯过信:"其实我也不会,再见。"

五

柏华设想过很多情况,但不管怎么说,对方都应该是个与自己神交已久的陌生人,她可以在离开之前尽情地与人畅聊一回。

可怎么就偏偏是这个小白脸呢?

这不是重点,重点是为什么自己对着小白脸就说不出别的话呢?

想到他在信中说有心仪已久的姑娘,柏华心里涌起一股酸涩。

幸好,幸好没说自己喜欢他,先表白的人总是处于弱势的。

柏华拍了拍脑袋,觉得自己可能完了。

时间过得很快,没几天和亲的诏书就下来了,柏华面无表情地接了旨。

"公主,你真的愿意嫁到那么远的地方去啊?"云珠可怜巴巴地望着她。

"我是皇家的女儿,嫁谁都一样。"柏华木着脸。

"可我觉得你是喜欢那位公子的,不能嫁他吗?"云珠不解。

柏华摸了摸她的脸:"傻姑娘,公主不是好娶的,他要是娶了我,这辈子不能出仕,只能当个吃闲饭的,我不能连累他。"

一直到柏华穿上嫁衣,小白脸都没再出现过。

说实话,柏华还是有些失落的,她叹了口气,上了送亲的车。

车队浩浩荡荡出了京城,上了官道,柏华掀起帘子远远望了一眼京城,一句话没说。

云珠难过地坐在她身旁,突然道:"公主,你为什么不告诉公子你喜欢他呢?说不定他愿意娶你呢?"

柏华摸了摸她脑袋:"他有喜欢的人。"

云珠呆呆地"哦"了一声,不说话了。

柏华苦笑了一下,从袖子里摸出一封信,那是她从小白脸手里抢回来的。

她打开信封,抽出信纸,心头却突然一跳——这不是她写的那张。

打开信纸,上面只写着一行字:"邂逅,适我愿兮。"

"停车!"柏华突然失声叫道。

柏华扯掉头上繁重的珠饰,身手利落地跳下车,在一片兵荒马乱之中,突然伸出一只白皙有力的手。

柏华回头,正对上一双有些腼腆的眼眸。

小白脸一身戎装,居然就在送亲车队中。

"你——"

小白脸一脸忐忑:"先表白的人,果然是处于弱势的。我此刻既想知道答案,又怕知道答案……"

柏华的眼泪"唰"一下就下来了。

小白脸伸手帮她擦掉:"别哭。"

六

可汗是个好人,在柏华拒绝侍寝之后竟然也没什么意见,转身就去处理那些堆积如山的政务了。好不容易处理完了,西边的汗国不老实又打了过来,可汗二话不说便带兵走了。

为了避嫌,小白脸只是作为护卫远远跟着,很少到她近前说话,却隔三岔五地让云珠帮忙把他新写的手稿带给柏华。

柏华常常看着手稿一边哭一边笑,心想果然谈了恋爱不一样了,这感情戏写得越发撩人了。

可是,他们这样真的算谈恋爱吗?

柏华有些迷茫。

有时她看着莽莽苍苍的天地,忽然就涌起一股冲动,她想逃离这里,天高地阔,哪里不是他们的容身之处?他都能为她放弃家世放弃前途,她还有什么不能豁出去的?

"带我跑好不好?"

小白脸深深地望着她,没有说话。

第二天,小白脸失踪了。

柏华把所有的手稿收集起来,锁进箱子里,心里闷闷地发疼。

她忽然有些不明白小白脸的想法,然后迷迷瞪瞪又想起来其实自己从未给过他什么答案。

所以他这是放弃了吗?

也是,和亲的公主出逃,不管对母国还是可汗,都是赤裸裸的打脸,天高地阔却也不一定有他们的容身之处。

又过了半年,可汗得胜归来。

柏华沉默地收拾好自己,就这样吧,嫁了算了,可汗也没做错什么,自己凭什么对不起他?

可汗带回来一个人,浑身是血,不知是死是活。

云珠尖叫了一声:"是公子!"

柏华整个脑子都是空白的,死死咬着牙不让自己发出声音,一嘴的血腥味。

可汗抬了抬眼睛:"他没事,伤势有点重,不过会好的。他救了我的命,向我求了个恩典,你知道是什么吗?"

柏华觉得胸膛里的一颗心死了一遍,此刻茫然道:"什么?"

"他求我让他带你走。"

"啊?"

可汗忽然笑出声来:"你可真不像个公主,带他好好养伤去吧,养好伤你们就走,你母国那边我来解释。"

七

柏华不知道,在他们离开之前,可汗和小白脸有过一场男人的交流。

可汗:"你还挺爷们儿的,把老婆给你,不亏。"

小白脸:"说话注意点,以后她就是我老婆了。"

可汗:"行吧,你老婆,不跟你争,好歹这条命是你救的,看不出来你一写言情小说的居然打架这么厉害。"

小白脸:"呵呵,业余爱好……"

可汗:"不过有个事儿得商量下。"

小白脸:"你说。"

可汗:"你老婆身边那姑娘给我留下。"

小白脸:"云珠?你看上她了?"

可汗:"嗯,宴会上就看上了,躲在你老婆身后吃东西,跟小松鼠似的,挺可爱。"

小白脸:"呵呵……品位独特……"

可汗:"你看看你老婆那个壁立千仞的身材,你口味不独特?"

小白脸:"山高水长,有缘再见。"

公主请自重

一

妍君公主嫁过来的那天，遭遇了马贼。

结果一群马贼打赢了众护卫，没打赢妍君公主。

据知情人士透露，当时情况十分危急，汉人的送亲护卫全军覆没，可汗派过去接应的人马也重伤了一片，成君将军临时拨过去的救援队还没到达。

千钧一发之际，只见公主车架旁边那个白皮肤蓝眼睛的侍女随手从尸体上抽了两把刀就杀了出来。

这姑娘武功一般，但那股不要命的狠劲儿吓坏了一群人，硬是被她撑到了成君将军的援军到达，然后她就两眼一闭倒下了。

车里的公主抱着浑身是血的姑娘哭了一路，被成君将军一道口令直接发配到了可敦的帐篷里。

可敦正在坐月子，裹着厚厚的裘皮大衣百无聊赖，想出去溜达溜达，奈何门口杵着俩可汗派来的肌肉大汉，大汉粗声粗气地表示："可汗有令，听说南方的姑娘生完孩子一个月不能见风!"

可敦咬牙跺脚:"你们可汗咋这么博学?"

肌肉大汉羞涩一笑:"这是可汗应该博学的。"

可敦一口气憋在心里,一抬眼,就看见了远远过来的车队。

二

"哎哟,这是咋了?快进来,你,说你呢,快去叫大夫!"

可敦忙不迭地把两个姑娘迎进了帐篷里,打发人去叫了大夫,自己先帮姑娘检查伤口。

"还好还好,都是皮外伤,就是血流得多了点……"

可敦松了口气,这才顾得上看旁边一直在哭的姑娘:"这位就是妍君公主吧?公主你别担心,你这位侍女她——"

姑娘"扑通"一声跪下:"可敦,我不是公主,她才是妍君公主,呜呜呜……"

可敦:"啥?"

趁着大夫帮忙上药的时间,姑娘抽抽噎噎地解释了起来。原来妍君公主嫌一路上只能待在车架里太闷,就和贴身侍女换了衣服,谁料路上遇到了马贼,公主一怒之下亲自出马砍翻全场,自己也受了不轻的伤……

可敦无语半晌,打量了一下妍君那高挺得过分的鼻子和深陷的眼窝,纠结道:"你们公主……是皇上亲生的吗?"

侍女嘤嘤哼哼哭了一路,这会儿声音倒是中气十足地提高了八度:"可敦!我们公主是皇上的亲骨肉!您可以侮辱我,不可以侮辱——"

说着还把一支尖利的簪子抵到了脖颈旁,大有一言不合就以死明志的意思。

"哎哎哎——我还没说啥呢,别激动别激动……"可敦拍了拍胸口,对这对主仆产生了难以磨灭的印象。

后来可敦才知道,原来这位公主的母亲来自遥远的罗斯之地,是个金发雪肤的大美人,生下的女儿也和中原人相貌相差甚远,至于性格……

侍女咬咬牙,拒绝回答。

三

阿布可汗晚上照例来到可敦的帐篷,刚掀开门帘,就被守在门口的侍女给拦住了。

阿布震惊地表示:"你是谁?这是哪儿?"

侍女目光炯炯,一脸悲壮:"我家公主正在里面养伤,男人不能进去!"

阿布摸了摸鼻子:"这是我老婆的帐篷,我来睡觉的。"

侍女还未反应过来,可敦出来了,伸手将阿布推了出去:"出去出去,公主受着伤呢,过几天养好了给你送过去。"

阿布:"啥?"

三人发蒙的当口,里面传来一声嘹亮的女子声音:"姐姐,我没事了,这就走了哈——哎哟不好意思,这位是可汗吧,对不住对不住,我这就走……"

金发雪肤的公主身上套着那件被砍得破破烂烂的衣服就出来了,一把揽过侍女肩头:"你也不早点叫醒我,看,现在给人家两口子当灯泡了吧?"

侍女都要哭了:"公主你的伤……"

"没事儿,过两天就好了,走走走……"

可汗和可敦双双石化,眼睁睁看着妍君公主一瘸一拐地去了自己的帐篷。

可汗抹了把冷汗:"这就是新来的公主?"

可敦:"大概……吧?"

可汗心有余悸地拍了拍胸口:"中原王朝民风可畏啊!昨天国师还建议我出兵中原抢点财货过冬呢,我明天非得废了那孙子不可,一天天的净出馊主意……"

可汗喝了两口茶,把这事儿丢到了脑后,看着可敦最近丰腴了不少的身段有点心猿意马起来,伸手将她揽到怀里,凑到她耳边低声道:"你生完孩子有一个月了吧,咱们是不是……"

可敦在他胸口捶了两把,哼了一声。

可汗把头埋在她脖颈旁低低地笑。

冷不丁里面传来一阵响亮的哭声,可敦火急火燎地起身,脚步如飞地跑了过去,边跑就边哄上了:"乖,别哭别哭,饿了吧宝贝……"

可汗黑着脸望着里面那个嗷嗷哭的小王八蛋:"老子也饿啊!"

四

秋猎那天,阿布可汗有点蔫蔫的,往年都是可敦陪着的,今年可敦要在家带孩子,死活不肯过来,阿布那个气……气得连旁边多了个金发雪肤的大美人都不知道。

大美人倒是不在乎被冷落,自己骑着匹小马看着在草原上飞驰的勇士们眼冒精光。

她一双漂亮的蓝眼睛滴溜溜转了一圈,最后目光落在了阿布身下的大黑马上。

啧啧……这骨架……这肌肉……这毛色……这眼神……

妍君公主口水都要流下来了。

阿布被她盯得发毛:"公主请自重。"

妍君擦了擦口水:"可汗啊,这秋猎你不参加吗?"

阿布矜傲地扭过头,不说话。

妍君心想这是默认了,高兴道:"可汗,反正你不上场,不如把你的马借给我吧?我这小马不济事,估计跑起来还没我快。"

可汗一脸发蒙地下了马,半晌才反应过来,这公主来了之后养伤养了半个月,自己也没顾得上搭理,怎么就出现在秋猎场上了?

"等等，你怎么会在这里？"

妍君此刻已经上了大黑马，发现没有趁手的武器，一伸手就把阿布背上的一把大弓摘了过来，讪笑道："可敦姐姐让我来的，让我好好陪可汗。"说着她面容一肃，抱拳道，"可汗放心！我一定猎到最好的猎物献给您！绝不辜负可敦姐姐的期望！"

阿布还没来得及说话，妍君已经骑着大黑马风一样地跑了出去。

当晚，可敦望着躺在帐篷前的一只熊瞎子觉得眼前阵阵发黑，喘了两口气，这才拉着脸上多了几道血痕的妍君公主进了帐篷。

"这个……妍君公主啊，你难道也不愿意接受可汗吗？"可敦想了想自家男人娶了好几个老婆，奈何除了自己一个都留不下来的悲伤，有点心疼。

妍君一脸莫名其妙："姐姐你说啥？"

可敦眉头一皱："我让你去陪可汗，你怎么去打猎了？"

妍君喜笑颜开，抱着可敦的胳膊就开始撒娇："姐姐，我这不是陪着可汗去了嘛，我猎了一头熊瞎子呢，可汗手底下那些人都不如我，我是不是很厉害……"

可敦："……"

帐篷外的可汗翻看着熊瞎子的尸体，那尸体软绵绵的，身上多处骨骼被人徒手打断了，可汗不由得擦了擦冷汗。

五

转眼妍君公主已经来了快三个月，每天飞鹰走马日子过得好不快活，就是苦了她那个侍女，每天恨不得以泪洗面。

妍君很不解："咱们现在日子过得这么快活，你老哭啥？"

侍女很忧伤："公主，你是来嫁给可汗的，这都三个月了，他一次都没来你的帐篷啊！"

妍君若有所思："我说呢，怎么好像忘了什么事儿，原来我是来嫁给可汗的……"

她一拍大腿："择日不如撞日，我这就找可汗去！"

侍女吓呆了："啊？"

妍君已经大步出了帐篷。

循着火光走了一会儿，妍君一眼就看见可汗站在可敦的帐篷外一个人吹冷风，帐篷里隐隐传来可敦哄孩子的声音。

妍君见了个礼，道："不知可汗打算何日与我完婚？"

可汗吓得后退了半步，下意识道："不急、不急……"

帐篷门帘这时被掀开，露出可敦惊喜的一张脸："呀！妹妹终于想通了，可喜可贺！以后我们就是一家人了，妹妹不用担心，姐姐一定把你们的婚礼办得——"

话未说完，妍君觉得有点冷飕飕的，旁边的可汗黑着脸一把抓过她的手，冷哼道："不用了，就今天吧！我们走！"

进了帐篷，可汗二话不说，扯过一床铺盖卷铺在地上，道："你睡吧，我睡地上。"

妍君:"啊?咱不是要完婚来着?"

可汗哼了一声:"公主请自重,我并无纳妾的打算。"

妍君:"那你还娶我?"

可汗声音闷闷的:"两国邦交,我也无法。不过我这里一向自由,你若是有意中人,大可学你柏华姑姑,天高地阔哪里都可去得;你若是有想做的事业,亦可学你成君姐姐,她现在是我的守城大将;若你还不知道想做什么,便在这儿安心住着,左右没有人会为难你,但是——"

他的声音微微一沉,目光也变得凌厉起来:"我是不会和你完婚的,这一生,我只想与云珠一人终老。"

妍君蓝眼珠子滴溜溜转了转,她性格大条,但也不傻,此刻左右一联想,顿时想明白了许多事。

她扭过脸去,肩膀微微发抖。

可汗一愣,想着自己是不是伤了这姑娘的心,虽说她能徒手打死熊瞎子,不过到底是个姑娘家……

然而此时,妍君公主终于憋不住大笑起来。

"哈哈哈哈哈!对不住可汗,我想忍住的,但是没忍住,哈哈哈哈哈哈,你是在吃你儿子的醋,对不对?哈哈哈!对不起对不起!我努力忍住不笑……"

可汗的脸色黑得堪比他那匹大黑马。

六

次日傍晚时分,妍君去了可敦的帐篷,可敦眼睛下面有些发青,想来是没睡好。

妍君心思转了转:"姐姐昨晚没睡好吗?"

可敦勉强笑了笑:"孩子不听话,老是闹。"

妍君伸手接过孩子,在他屁股上轻轻拍了一把:"小坏蛋不乖哦!"

可敦望着妍君一脸宠溺的表情,心情有些复杂,犹豫着开了口:"昨晚你和可汗……"

妍君娇羞一笑:"姐姐——"

可敦脸色有点白,低头喝了口水,稳了稳心神才道:"想来妹妹和可汗相处得不错,如此甚好。妹妹须记得,可汗晚上喜欢看书,记得以后千万别纵着他熬夜,最好提前熬一点汤,他不挑,只要是热乎的就行,他习惯喝点汤再睡……"

可敦絮絮叨叨说了不少,净是些鸡毛蒜皮的小事,却是阿布可汗不为人知的小习惯。妍君看着可敦眼里若有若无的泪花,叹了口气,心想这姐姐咋比我还傻?

"姐姐,你这是做什么,你才是可汗的妻子。"

可敦说得忘情,抹了抹眼睛,笑道:"现在你不也是吗?"

"可是姐姐,我看你并不开心。"妍君心底暗暗捏紧了拳,可汗老兄啊,今日为了你,我算是豁出这张老脸了!

可敦沉默半晌,一语不发。

妍君觉得自己快撑不住了！

良久，可敦像是突然放松了一般，深深地吸了一口气，缓缓道："我原本只是柏华公主身边的侍女，这辈子能嫁给阿布是我天大的福气，所以我就想，我一定要对他好，一定要尽力做一个好女人。

"好女人是可以为了丈夫的幸福做任何事的。他是可汗，就算不为了他自己，他身边也不应该只有我一个人。可惜之前嫁过来的两任公主都心有所属了，我也不好勉强。

"你是个好姑娘，我就想着，我现在照顾孩子顾不上可汗，可汗身边总需要一个知冷知热的人照顾着，你们要是能在一起也是好事。

"我本来是这样想的，真的。可是昨晚，我一想到阿布陪在另一个女人身边，我才发现我不是什么好女人，我其实很自私……

"不过你不要担心，我把这些话说给你听，不是要你做什么，我只是……"

她突然不知道怎么说下去了，有些无措地愣在那里。

门帘被人豁然掀开，阿布长腿一迈跨了进来。

妍君偷偷朝阿布眨了眨眼，比了个口型："大黑。"

阿布摆摆手："行了行了，大黑归你了。"

妍君笑成了一朵花，抱着孩子开开心心出了帐篷。

七

可敦一脸茫然地望着突然闯进来的阿布，又忍不住伸长脖子看了看带着孩子走远了的妍君。

阿布闷声闷气道："别看了，天天就知道看孩子，你多久没看我了……"

可敦脸一红："我——"

阿布上前捧住她的脸，恶狠狠道："不许你看他，只许你看我一个人。"

可敦："……"

阿布猛地亲了上去，在她柔软的唇瓣上啃了一口："听见没有？"

可敦还没反应过来："可是妍君她……"

阿布翻了个白眼想了想，笃定道："她是个好姑娘，力气大，胆子大，是一员猛将。"

可敦："啥？"

阿布认真地看着她的眼睛："我已经认她做义妹了，以后咱儿子的骑射武艺由她来教。"

远处妍君的帐篷里，妍君将熊孩子高高抛起，又稳稳接住，熊孩子兴奋得咯咯直笑，妍君也笑得开心，在熊孩子脸蛋上亲了一口："小坏蛋，学什么不好，非学人当灯泡，以后跟我混知道不？姑姑带你打熊瞎子！"

第二卷 没事也要找点事

「书呆子,我把你的书都看完了,我会解雉兔同笼了。」

工科狗和女将军

一

成君将军近日很是不悦,原因是可汗给她强塞了个军师。

说起来自打成君公主当了将军,就沉迷练兵无心美容,有几次被可敦拖着敷面膜敷到一半,听说手底下士兵闹事了,公主把脸一抹,套上盔甲就去了校场,不一会儿,闹事大兵的惨号声就传遍了全城。

久而久之,成君将军的威名已有止小儿夜啼之功效。

此刻,成君公主大马金刀地坐在她的军帐之中,对着面前那个一脸茫然的书生目露凶光。

出于某段不想提起的关于丞相家公子负心汉的过往经历,成君对南边来的书生有种天然的敌意。

成君冷笑道:"说,你来这里是为了什么?"

书生的目光有些躲闪:"游学天下,经世济民。"

"扯!经世济民的鬼话卖给南边的君主不是更值钱?"

书生直勾勾地盯着她:"不是的,子曰兼爱,家国有南北之别,百姓无南北之分,又所谓上本之于古者圣王之事,下原察百姓耳目之实,我等读书人,唯有深入基层,才知百姓疾苦,方能经世济民。"

成君想了想:"哪个子这么说过?"

书生低咳了一声:"墨子。"

成君一拍案几:"墨家的工科狗,跟我装什么读书人?来人,把这位先生送到军械部去,以后军械由他管理!"

二

管理军械是书面用语,通俗地说,就是看守马具库房。

书生一天刷三百个马鞍,修理一百个马笼头,累成狗。

成君公主来视察工作:"这位墨家的高才生,不知你对我们的军械可有什么改进意见?"

书生精神一振:"有!"

说罢抽出一沓图纸:"你看,现有的马鞍设计不合理,不符合人体力学,在士兵臀部和马鞍之间会形成一个摩擦角度,骑行久了会很累,还会磨破臀部,影响士兵长途奔袭。"

成君公主盯着马鞍看了半晌,心中有些赞同,却听见书生继续道:"特别是对女子来说,用这种马鞍不仅累,还会在臀部和大腿磨出茧子,很容易影响……"

"闭嘴!"

成君愤怒地走了。

书生愣在原地:"很容易影响女子的走路仪态,没毛病啊？"

次日，成君公主找了十来个马鞍制作工人，甩下一沓图纸："去军械库房，找那个看门的。"

看门的书生对着突然多出来的十几个手下搓着手笑得一脸和善，嘴里念叨着：哎呀，这位女将军看着又凶又不讲道理脾气还差，但还是很有眼光的嘛！

等到新式马鞍的制作正式开始，有人来说将军要见书生，书生掸了掸身上的木屑就去了。

女将军依旧大马金刀地坐在军帐中，一双凤眸微微眯着，看着书生似笑非笑。

"我很凶？"

"我不讲道理？"

"我脾气还很差？"

成君拍案而起："二十天内，一千个新式马鞍，我要一个一个验。"

书生霍然站直："将军，你要讲道理，新式马鞍的改进肯定不是立刻就能完成的，首先我们需要做出样品，然后招募志愿者进行试用，最后还要根据反馈来进行产品调整——"

"闭嘴！"成君眼刀咻溜溜甩过去，书生缩了缩脖子。

相对沉默半晌，书生恍然大悟一拍大腿："将军，是不是因为我说你又凶又不讲道理脾气还差你才故意为难我的？"

成君点点头："对。"

书生一脸真诚道:"可是将军,我们要讲道理,你这是公报私仇,这样不好——"

书生话未说完就被拖出去了。

三

新式马鞍推行得很顺利,书生又提出了改进投石机的想法,成君从城里抓来十几个木匠给他去自行倒腾。

闲来无事的时候,成君会去仓库看看,看着书生一身粗布工作服,头发上沾满了木屑,扎在木匠堆里一起刨木花、量尺寸,觉得有种诡异的萌感。

可当书生一开口,成君的好心情就会被破坏殆尽,她简直怀疑这厮是不是因为不会说话在南边犯了事才跑过来的。

当成君终于忍无可忍问出这个问题时,书生一脸的理所当然:"是啊!"

成君:"哈?"

书生义正词严道:"将军您不懂,我们读书人靠的就是一张嘴一支笔,可是有些有权有势的人,只想用我们的笔,不准我们张嘴说话,一句话不如意就找人搞事,我等读书人轻生死重气节,岂能受此侮辱?此地不留人自有留人处,这北方天地广阔正是我大展抱负的好地方。"

成君冷笑:"恕我直言,就你这说话的艺术,还真不一定是谁的错。"

书生辩驳:"这你可错怪我了,想那权贵之人利用女子对自己的一腔爱慕图谋不轨不说,还意图私通外邦,操行全无,我不过争辩了两句,他就下令全城追杀我,这能是我的错?"

"你争辩了些什么?"

"我委婉地表示他是个有妈生没爹教的缺德混账货。"

成君一口茶呛在嗓子里,一边笑一边咳,半天没说出话来。

书生关切地帮她顺了顺气:"将军,身子不舒服就早点休息吧,记得多喝热水。"

成君一脚把他踹了出去:"滚!"

四

最近天阴沉得厉害,怕是要下雪了。

每年这个时候,草原部族都开始囤积粮草准备过冬,可同时,草原上神出鬼没的马贼们也到了囤积粮草的时候。

成君将军领了军令出城剿匪,一马当先,带着一群被操练得嗷嗷叫的大兵在草原上循着线索赶了三天,终于在第三日傍晚发现了马贼的行踪。

成君望着天边乌沉沉的铅云,心中豪气顿生:"传令下去,就地造饭,三更突袭马贼营地!"

众人应诺,下马扎营。

成君坐在一处背风的山壁下小口小口地喝着热乎乎的羊汤,望着眼前跳跃的篝火有些走神。

她看了看手中不知道被多少人用过，已经看不出本来颜色的木碗，又看了看清水炖肉胡乱煮出来的羊汤，心中感慨万千。

谁能想到，两年前她还是个锦衣玉食娇生惯养的公主呢！

成君眯着眼睛看向远处大口吃肉谈笑风生的粗豪汉子，又喝了一口无滋无味的羊汤，笑了笑，觉得这样的日子比从前好得太多。

只是终究比自己对未来的期待少了一点什么。

她伸手从怀里掏出一块绢帕，上面有一首情意绵绵的情诗，正是很久以前那位负心的丞相家公子用灰隼传给她的。

其他的都烧毁了，唯独留了这么一块贴身藏着，倒不是说旧情难忘，事实上日子过得太快，成君已经记不清那位丞相家的公子到底长啥样了，只是看着这块绢帕，她就想起当年一派天真满心都是对爱情无限憧憬的自己。

她很想念那样的自己。

说来可气，自己打小就喜欢读书人，觉得那些文雅的书生简直是爱情的最好载体。可是命运捉弄，长这么大唯一有过交集的读书人就是那位丞相家的公子，还是个斯文败类。

哦不对，其实还有一个。

成君揉了揉眉心，想起仓库那位自称读书人的工科狗。

这都是些什么玩意儿！凭什么姑姑随便遇到个写言情小说的书生都能成就一段可歌可泣的爱情？

成君欲哭无泪。

算了,爱情都是虚幻的,杀敌才是正经的。

成君收起绢帕,闭目养神。

五

三更时分,成君抖擞精神,率军出发。黑压压的一片铁骑,像黑色的潮水漫过枯黄的草原,直奔远处的山谷,那里是马贼的巢穴。

一切都很顺利,直到一支训练有素的骑兵小队撕开重围的时候,成君才惊觉不对。

一群无组织无纪律的马贼,怎么可能会有这样一支进退有度的彪悍骑兵?

"追!"成君当机立断,留下人马收拾残局,自己带着一队精兵追着那支骑兵而去。

骑兵一路向北,逐渐进入到一道幽深的峡谷之中,眼看就要追上了,忽然峡谷两岸有巨石滚滚而下,砸伤了不少人马。成君跳下马,带着众人寻找躲藏的地方,好在她临危不乱,带的又是最优秀的骑兵,还不至于阵脚大乱。

现在,成君基本可以肯定,她追踪的这伙马贼与西边汗国有联系。

东西两边汗国连年征战,双方各有胜负。近年来,阿布可汗与南方朝廷交好,国力日渐强盛,西边汗国逐渐不敌,渐成困兽之势,这马贼说不定就是对方派来的细作。

后半夜气温骤降,沉闷了数日的天空纷纷扬扬飘下了鹅毛大雪,成君和一群老爷们挤在一起瑟瑟发抖,好不容易等到天亮,发现峡谷出口被人用山石堵住了,那一支骑兵早已不知所踪。

成君不敢冒险,从昨日的情况来看,在峡谷两边埋伏的起码有上百号人,他们不过数十人,还有十来个身上带着伤,这波有点悬。

好在一路留下了标识,现在只能寄希望于之前留下的人能循着标识找过来。

又等了三日,大雪依然在下,积雪快有半人深,成君心中开始忐忑起来。

"这样不行,大雪会掩盖住我们留下的标识,我们的干粮也不够了,等下去只有死路一条。"

成君站起身,目光坚毅道:"跟我杀出去,拼一条活路。"

"得令!"众人吼道。

天光刺眼,马在雪地里走得艰难,众人一边警戒一边往出口走,不长的一段路足足走了小半个时辰。

众人正准备想办法撬开山石,猛然听得一阵猛烈的撞击声传来,成君脸色一变,忙道:"都后退!"

"轰隆"一声,山石碎裂,映入眼帘的是一架巨大的木制机械,以及数十架雪爬犁。

六

八岁那年,成君听柏华姑姑说:"我喜欢的人会穿着白衣骑着白马来娶我,带我去纵情江湖。"

后来,听说姑父果真穿着白衣骑着白马带她去江湖了。

可是自己呢?

成君望着眼前穿着麻衣坐在雪爬犁上胡子拉碴眼窝深陷的书生,不禁嘴角抽搐。

书生连滚带爬地下了雪爬犁扑了过来,一把抱住她,嗷了一声,半天才哆嗦出一句完整的话:"你、你没事吧?"

成君有些尴尬,可是隔着厚厚的盔甲,她感觉到书生浑身都在发抖,又有些不忍心推开他。

成君想笑,忽然觉得这连滚带爬的书生也挺帅的,不比穿白衣骑白马的书生差。

回到王城之后,可汗看了他们带回来的东西,确认了这些都来自西边汗国,不过两边交恶已久,倒也不在乎多这一桩。

只是有一点,从那些马贼的巢穴搜出来的东西中,有一些成君比较眼熟。

比如新式马鞍、投石机、雪爬犁之类的……

是夜,书生自己找上了门。

"说吧,给我个解释。"

书生点头:"那些东西确实出自我手。"

成君浓眉拧起。

"我以前效忠于南边一个权贵,他勾结西边汗国,为他们提供兵器和粮草。"

"嗯,还有呢?"成君挑了挑眉,想起白日里书生那失控的一个拥抱,下意识地多问了一句。

书生突然抬起头,直勾勾地盯着她的眼睛,一字一句道:"还有,我其实骗了你,我根本不想什么经世济民,我来草原就是想认真地和你说三个字。"

成君心中一跳,不知为何竟然隐隐生出一种期待来。

"对不起。"书生语气诚恳。

成君:"哈?"

书生垂下头,又恢复了那副怂样:"其实,我从前是丞相府的门客。"

成君脸色一变,下意识地攥紧了那块绢帕。

书生飞快地瞟了一眼,道:"其实,那首情诗也是我写的。"

"所以跟我通信的一直是你?"

成君脸色再变,书生悄悄退后了两步。

"是、是啊!公主,你别难过了,丞相家的公子真不是个东西,他连和你传信都懒得自己动手,让我给他代笔,还让我写情诗,我一个工科狗哪会写情诗啊——"

成君冷笑道:"没错,是写得狗屁不通。"

说罢扬手一甩,绢帕甩到了书生脸上。

"出去吧,我要睡了。"成君很失望,也不知道自己在失望些什么。

"你不生气了吧？"书生一脸忐忑。

"没有，不生气。"成君满脸都写着"我很生气快来哄我"几个字。

书生绽开一个傻笑："那就好那就好，将军晚安，将军好梦。"

成君泄气地坐了下来，一脚踢翻了炭盆，盯着还在微微摆动的门帘，心里有点希望它再度被人掀起来。

七

"可敦啊，你能不能给我讲讲，你当初是怎么把可汗追到手的？"成君敷着面膜，跟身旁的可敦唠嗑。

"其实吧，当时我就想找个顺眼的侍卫随便嫁了。"

"你说什么？"可汗的声音不知道从哪儿飘了过来。

可敦忙道："我说儿子估计要醒了，你去看看。"

"哦。"可汗远远应了一声便走了。

可敦松了口气，一脸八卦地看着成君："咋，你看上谁了？"

成君犹豫了半天，开口道："姐姐还记得当初我和丞相家公子的来往信件吗？"

可敦紧张道："妹子，你可别想不开啊，好马不吃回头草。"

"不是的，有一个傻子，当初替丞相家公子代笔跟我往来信件，后来看不下去公子的作为，闹翻了被全城追杀，他逃到草原来,说就为了跟我说一声对不起。"

可敦一脸了然:"我说呢,当初那书生怎么就死心眼跟可汗说要去给你当军师,啧啧,不错,小伙子有前途。"

"可他好像就为了跟我说句对不起而已啊!"成君有气无力地趴在榻上哀号。

"我跟你说,男人嘛,脸皮厚,就喜欢把自己藏得严严实实的,你不逼他一把,说不定他连自己都蒙过去了。"

"真的?那姐姐你觉得他喜欢我吗?"

"能不喜欢吗?不喜欢会拿小命开玩笑啊,不喜欢会千里迢迢来找你啊。还有啊,知道你被困住了,那小子三天三夜没合眼,做出来一个大家伙去开山砸石,我又不瞎,换别人谁能对你这么上心?"

"开山砸石啊……"成君公主垂下眼睑,心里有了计较。

八

"军师大人,将军说她的雪爬犁坏了,让你去她的帐篷帮忙修理。"

书生埋头干活头也不抬:"等会儿,我做完这个手弩就过去。"

"将军说很急。"

"急啥啊急,雪爬犁那么多,用别人的不就行了。"

"可是——"

"算了,好吧好吧,我去就是了。"书生颇为不忿地丢下手中的家伙,拍了拍身上的灰就去了。

一进帐,嚯,夭寿了,成君公主今儿居然换上了女装!

成君笑得矜持,目含秋波:"我这雪爬犁坏了,你帮我修一下呗。"

书生低头一看,果然是坏了,可是看这个样子,怎么觉得好像是被暴力破坏的?不过不要紧,修起来难度不大。

书生埋头吭哧修理,成君在一旁又是撩头发又是甩衣袖地折腾了半天,书生头都没抬。

成君忍住怒气:"是不是修不好了,修不好就算了吧,天黑了,不如我们一起吃个饭?"

书生霍然站起:"你可以侮辱我的人格,但你不可以侮辱我的专业!我告诉你,这个我肯定能修好!修不好我就——"

"你就怎么?"成君抛了个媚眼儿,嗓子软了八度。

"我就带回去修!"书生掷地有声道。

说罢真的打算拖着雪爬犁出门。

"我说它修不好了。"

"我说它能修好!这是我的专业!我说了算!"书生一下来了脾气。

"咔嚓,哗啦——"

成君一脚蹬过去,雪爬犁瞬间碎成一地木块。

"我说,它修不好了,"成君盯着书生的眼睛,面带冷笑,一字一顿,"现在可以留下来陪我吃顿饭了吗?"

"哦。"书生震惊地看着她,愣愣地点了点头。

酒过三巡,成君几番试探无果,终于决定单刀直入:"你告诉我,你来草原找我,就是为了跟我说那三个字吗?"

"哪、哪三个字?"

"你说呢?"

"对、对不起?"

"不对。"成君笑得妩媚,又灌了他一杯酒。

"其实,还有三个字,我——"

"你什么?"

"我不敢说。"书生喝得有点多,脸上泛起红晕。

"我让你说。"

"我喜欢你。"书生说完掰了掰手指,"不对,是四个字——"

成君往他身边蹭了蹭:"真的?"

"真的。"书生直勾勾地盯着她,"我给你写信的时候就想说,那王八蛋不喜欢你,喜欢你的是我,可我不敢,你是公主……"

"我不是公主了,我现在是将军。"

"可我……"

"你是我的军师呀!"成君轻笑着,眼睁睁看着书生羞涩地低下头,连脖子都红了。

红成一只虾子的书生扭扭捏捏地从怀里掏出那块绢帕:"情诗是我写给你的,当时想了好久,你能不能收下它?"

成君收下帕子，轻轻印上一个唇印："嗯，写得不错，我很喜欢。"

　　书生瞪大了眼睛，猛地又灌了一杯酒，大概是酒壮怂人胆，他伸手指了指自己的面颊："这个，你喜欢吗？"

　　成君摇摇头："不喜欢。"

　　书生一脸失落地低下头，却被成君伸手捧住脸颊，端端正正地在他唇上印下一个吻："这个喜欢。"

学渣公主的风花雪月

一

"今有雉兔同笼,上有三十五头,下有九十四足,问雉兔各几何?公主,这是一道送分题啊!"

夫子苦口婆心,妍君公主惭愧地低下头,诚恳道:"不会。"

很明显,妍君公主是个坦诚的学渣。

夫子痛心疾首地下了结论:"你真是我带过的最差的一届!"

二

妍君公主的母妃来自遥远的罗斯之地,是个金发碧眼的美人,妍君公主作为中原唯一一个身具战斗民族血统的公主,的确没有辜负这份血统。

她自幼天生神力,性格豪爽,唯一的缺点是拳头永远比脑子行动快,是后宫众多皇子公主中的异类。

皇帝为此很发愁,偶然听大臣说学习算学有助于修身养性,于是一咬牙,把妍君公主扔进了门可罗雀的算学馆。

算学馆也曾盛极一时，本朝所用的太初历法就是出自算学馆，然而近年来却衰落了，如今算上夫子和公主，总共也就三个人。

这第三个人名叫程正，父亲是个小县令，千方百计托关系把程正送进国学馆，谁知道钱没给足被人坑了，关系人把程正送到了算学馆。

不过也算歪打正着，程正对算学情有独钟，十六岁生辰那天更是当众立下宏愿，要重新编撰一部更为精准的历法。

三

妍君在算学馆三年，可谓战果累累。

对门的儒学馆看不上算学馆，常常出言讥讽，妍君一双铁拳，揍哭了不下数十名儒家学子，算学馆自此声名大噪，连带着所有人对程正都敬而远之。

程正倒是个好脾气的，一直以来坚定不移地贯彻着夫子的教导，不管妍君闯下什么祸，他都负责善后到底。

粗略一数，程正这些年赔过医药费无数，修缮过被妍君砸毁的院墙和大门数十回，从青楼酒肆把逃课喝酒还喝得烂醉的妍君背回来数十回……

还有，妍君公主的行事作风给她带来了许多女粉丝，京城不少大姑娘哭着喊着想嫁她，程正还要兼职帮她挡下这些烂桃花……

比如说现在,程正一脸正直地堵在门口:"你不可以进去。"

门外的姑娘一双秋水眸子楚楚动人:"公子,我仰慕妍君公主已久,下个月就要出嫁了,我没别的奢求,只求能见她一面。"说着还流下两滴泪来。

"不行。"程正不为所动。

"书呆子你咋这么不解风情,人家姑娘大老远地跑过来,就见见我怎么了?"

一声嘹亮的嗓音从后面传来,妍君公主一身飒爽的青衫,大步走了出来。

"这位姑娘,里面请。"

姑娘面色一红,不胜娇羞,欣喜地跟着妍君进了屋。

程正脸色一黑。

没错,挡桃花挡的不是门外的那些姑娘,而是门内的妍君公主,但程正觉得自己常常不太能挡得住。

妍君公主陪那姑娘聊了半日,眼看天色不早,还没有离开的意思,程正推开门,冷着脸道:"公主,该上晚课了。"

那姑娘被程正黑脸一吓,讪讪起身告辞,留下妍君古怪地望着程正。

"程正啊,你对我是有什么不满吗?"

程正一言不发,出去将院门上了三层锁。

妍君一拍大腿:"程正!你是不是嫉妒我被那么多姑娘喜欢?"

程正一个趔趄,定了定神:"并没有。"

妍君在他肩膀上擂了一拳,正义凛然道:"兄弟,不要不好意思,人之常情,我理解的!"

"没有!"程正语气有些恼怒,拂袖而去,留下妍君若有所思。

四

说起来,这是妍君在算学馆的最后一年了,再过几个月,妍君满十六岁,行了及笄礼,便只能待在宫里接受教习嬷嬷的教导。

年前成君公主嫁给了东汗国的可汗,走前给她留了几本二手教材——《论脂粉的十八种使用方法》《长盛不衰的三十八种妆容》《三年化妆五年养颜》……

妍君想到那几本摞起来有她高的书就忍不住擦冷汗,深觉成君姐姐的不容易。

妍君回到算学馆的时候发现今日出奇的安静,好吧,算学馆总共就三个人,只要妍君不在,都很安静……

走进课室,没人。妍君脚步一转走到了后院,西北角的凉亭里,两个人一坐一站,不知在说些什么。

妍君眼睛一亮,宫里的压抑在见到这个小正经之后一扫而空,她正要跑过去找他,却一个趔趄,脚步生生顿住了。

她看见程正突然跪了下去,夫子声色俱厉,不知道在训斥着什么。

学渣的本能是什么?

怕老师。

妍君嘴角抽了抽,她从来没见过这么凶的夫子,这和平常总是打瞌睡的老头形象差距太大了,妍君拍了拍胸口,掉头就跑,庆幸自己来得巧,没有一头冲过去。

耐着性子等了大半个时辰,终于看到夫子悠悠走了出来,似乎还有点余怒未消,大步出了学馆,妍君猫着腰悄悄溜进了后院。

五

程正还在亭子里,脸色很不好的样子。

妍君一慌:"你这是咋了?"

程正看了她一眼,又飞快地别过眼,神色冷淡,没说话。

"嗨,不就是被夫子骂一顿么?我跟你说,习惯了就好,像我就很习惯……"

"公主!"程正突然开口打断她,"公主请回吧,我有些事,想自己想一想。"

妍君同情地看了他一眼,拍拍他的肩:"我懂的,男人嘛,都要面子……"

妍君体贴地把自己的毛皮披风给程正披上了,自己一路躲着夫子离开了。

她没看见身后的程正一手攥住还带着妍君体温的披风,目光一瞬间变得坚定而隐忍。

一连数日,妍君都没有见到程正,夫子也不知道哪里去了。

妍君觉得生活突然变得无聊起来。

对面儒学馆的新生又开始作妖了,妍君看了他们一眼,有点意兴阑珊,一想到打完架没人帮她赔医药费就没了动手的欲望。

她想去喝城南酒肆最有名的甜米酒,可是一想到程正不在没人在她喝醉后把她背回来又有些怅然若失,生生止住了步子。

就连来算学馆找她一诉衷肠的姑娘们她也不大爱搭理了,说不了两句就说自己要上晚课打发别人走人。

妍君公主在偌大的算学馆里仰天长叹:没有程正的日子好无聊啊!

六

夫子回来了。

见到夫子就怂的妍君忙不迭地凑过去,挤出一个讨好的微笑:"见过夫子。"

"哦,是公主啊?你为何还在这里?"

"啥?我不是您的学生吗?"

夫子呵呵一笑:"我以为程正走了,你也不会来了呢!"

"什、什么意思?程正走了?他去哪儿了?"妍君心里一跳,顾不得考虑夫子那话什么意思,急急问道。

夫子叹了口气:"他去西方了,他说他要去极西之地,研读那里的算学成果,他要制定一个更精准的历法,他想振兴本朝的算学。我不知道这需要多少年,一路艰难险阻,我甚至不知道他能不能回来……"

妍君已经听不清夫子在说些什么,耳朵里轰轰作响,脑子里只有一句话在反复徘徊:程正走了?程正不要我了?

"公主,你从来不是他的,何谈他不要你?"

夫子的声音猝然传来,妍君一愣,这才发现自己一直在喃喃念叨着那一句。

妍君露出一个比哭还难看的微笑:"夫子,我这就回去了。"

夫子却突然提高了声音:"公主,他在书楼给你留了点东西。"

七

望着面前半人高的一摞书,妍君欲哭无泪,这是多大仇多大怨?

从《三年入门五年精通》到《九算天下》,妍君见过这些书,都是程正最珍爱的。从前他给她介绍这些书的时候,那目光灼灼得跟看自家媳妇似的……

妍君突然觉得有点心酸,程正什么时候能用这眼神看看自己就好了……

妍君猛然一惊——自己在想什么乱七八糟的?

妍君带着半人高的书回了宫,不知道出于什么心理,往日如同天书一般的东西,她却硬着头皮看了下去。

及笄礼那天,妍君端着一脸贤淑的微笑应付了一天,当晚回到寝宫,却发现她的亲妈、美艳无比的绮妃娘娘正在寝宫里等她。

妍君天不怕地不怕,唯独怕这位比她还要生猛的母妃。

"妈……"

绮妃看了她一眼:"啧啧,果真是长大了,终于不是平胸了。"说罢挺了挺胸,故意显出了自己傲视群雄的胸围。

妍君羞愧地低下了头。

绮妃轻描淡写地丢给她一样东西。

"这啥玩意儿?啧啧,这花纹可够恶俗的……"妍君掂量了一下,挺重,似乎值不少钱。

"这是罗斯之地国王的信物。"绮妃大大地翻了个白眼,"今儿你就算成年了,这东西也该给你了。你记好了,你不仅是中原的公主,你还是罗斯之地唯一的传人,将来我会安排你回到母国……"

"回母国?你要我回去夺王位吗?我爱好和平。"妍君睁着无辜的大眼睛。

绮妃恨铁不成钢地瞪了她一眼。

经过一番掰扯,妍君这才知道,绮妃本该是罗斯之地的女皇,然而先国王病逝之时,绮妃的叔父发动了政变,派人暗杀绮妃。

绮妃靠着一身武艺硬生生地杀出重围，逃到了茫茫沙漠，后来藏身商队，来到中原，阴差阳错嫁给了中原皇帝。

但这历代国王的信物却被她拼死带了出来。

绮妃目一凛，一掌拍碎了身下的楠木椅："妍君，咱们□□，但是仇不能不报，一个字，上！"

"……"妍君缩了缩脖子，"你为啥不自己上？"

□一声："我男人在宫里，我费那个劲儿回去干吗？"

□道："那我……"

□绮妃冷笑道，"你男人在宫里？"

□近，挤挤眼："闺女，别以为我不知道，你喜欢□哥。我跟你说，想和你学霸哥哥在一起，当公主□当女王。到时候，你有的是人手去找他，他要□绑回来，你想对他做啥都行，他不从你就霸王□是不是这个理儿？"

□？"妍君绝望地发现好像亲妈说的是对的，自□，可不就是喜欢他么，她哭丧着脸道，"妈，你□"

□挑："早说你就能追到他？天真！"

□妈说得有道理，于是决定接受绮妃的建议。

□指一挥，妍君不仅逐渐接手了绮妃与罗斯之地□把程正留下的书给看得差不多了，她终于有底□问题说这是一道送分题了……

没事也要找点事

看到最后一本的时候,她接到了一道圣旨,和亲的圣旨。

她下意识地看向绮妃,绮妃点点头,这是她的安排。

八

妍君来到草原已经半年多了,果然如同绮妃所说,这里不是牢笼。可汗没有娶她,反而认她做了义妹,她在草原上来去自由。

她还动用了绮妃留给她的暗线,终于查到了程正的下落。

她并没有惊动他,只是等在了他回来的路上。

今日,就是他回来的日子。

妍君从怀里掏出一本薄薄的小册子,这是程正留给她的最后一本书。

正是这本书,坚定了她一定要找到他的信念。

这是程正手写的一部算学心得,前面半本都是一本正经的学习心得,直到出现了一行小字:要命,新来的女同学好漂亮。

再往后翻:女同学是个学渣,好蠢萌。

下一页:收回上一句,这是个混世魔王。

再往后:虽然是混世魔王,但是也挺萌。

妍君已经翻过了许多遍,可是每看一遍,她仍然会觉得鼻子发酸。

笔记里记了很多东西,记着他们每一次逃课,每一次被罚,每一次闯祸……

程正多好啊,多好的一个学霸,被自己给带坏了……

妍君吸了吸鼻子想道。

直到最后一页——

妍君,我可能爱上你了。我问夫子,我能不能娶你,夫子说不行,皇上不会把你嫁给一个穷学生。所以我决定去干一件大事,等我干成了,我就会成为一名大学者,或许到时候我就有机会娶你了。

妍君放下笔记,闭上眼睛,她想起离开学馆那一日,夫子那几句意味深长的话。

她想起那天在学馆后院,程正跪在夫子面前,目光却比任何时候都要坚定的模样……

妍君的嘴角微微勾起来,书呆子,我好想你。

九

盛大的篝火燃了起来,这是草原上的部族在欢迎路过的商队,程正就在这一支商队中。

火光映着众人被风沙吹得黝黑的脸庞,丰盛的烤肉在火堆上噼里啪啦滴落下油脂,空气里飘浮着甜美的马奶酒的香味。

不知道是谁开始哼起了歌,歌声逐渐响起来,有人拿起了马头琴。

忽然琴声激越,有一红衣舞娘踩着舞曲飞速旋转着进入篝火中央,纤腰一握,曼妙的身躯在大红色的舞裙下若隐若现,她半张脸都藏在红纱下,只露出一双美丽的蓝眼睛,灵动异常。

身穿白色麻衣的年轻男人静静地坐在角落里,他并没有参与这盛大的狂欢,只是拿着一壶马奶酒小口喝着,远远地望着那红衣美人,似乎想起了什么,眯着眼睛笑了笑。

忽有香风翩跹而至,白衣男人茫然抬头,正对上一双熟悉的蓝眼睛。

"书呆子,你走后,我都不敢一个人喝酒了,我怕喝醉了没人背我回家。"

"啪嗒"一声,程正手中的马奶酒壶直直掉了下去。

十

程正背着喝醉的妍君走在陷入寂静的草原上。

夜很深,星子很亮,篝火都熄灭了,连牧羊犬的叫声也渐渐消失了。

脚下的路还有很长,程正一步一步走着,每一步都走得无比踏实。

喝醉的酒鬼公主趴在他的肩膀上嘟嘟囔囔。

"书呆子,我把你的书都看完了,我会解雉兔同笼了。"

"嗯,你很厉害。"程正嘴角翘起来,目光柔和。

"现在没有姑娘喜欢我了。"妍君把头埋进程正的颈窝,灼热的呼吸带着马奶酒的甜香味喷在他的脸颊上。

程正把她往上托了托:"没事,有我喜欢你。"

性别歧视

一

成君站在军营外,双拳攥得发白。

这里曾是她的军营。几个月前南边的眼线传来消息,中原王朝的丞相叛逃至西汗国,说服了西汗国可汗出兵攻打东汗国,阿布可汗当机立断,点兵亲征,王城大小事务由国师暂代。

就在那时,成君临产,休了产假,王城守将一职暂由国师弟子左木雷代替。

然而产假归来,等待她的只有左木雷冷冰冰的一张脸:"国师有令,王城戒严期间,无关人等不得随意出入。"

无关人等?!

成君剑指左木雷,锋锐的剑刃落在左木雷的脖颈旁,成君的声音比剑刃更冷:"你不过是暂代我的职位,有什么资格对我说这话?"

左木雷站得笔直,眼神都没变一下:"大汗出征,军队改制,我是国师任命的守城将领,这里没有您的职位。"

成君脸色变了几变,最终收剑入鞘,直接去找国师。

二

"公主,您从前担任守城将领,那是可汗厚爱,可是如今不同,您有了家室,更有个襁褓中的娃娃嗷嗷待哺,眼下时局紧张,您就不要涉险了,安心在家相夫教子就很好嘛!"

国师笑眯眯地给成君倒了杯茶,满脸都写着苦口婆心。

"可汗答应过我,待我生下孩子,身体恢复便可继续担任原职。"成君咬着牙,一字一顿。

国师呵呵笑得像个弥勒佛:"有契约文书吗?有可汗的签字印章吗?可汗国事繁忙,职位调动这种事,老臣来就好。老臣为东汗国鞠躬尽瘁,自然需要考虑方方面面,当初老臣就不同意您担任将领,您是女子,总要结婚生子的,看看现在,可不就被老臣说中了?"

成君拍案而起:"家庭孩子我自有安排,不会影响我的工作!"

"那万一将来您还想生二胎呢?小孩子身子弱,万一有个头疼脑热呢?将来小孩要念书、学武……这都是做母亲的需要操心的事儿啊!您说对不对?"

成君被国师灌了一脑袋的家庭关系经营和相夫教子必读的五十六个道理,跌跌撞撞回到家里,连喝两杯水才缓过劲儿来。

成君坐了半响,冷静下来。她没去找可敦,一来可敦并无实权,二来可汗出征,可敦日子本就不好过,她实在不好再去添麻烦。

成君的丈夫墨涵此时依然担任着军械管理的职位，听闻此事非常气愤，当即决定修书一封辞去官职，与妻子同进退。那封辞职信却被成君扔进了火堆。

成君循循善诱："相公，别冲动，咱家总要有人给闺女挣牛奶钱。"

墨涵沉默半晌："娘子说得有道理。可是娘子，这事儿不能就这样算了，咱们总得做点什么。"

成君凤眸微微眯起，吐出一个字："等。"

三

左木雷最近有些郁闷，成君闲来无事便抱着孩子来给丈夫探班，他也不好说什么，只是为何这成君公主进了军营就把孩子扔给丈夫，自己对着沙盘一看一下午？

左木雷在沙盘上推演的此次东西汗国战役，被成君随手拨拉得扑朔迷离，若是指责她，她定然一脸无辜："啊哟，对不住，我区区女流，不懂战事，以为是游戏之作，一时好奇，弄乱你的东西了？"

左木雷不屑与女子计较，冷哼一声作罢。

又一日，战报传来，东汗国前线失利，可汗率大军不得不后退百里，整装重来。左木雷听闻消息大惊，以他的推演，这一战东汗国占尽优势才对。

他冲到沙盘旁，却发现昨日成君拨乱沙盘后，摆出的正是东汗国失利，退居峡谷占据天险。

他眉头紧皱，看了半晌，终于发现，成君所用的代表西汗国兵力的小旗子，要比他估算的多出来一支。这一支绕开主战场，直捣后方守卫薄弱之处，这才逼得可汗不得不后撤回防。

又等了一日，新的战报发来，可汗果然退居峡谷天险，战报中还提到了一支奇兵，与草原骑兵不同，他们装备精良，武器充裕，暗中绕道奇袭了大军后方，这才导致了此战失利。

左木雷盯着沙盘恨不得盯出一个洞来，她怎么可能知道？

随后几日成君却没有再来，左木雷黑着脸去军械处找墨涵，墨涵神情诡异："这位兄弟，你这样打听我老婆，不太好吧？"

左木雷脸色铁青地走了。

四

又过了一月，左木雷眼睁睁看着成君的推演一次次成为现实，欲放下架子询问，成君不说话，墨涵大呼小叫："你居然搭讪我老婆？看不出来你竟然是这种将军！"

气得左木雷给手底下的兵将们又加了三成训练任务。

这一日他回到营房，隐隐约约听见了墨涵的声音。

"嗯……我晓得……备妥了，放心……"

透过营帐的缝隙，他依稀能看见成君负手而立，盯着沙盘神情复杂，他心里一跳。

他从前不了解成君，只知道国师常骂她牝鸡司晨，成何体统，他便只当是个骄纵受宠的公主，靠着可汗才坐稳了守城大将的位置，如今几番相处下来，却发现这女人让他看不透。

他正兀自发怔，却听成君说了一句："这一次有些险了，希望来得及。"

墨涵握住她的手："别担心，一定没事的。"

成君抬起头，神情却一凛："谁？"

长剑疾出，刺破门毡，堪堪扎在左木雷的脚边。

成君扬起一脸无辜的笑："对不住呀将军，我们夫妻说点悄悄话，伤害到您了吗？听说将军至今还未娶妻，不如我请可敦为将军做个媒？"

左木雷气结，若是成君像第一天那样拿剑指着他，他反而不怕，可面对她这副人畜无害的态度，自己只能落荒而逃。

他没看见成君在他身后，望着他的背影脸色沉了下来。

"他如何？"墨涵问。

成君摇了摇头，没说话。

五

转眼三月过去，前方战事胶着，可汗退居峡谷后便音讯杳然，西汗国的兵力超出了预期，加上叛逃过去的那位丞相所提供的装备和奇兵，逼得可汗不得不一再缩小防线。

这一日深夜，成君奶完孩子，就见墨涵神情紧张地走了进来。

成君眼睛一跳："他们打算动手了？"

墨涵点点头。

成君上前抱了丈夫一下:"万事小心。"

墨涵回抱她,在她背上拍了拍:"你也是。"

当夜,墨涵不知去向。

数日后,军中急报:可汗战死,大军重创。

一石激起千层浪。国师一脸沉痛,声泪俱下,众臣群情激愤,坚持死战到底为可汗报仇者有之,建议暂时退避订下盟约以图将来者亦有之,吵吵嚷嚷,最终国师一锤定音:

"我东汗国不可一日无君,如今当务之急,应当拥立新的可汗!"

众人纷纷称是,这才发现,如此大事,可敦竟然一直没有露面。

六

成君抱着孩子匆匆赶到可敦帐篷,她本担心可敦听到消息之后会崩溃,进来了才发现,可敦坐在案几前正在做针线活儿,两岁的儿子在一旁自己玩,一室安然。

"姐姐。"成君唤了一声,一时不知道说什么。

可敦低下头,"嘎嘣"一声咬断手中的丝线,站起身来。

成君一直以为可敦就是个普普通通的妇人,性情和顺,喜欢照顾家人、教养孩子,可她从没见过这个样子的可敦。

可敦走到她面前,跪了下去。

"成君,姐姐求你一件事。"

成君握紧了拳,依稀想起当年她也曾这样跪在可敦的面前,那时的绝望心酸,至今记忆犹新。

"姐姐,你快起来。"

"不。"可敦摇了摇头,"可汗去了,朝中大乱,我仰仗不了谁,唯一能做的,就是不让我的孩子落入有心人的手中,他可以当流落在外的勇士,但绝不能做汗位上的傀儡。我求你,带他走,逃得越远越好,逃去中原,教导他念书习武,像他的父亲那样。等到将来有一天,告诉他,他父亲的汗位是自己夺来的,若他愿意,让他自己回来夺取汗位。"

成君眼睛有些发酸,可敦跪在地上,腰背挺直,如同即将赴死的勇士。

而她也的确打算这么干,她会将自己送入狼子野心之人的口中,以此来换取孩子的一线生机。

成君把自己的孩子塞进可敦手里,蓦然转身喝道:"来人!"

"在!"数十位彪悍的勇士齐齐应道。

"自今日起,你们负责守卫可敦的帐篷,不许任何人入内,如有人擅闯——"

她眼锋一扫,铿然出剑:"杀无赦!"

"是!"

成君扭过头,扶起可敦:"姐姐,可汗不会就这么丢下你的,你信我。"

她扭头离开，身后，她一手带出来的数十名亲卫军将可敦的帐篷围得严严实实。

七

成君去了军营，左木雷脸上多了一道狰狞的伤口，鲜血淌得满脸都是，这是草原上用来表达哀痛的割面礼。

成君笑道："想不到左将军还是可汗的粉丝。"

左木雷双目通红，怒视着她："你这女人为何如此无情，可汗对你百般厚爱，你居然一点都不悲痛，你的良心不会痛吗？"

成君耸耸肩："良心这种东西我没有。"

"你！"

成君继续道："你倒是有良心，可你却没脑子，你作为王城守将你都做了什么？"

左木雷一愣，不明白她为什么突然说这些。

"我告诉你，王城守将守的不是城，是城里的人。这么多天，你连谁出了城谁进了城都不知道，你当的什么鬼守城大将？"

左木雷豁然抬头，发现成君眉目带煞，一身杀气，似要择人而噬。

"你什么意——"

"跟我走！"成君断喝一声，打断他的话，又招来两个人说了句什么。

八

此刻国师一党已然占据了上风,赞同立即拥立新君,这新君自然就是可汗家两岁的儿子,众臣聚集在可敦的帐篷外,却被数十勇士拦在外面。

成君带着人过来,正看到几名兵丁和成君的亲卫军打在一处。

"将军来了!"有人喊道。

国师脸色铁青:"大胆,区区女流,你如今连职位都没有,竟敢——"

成君没理她,长剑出鞘,对着试图闯进帐篷的一名兵士迎头斩下。

一声令人胆寒的轻响,鲜血喷溅一地,一颗脑袋睁圆了眼睛骨碌碌滚到她的脚下。

不待国师发难,成君怒喝道:"我怎么跟你们说的!你们的刀剑是当首饰用的吗?"

成君扭过头,白皙的脸上溅着血,一双眸子狼一样凶狠,国师一惊,咽下了嘴边的话。

"国师大人,带这么多人,你是来拥立新君还是来逼宫的?"

国师冷喝:"群龙不可无首,我自然是来拥立新君的!"

"新君只有两岁,按照草原规矩,必须有新君长辈监国,可是阿布可汗的父亲兄长皆已不在,不知国师又做何打算?"

"胡说!可汗有一兄长——"

不待成君开口,左木雷已经震惊地抬起头:"老师,阿布可汗的那位兄长暴虐无常,早就被流放北海,更何况他与阿布可汗之间还有旧怨,你怎么能把小王子交给这样的人?"

成君看了他一眼,笑道:"你倒是知道得清楚。"

左木雷沉痛道:"我当然清楚。当初可汗的两位兄长把持东汗国,暴虐成性,我的父母因为莫须有的罪名被他们处以极刑,如果不是可汗夺回了汗位,也没有我的今天。"

成君似笑非笑道:"那你不知道你的老师是那两位的忠实拥趸吗?"

"什么?"左木雷难以置信地盯着她,又扭头去看老师。

成君对着身后招了招手:"带上来!"

九

一人被反扭着双手带上来,头上罩着黑色布袋。成君扯下布袋,笑道:"国师啊,你选好的监国在你眼皮子底下被人调包了你不知道吗?"

国师大惊:"不可能!"

他匆忙看向身后,却发现身后一人缓步走上来,长发半遮着脸,和成君带来的那人长得极像,连脸上的刺青都一样。

那人几步走到成君面前,伸手在脸上抹了抹,擦掉了刺青,嘿嘿笑道:"成君将军,你的化妆技术不行,这玩意我天天补妆,差点就露馅了。"

成君怒道:"本将军都几年没碰过胭脂水粉,还能凑合化出来已经是天赋异禀了。"

成君扭头看向众人,扬声道:"此人罪大恶极,流放北海,遇赦不赦,是可汗的命令。国师,你公然违背可汗接回此人,该当何罪?"

"可汗已经战死,王城事务由我暂代,你无职无权,有什么资格在这里发号施令?"

"谁说可汗战死了?他们吗?"成君诡秘一笑,又有几人被带了上来。

"这几人便是传来军报的斥候。据他们招供,他们是你的部下,前些日子偷偷出城,再假冒斥候传回军报而已。"

"假冒斥候?"国师突然笑了,"你有什么证据说他们是假冒的,我说他们是不堪忍受你的酷刑才胡乱攀咬才对。"

成君一语不发,眉头深皱。

国师疾言厉色,便要差人拿下成君。

兵荒马乱之间,有一人挡在了成君面前。

"左木雷,你想做什么?"

左木雷双眼通红,身子微微发抖,可他的手是稳的,他手里的刀也很稳,他把成君牢牢地护在身后。

"老师,"他艰难开口道,"老师,我选择相信她。"

"你——"

"老师!"左木雷深吸一口气,"可汗的死,是不是也跟你有关?"

成君戳了戳他的后背，诚恳道："你什么都好，就是没脑子。可汗要是真死了，你老师还需要这么大费周章地找人冒充斥候谎报军情吗？"

左木雷眼睛一亮，忽然一阵马蹄声传来，消失多日的墨涵手持一卷文书策马而来："可汗手谕！国师勾结外贼，以叛国罪论处！"

在他的身后，是可汗最信任的副将。

众臣再无疑虑，国师长叹一声，尘埃落定。

十

国师与西汗国勾结，设计将可汗困在峡谷之中，切断与外界的联系。国师趁机扶持小王子上位，与发配北海的那位联手掌控王城，等到王城事定，只需暗中除掉可汗便可。

可惜，他算漏了成君。

左木雷很困惑："为什么你什么都知道？"

成君拍拍他的肩膀："我说过，你的职位是我的，你一个没编制的临时工，知道的没我多是正常的。"

左木雷："……"

没编制的临时工……要不要这么伤人心……

墨涵风尘仆仆地下马，盯着成君看了好几圈，松了一口气，随手招来一个人，把手中那卷文书递过去："给可敦送过去。"

成君挑眉："不是手谕吗？"

墨涵看了一眼副将:"他都跟我回来了,还要什么手谕。那是可汗怕老婆担心,特地托我带回来的。战事太紧,我送过去的粮草装备还算及时,可汗带着大军刚赢了一场,打算乘胜追击。"

成君点点头,忽然眨眨眼:"那里面写了啥?"

墨涵撇撇嘴:"就两字。"

帐篷内突然传来一声撕心裂肺的哭声。成君跑进去,这才发现听闻可汗死讯一滴泪都没流的可敦抱着那卷文书号啕大哭。

那上面就两字:别怕。

字是蘸血写的,很潦草,可以想象当时情势有多紧张,可那两字却又如此暖心,可敦眼里多日的坚冰就这么被融化,哭得像个孩子。

"有点羡慕。"成君吸了吸鼻子,墨涵刚想伸手来抱,她却迅速走出了情绪,正了正盔甲,面色凛然道,"我带兵去接应可汗,可不能再出意外了。"

"王城怎么办?"

"交给左木雷,使功不如使过,他有分寸。"

十一

东西汗国交战半年,终于休战,双方元气大伤,最终东汗国略胜一筹,可汗班师回朝,举行了盛大的庆典。

然而在对此次战役中力守王城平息叛乱的成君将军进行嘉

奖的时候,却发现成君人不见了。

左木雷脸色通红道:"可汗,成君将军夫妇今早离开了王城。"

"走了?去了哪里?"

"将军说,"左木雷咬咬牙,"干将军这行,性别歧视太严重,休个产假回来职位就被人顶了,她打算去创业,干点没有性别歧视的工作。"

"创什么业?"

"将军说她打算去西域当马贼……"

可汗:"……"

第三卷 多年前的一些事

城主哭了,谁能告诉他自己娶的这位公主为啥这么小?

军师公主

一

中原第一军城近日有喜事,草原上苍狼王一脉的公主即将和亲军城城主李稷。

吉日那天,城主一身铠甲,挂着大红花,率领亲兵出城相迎,马车停下,从车里走出个盛装的姑娘。

城主哭了,谁能告诉他自己娶的这位公主为啥这么小?

二

喜宴结束的时候,喝得醉醺醺的李稷摇摇晃晃地走进新房,迷迷瞪瞪地走到床边。

小公主鞋子都没脱,歪在锦被上,抱着枕头睡着了,眼角还挂着泪水。

李稷嘀咕了两遍"三年以上十年以下","扑通"一声躺在床下,打起了呼噜。

第二天李稷是被公主踩醒的。

公主揉着眼睛站在床前,丝毫没意识到脚底下多了根手指头,李稷还没来得及出声,公主抬脚就走,"扑通"一声绊倒在李稷身上。

李稷"嗷"的一声,响彻半个城主府。

李稷决定和小公主好好谈谈。

"公主啊,你真的是苍狼王阿史那一族的公主?"

公主盯住他,一双眸子呈浅棕色,清清冷冷的,透着不符合年龄的冷静。

"行吧,我知道你是。"李稷摆摆手,继续问道,"你是星辰公主?"

小公主微不可查地皱了皱眉,薄唇紧抿,没说话。

"行吧,我就当你是。"李稷叹了口气,"你多大了?"

"十八。"公主开口,一口流利的汉话,只是这个声音似乎……略有些粗犷……

李稷看着公主稀稀拉拉的黄头发,不到自己胸口高的小身板,艰难地揉了揉额头:"行吧,我就当你十八。我没问题了,公主你有问题要问我吗?"

"你有兵吗?"

"有。"李稷点点头。

"能借给我吗?"

"不能。"

"为什么?"

"我的兵都是汉人,只能听我的命令。"

公主咬牙,垂了眼睑,神情屈辱,牙缝里挤出两个字:"夫君。"

李稷一口气差点没上来。

三

公主在城主府里住得挺习惯,尤其习惯城主的练武场,每天不是去骑马就是去射箭,就是这个技术……不提也罢……

李稷闲下来的时候过去看了一眼,然后被公主一支射偏的箭扎到了手臂。

"公主,我们中原管这个叫谋杀亲夫。"李稷一脸戏谑的笑,熟练地拔下箭,自个儿上药包扎。

公主抿着薄唇,一语不发,一双清清冷冷的眸子满满地写着"不想交流"。

李稷无奈,也不知道这孩子小小年纪哪来的苦大仇深,一天天地板着脸。

"你真是苍狼王的闺女?"

公主别过头,眼眶突然红了,咬着嘴唇就是不肯吱声。

李稷无语,他不是很能理解为何以勇武著称的苍狼王一脉会生出这么个骑马都能时不时摔下来的战五渣后代。

李稷伸手捏了捏她的手臂,她闷哼了一声,小身板往后一缩,躲开了。

"手臂疼吧?练武要讲究循序渐进,还需要讲究一个天赋问题，你——"

公主突然抬起头，把手里的弓箭用力砸在脚下，声音不高，带着一股傲气："是！我没有练武天赋！我从小到大一直都在被人嘲笑！你也要嘲笑吗？你是谁？你凭什么管我？"

"你上次还叫了我夫君，我咋不能管你？"李稷好笑地望着她气急败坏的模样，这孩子人小鬼大的样子让他很想欺负一下。

到底年纪还小，公主忍了半天，眼泪还是下来了："你们汉人都是骗子！我叫你夫君了，我就是城主夫人，你们的《婚姻法》第二十八章第九条明明写着夫妻财产共同拥有，你为什么不借兵给我？"

李稷琢磨了一下："等等，不管你叫我啥，这个兵我都不能随便借啊！"

公主咬着嘴唇眼泪啪嗒啪嗒掉下来，却硬是一声没吭。

见她这样，李稷终于不再逗她："小鬼，以后不许叫夫君，叫大哥吧！"

公主又不搭理他了。

四

公主也挺习惯城主府的床，比草原上的帐篷舒服许多，唯一不满意的就是这个床太大了，一个人睡怪害怕的。

公主不知道的是，自打她来了，李稷已经在书房那张一人宽的小木榻上将就了一个月。

这天李稷蹲在书房的沙盘前琢磨了半宿,一堆小旗子来回倒腾了好几遍,最终有些丧气地拔下所有小旗子随手扔下,推门出去。

中庭月色正好,万里无云,庭院里几株从南国移植来的竹子还顽强地活着,月影婆娑,风吹来沙沙作响。

不知不觉惯性地走到了卧室门外,又后知后觉地意识到如今这里住了个爱哭还倔强的小鬼。

忽然屋子里有些扑腾的动静,李稷吓了一跳,走到门前,忽然听见里面传来一阵呓语:"姐姐,不要——我不走——"

继而是一些断断续续的哭泣声,李稷愣了愣,这才意识到这孩子是做噩梦了。

他从那几株竹子上摘了几片竹叶,折了折凑合能吹出个响儿,挑了首熟悉的调调吹了起来。

竹叶笛声音清亮甜美,他又刻意挑了首舒缓轻柔的调调,吹了半炷香的光景,听见卧室里安静了下来。

五

公主做了个梦。

梦里面她又回到了离开草原的那个夜晚。

姐姐盛装打扮,穿的是汉人的喜服样式,大红色的喜服衬得姐姐眉目如画,她帮姐姐梳头,长长的云一样的长发滑过她的手指。

窗户开着,窗外正对着一轮冷月。

姐姐抬头望着冷月出神,对她说:"你说,他会喜欢我吗?"

公主哼了一声:"他敢不喜欢,不喜欢我带兵踏平他的城去!"

姐姐笑了起来,说:"你骑马都没骑利索呢,踏平谁去呀?不过啊,感情这种事情可比打仗难多了。"

公主不服气,低着头嘀嘀咕咕:"那又怎么样?我姐最好了,他都娶到手了还想怎么样!"

等她再抬起头的时候,发现窗外有浓烟升起,更远处传来铁蹄的铿锵之声。

这里是王庭,绝不应该出现这种声音。

有护卫一身是血地冲进来,只来得及说几个字便昏死过去。

"将军谋反,草原王及王后战死。"

她吓呆了,连哭都忘了。

姐姐一把扯下自己的喜服,拆掉沉重的发饰,熟练地穿上那身铁灰色的盔甲,又拽过一旁的老嬷嬷,将吓坏的小公主推到她怀里。

"带她走!带她去军城,告诉城主,她就是星辰公主。"

姐姐大步离开,走到门口又折返回来,蹲下来用力抱了抱她,坚硬的铠甲硌得她生疼,姐姐的声音像铠甲一样冷硬:"别回来,千万别回来!他是好人,他一定会保护你的,等你长大了再给我们报仇。"

说罢姐姐拔剑出门,将她慢了半拍的哭叫声抛在了身后。

之后的梦境模糊不清,像是置身于一团浓重的雾气当中,血腥气厚重得仿若实质,夹杂着尸体和皮革被烧焦的可怕气味,令人作呕。

她独自一人在浓雾中跌跌撞撞地边走边哭,怎么也走不出去,直到一阵笛声穿透浓雾闯了进来。

那曲子很好听,有些耳熟,她抹了眼泪循着笛声跑啊跑,不知道跑了多久,倏忽间浓雾散去,露出一轮冷月,她还在窗前帮姐姐梳头。

六

公主跑了。

公主偷了两匹千里马,也不知道什么时候从什么地方跑掉的,满城主府上百侍卫愣是一个没发现。李稷叹服,他早就发现这孩子虽然幼稚,但脑子格外好使,只是万万没想到她居然能独自从戒备森严的城主府里跑出去。

找到她的时候,她已经跑出城百余里,遇上了马贼,她独自一人站在半山腰上,身上挂了三四把弓,她咬着牙一箭又一箭地射过去,奈何射出的箭软绵绵的没有力道,几个马贼嘻嘻哈哈地笑,就打算等她箭没了上去把她捉走。

李稷怒从心起,张弓引箭,白羽箭带着劲风,将那为首的马贼头子钉在了马背上。

剩下几人作鸟兽散，李稷翻身下马，走向公主。

公主还没回过神来，神色呆呆的，手臂已经肿了，好一会儿才把弓箭丢下，摆出一副视死如归的模样，脸上还有未干的泪痕。

李稷轻轻替她揉了揉手臂："哭什么？"

"饿。"

"没人告诉你，独自出门带干粮比带武器重要吗？"

"没武器，救不了姐姐。"

"姐姐？"

公主扭过头，生生憋住了眼泪："没什么。"

李稷见她不愿说，便换了个话题："你连骑马都不熟练，怎么跑这么远的？"

"我把自己捆在马身上。"公主咬着唇道。李稷这才发现她的腿有些不利索，想来是被捆伤了。

李稷牵着她往回走，路上看见了那两匹马的尸体，被人一剑斩断了脖颈，早已气绝。

"他们杀的？可真暴殄天物，这两匹千里马我好不容易才弄到手。"

"不，是我杀的。"小公主突然抬起头，浅色的眼眸泛着冷意。

"哦？"李稷讶异地看了她一眼，这才发现她背上还有一把剑，剑鞘丢了，剑锋上确实有血。

"他们围住我，跟我说把马给他们就放了我，我知道他们不会放了我,所以我杀了马。"小公主的目光落在马贼逃走的方向,一双好看的桃花眼里此刻满是凶戾之气,看得李稷心头一跳,心道不愧是苍狼王的子孙,虽说手无缚鸡之力,可这股子倔劲儿,跟他从前遇见的那人可真是如出一辙。

七

"蒙脱将军拥兵自重,几个月前借着王庭大婚的机会带兵逼宫,杀了你父王母后。"

小公主坐在马车里,李稷骑着马慢悠悠地与她隔着帘子说话,话一出口,便听见马车里有动静,想来是匆忙想站起来撞到了哪儿。

到底是小孩,沉不住气,李稷安慰道:"别紧张,听我说。"

"你姐姐带兵杀出王庭,蒙脱将军被她重伤,差点身死,可惜老天眷顾,他挺了两个月又活过来了,上个月在王庭自立为汗王。"

"无耻!"小公主低骂一声,一拳砸在马车车厢上,隔着马车帘子都能感受到她此刻的气愤。

"但他没成功,你姐姐那天逃了出去,与东部的阿木将军会合,阿木将军带兵攻至王庭,将蒙脱赶了出去,一路逃向了西边。"

"阿木将军?"小公主拉开帘子,露出有些苍白的一张小脸,"这不是驱虎吞狼么?阿木将军的野心不比蒙脱将军小,他不可能无缘无故地帮助我姐姐,他不好色也不贪财,除非我姐姐手里有他想要的东西。"

李稷赞许地看了她一眼:"没错,你姐姐手里有你父王的印玺,阿木的要求是印玺归他,他自立为可汗,以苍狼王的正统自居。"

"正统?苍狼王一脉的正统光有印玺是不够的,除非——"公主脸色煞白,微微发抖。

"除非他能抓住你或者你那个七岁的弟弟对不对?苍狼王的嫡子加上印玺,这才是他成为正统的条件。"

"嗯。"公主下意识"嗯"了一声,忽然"哐当"一声,又不知道撞到了什么。

李稷好笑道:"别激动,苍狼王只有一个女儿,却有两个儿子,我早就知道。小鬼,你以为你藏得很好吗?"

久久无声,李稷有些不放心地掀开帘子,却发现公主——不,应该说小王子,缩在马车角落里,强自镇定地望着他。

"你会杀我吗?"

"要杀还到现在?"

"你会把我送走吗?"

"那我费劲巴拉把你找回来干啥?"李稷翻了个白眼,"小屁孩心思真重,咱们正事儿还没说完呢!"

"嗯。"

"你弟弟那晚被你父王托付给了心腹侍卫逃出王庭,不知所终。而阿木与中原交恶，就算知道你在我这里他也不好来要。你姐姐知道不管是蒙脱还是阿木，都会想尽办法抓到你弟弟，以你弟弟为傀儡，就能获取草原上其他部族的忠心，所以她从阿木那里跑了，她想赶在二者之前找到你弟弟，保护他不落入任何一方的手中。"他顿了顿，古怪地看了小王子一眼，哑然失笑，"说起来，你们姐弟三个还真像，都挺会跑路。"

半晌，小王子闷闷开口："城主——"

"想问我怎么会知道这些的？"

"嗯。"

"我本来以为，是你姐姐不愿意嫁给我才找了个替身，结果没想到居然找了个男孩来，我就去查了查，这才发现草原上发生了大变故，可惜的是，我还没查到你姐姐和弟弟的踪迹。"

良久，李稷又道："你放心，我一定找到他们。"

小王子放下帘子，一路无言，快到城门口的时候又突然开了口："阿史那奕。"

"嗯？"

小王子的声音闷闷地传出来："我的名字。"

八

这天军城有使者来访，说是奉了蒙脱可汗之命前来进献重宝。

小奕躲在屏风后面偷听。

使者大概是学过些汉人礼节，用词唯恐不华丽，文绉绉地背了一通，大意就是愿意西撤三千里，牧民土地尽数归军城所有，李稷打了个哈欠道："直说吧，你们想要什么？"

使者笑了笑："愿与城主缔结十年和平契约。"

李稷冷笑一声："十年？倒是够你们休养生息平定内乱了，不过关我什么事儿，你们爱撤不撤，十年后卷土再来我也不会怕了你们。"

他似笑非笑地看着使者："把话说完，别留半截，你们草原人怎的还不如我们汉人爽利？"

使者哆嗦了一下，吞吞吐吐道："还有，希望城主能交出苍狼王次子……"

"次子？"李稷音量突然拔高，吓得使者一个哆嗦。

屏风后面的小奕死死抱着怀里的小弩，身子微微发抖。

"我这儿没有苍狼王的次子，只有苍狼王的长女星辰公主，她是我的妻子，我们汉人有句话叫作嫁鸡随鸡嫁狗随狗，她是我汉家的媳妇，还轮不到你们来多嘴。"

使者急了："城主！您一定是被蒙蔽了，星辰公主今年已经十九岁，武功高绝，一年前我王被她刺成重伤，如今逃亡北海，又怎么可能嫁给您为妻？我王已经查明，当初被和亲队伍带到军城的是星辰公主年仅十四岁的弟弟，您不会——"

"不会什么？"李稷缓缓站起来，眼睛微微眯起，露出狐狸一样的目光，"你是在说我老眼昏花，连是男是女都分不清？"

"不……不敢……"

李稷盯着他,忽然诡异地笑了起来:"再说,我娶的老婆是男是女,只要我喜欢便好,与你何干?"

使者一愣,忽然惊恐地望着他后退半步:"城主你……你……"

"我什么我,来人,此人诽谤城主夫人,拖出去给我打死。"

"城主!两国交战不斩来使——"

"呸!"李稷吐了口唾沫,"窃国之贼,也配跟我谈条件?"想了想,又道,"算了,留他一口气回去报信儿。"

屏风后面,小奕脸色煞白,李稷对使者说的那句话在他耳边翻来覆去地响。他一时心中悲愤莫名,可一想到姐姐的行踪有了消息,他又恨不得插上翅膀立马飞过去,如此又悲又喜、一路恍惚着走回了后院。

九

李稷应付完大小事务匆匆赶回后院的时候,却发现小奕穿回了那一身红嫁衣。

新婚那晚他没注意,如今才发现,那红嫁衣分明是临时改小的,好几处的针线头还裸露在外。时隔一年,嫁衣有些旧了,十三四岁的男孩子长得快,如今衣服穿在身上已经有些显小。

"城主。"小奕跪下来,神情平静道,"我没什么能回报你的,如果你需要,我可以做你的人。我只求你给我几个人、几匹马,姐姐在北海,我要去找她。"

他低下头,收起一贯的骄傲,瘦弱的肩膀微微发抖:"我知道,我不会武功,我连骑马都学不好,但我可以把自己捆在马身上,我可以带上手弩、毒药,我能自保。从前一直都是姐姐保护我,我也想保护她一回。"

李稷发现这傻小子眼里甚至有着某种视死如归的决绝,他震惊地发现自己的人设似乎变成了喜好娈童的猥琐变态,他深呼吸了好几轮才尽量克制住自己的声音:"好汉,你对我的取向似乎有一些误解……"

小奕固执地看着他:"可你刚才说了——"

"我说什么了?"李稷一巴掌抽上他的发顶,"臭小子脑子里装的都是些啥?听好了,我不喜欢男人,我——"他顿了顿,声音小了点,似乎还带了点不好意思,"那个,我问你,你姐得知要嫁给我的时候有没有不高兴?"

小奕瞪大眼睛:"城主?"

李稷伸手扶起他:"起来,去把衣服换了,男孩子就该穿男孩子的衣服。"

十

吃过晚饭,李稷带着小奕爬上屋顶,明月高悬,李稷望着北方叹了口气。

"小奕,我知道你博闻强识,对中原了解不少,但你知道我的身份吗?"

"军城城主。"

"你知道的不只这个,说吧。你这孩子总喜欢藏着掖着,谁都不信,今日你信我一回,我便给你讲讲我和你姐的故事。"

小奕小心翼翼地看了李稷一眼,犹豫了下开了口:"你是中原唯一掌有兵权的异姓王之后,你的父亲有从龙之功,战功显赫,被封异姓王。后来江山稳固,皇帝开始大肆削藩,三十年间,除去几位老得都出不了门的王爷,真正的异姓王只剩下你父亲一人。你父亲打造了这座中原第一军城,镇守北疆,但三十年的休养生息早就让皇帝淡了兵戈之心,你父亲远离朝堂日久,皇帝对他逐渐起了猜忌之心,甚至就连他的死,据说也——"

如果说小奕有什么特长,大概就是脑子还比较好使了,自幼不爱练武只爱看书,涉猎极广,且过目不忘。

李稷点点头,阻止了他继续说,自己接着道:"我继承爵位之后,战事不如从前多,皇帝的猜忌也越来越多。我曾经想过自立为王,这北疆之地没有人比我更熟,我有坚不可摧的军城,还有三十万铁骑,我谁都不怕,你觉得呢?"

小奕皱了皱眉头:"我觉得不妥。"

李稷一挑眉:"哦?"

"从地理位置上来说,军城的地位是依托于南北对峙的局面的;从经济上来说,军城军备完善,商业发达,但是不事农桑,难以自给自足。假如南北联合,军城就会成为二者夹击的对象,即便不动刀兵,朝廷但凡对商业采取了限制措施,军城物资便难以为继。"

李稷哑然失笑:"没错,我爹当年也这么跟我说过,绝了我的念想,不过最主要的是,后来我遇到了你姐。

"那年我和你父王的军队打了三个月,粮草断绝,皇帝答应给我的援军迟迟不到,我知道这不是意外,只是皇帝想借此削弱军城的力量。那一战我带的两万铁骑全军覆没,我刚从死人堆里爬出来,就被你姐拿剑横在了脖子上。

"她跟我说:'老实点别乱动,你还在流血。'我当时想,这真是世界上最温柔的一句话。"

小奕神情复杂地望着李稷眼里流露出的迷恋之色,觉得并不是很能理解他所说的温柔……

"后来我过了一段混吃等死的俘虏生活,你姐每天给我送饭,帮我换药,陪我聊天,听我吹笛子,她从来没说过她的身份,后来我才知道,她是阿史那家族的长女,是你们的星辰公主,也是你们的星辰将军。她武功高绝,性格爽朗,她爱笑,她眼睛很亮,她像星辰一样耀眼。

"有她陪着,有时候我都忘了自己还是个俘虏,想着就这样过一辈子也挺好。

"但我毕竟还有军城三十万将士的忠心在,皇帝不得不花重金把我赎了回去。离开那天,星辰来送我,她送了我一把短剑,对我说:'战场再见,我不会留情。'我当时想说,我能不上战场么?可还没等我开口,她就走了,头都没回。

"回来后我又成了军城城主,每天在中原朝廷和草原之间权衡利弊,日子过得穷极无聊。

"有一天听说皇帝打算娶苍狼王的女儿,我差点杀进皇宫里。有人给我出了个主意,说反正是和亲,与其让皇帝娶,不如让我来娶。"

小奕摇了摇头:"皇帝不可能让你娶的。"

李稷不由得又多看了他一眼:"你倒是想得明白。皇帝当然不愿意白白让我娶,但我让出了军城的驻军权,他就肯了。"

小奕瞪大眼睛,他知道这意味着什么。这意味着李稷自己给自己脖子套了一道枷锁,从此之后,不说自立,光是不受拘束地活着怕都难。

"值吗?"

"你觉得你姐姐值吗?"

"我姐是最好的!"小奕毫不犹豫道。

"那不就是了!"李稷哈哈一笑,站起身来,轻巧地跳下屋顶。

"小奕,我明天就去找你姐,你说,她会喜欢我吗?"

隔着浓浓夜色,小奕发现这位凶名远播的军城城主,眼里竟然是满满的忐忑。

他翻了个白眼,难得露出一丝孩子气:"我怎么知道?"

"行吧……"李稷耸耸肩,"那我到时候自己问。"

"喂!"

"怎么了?"

"那天晚上,我姐穿着嫁衣问了我同样的问题。"

李稷一愣,笑得像个傻子。

十一

李稷离开的第七天,城主府就来了事。

军师上了门,要求捉拿小奕,交予西汉王签订和平大计。

小奕独自站在廊下,眉头微微皱着,脊背挺得笔直,身材虽然瘦小,倒也有几分气势。

"军师为什么要趁着城主不在过来呢?"

军师微微一笑:"城主被你蒙蔽了,自然会偏袒你。我为了百姓着想,不得不如此行事。"

小奕眨了眨眼睛:"那军师能不能告诉我,为什么城主府外等着我的不是军城的将领,而是皇家的驻军?还是说军师和皇家的驻军更熟悉一些?"

军师道:"小鬼,心思倒是挺多,谁捉拿你不一样吗?别忘了,我们都是汉人,只有你是蛮夷之人。"

小奕点点头:"那我能不能再问最后一个问题?"

"你说。"

"你们皇帝当初真的想娶我姐姐吗?"

军师脸色一变:"你说什么?"

"我说,"小奕上前两步,"皇帝根本就没想娶我姐姐,是你告诉城主说皇帝要娶她的,也是你撺掇他以驻军之权换得姐姐和亲的,你知道他一定会答应的,因为当初去草原接城主回来的人就是你,你比任何人都了解他的心意,我说得对吗?"

"你——"军师目光一闪,抬手就欲掐住小奕的脖颈。

小奕兔子一般往后蹿了半步,急急道:"你杀了我,拿什么跟皇帝交差?"

"到底是个小鬼,你猜到了那么多,难道就没猜出来,皇帝根本不在乎西汗国,更不在乎你的死活,他只在乎这军城吗?"

"说得不错,你比我还了解当今皇上。"廊后传来一阵突兀的掌声,李稷带着一众军城将领信步走了出来。

军师脸色煞白,抬腿欲走,却被两个将领用力按住,三两下就捆了起来。

军师是军城的属臣,李稷作为城主,完全有处置的权力。门口的皇家驻军将领一脸蒙,只能眼睁睁看他被人押走,却不知道发生了什么,表情仿佛吞了只苍蝇。

七日前,李稷收拾完东西准备出发时,被小奕拦住了,随后他冷静地命令李稷的一名亲兵换上了他的衣服,趁着夜色出了城。

小奕说:"我姐姐从来没听说过谁要把她嫁给你们的皇帝,告诉你这个消息的人和让你以驻军权换和亲的人如果是同一个,那他一定是皇帝的人,你必须把他除去才能离开军城。否则等你回来的时候,这军城大概就不再姓李,我不想我姐到时候跟着你去要饭。"

"如何除去？"

"我想，我是个很好的饵。"

"行吧……"

李稷在城主府的柴房里劈了七天柴，终于等来了军师。

十二

一年后，十六岁的小奕个头已经很高，他一袭青衫，手持军城虎符，与军城诸位将领立于城外，身形虽然依旧瘦削，却隐隐有了几分文士风采。

李稷胡子拉碴，骑着一匹老马。在他的身后，一个姑娘英姿飒爽，身披铁灰色铠甲，眉目含笑。

铿然一声甲胄的碰撞声，众将领齐齐下跪："见过城主！见过城主夫人！"

李稷咧嘴一笑，走到小奕面前。一年不见，当初那个头发黄黄、总爱皱着眉头转小心思的小鬼到底长大了，他习惯性伸手在他脑袋上拍了一把，小奕咧嘴嘿嘿一笑，把个什么东西急急塞进了李稷手里，仔细一瞧，正是一年前交给他的军城虎符。

此时小奕已经兔子一般蹿到了她身后，星辰笑着一把揽住扑过来的他。

"姐，我不会武功也可以帮你们守城，你快让姐夫封我做军师好不好？"

李稷："行吧……"

公主的俘虏

一

星辰觉得她抓回来的那位俘虏大约是有病。

星辰是在战场上抓到他的,作为苍狼王的闺女,她自幼喜欢练武,也颇有天分,十五岁就跟随父亲上战场,半年前刚在血与火的洗礼下完成了自己的及笄礼。

那天又是一场恶战,死了许多人,星辰只是爱练武,但她并不爱杀人。是以当她检视战场的时候,发现那个一脸血的家伙不仅活着,还在望着草原上高远的蓝天笑得上气不接下气的时候,她心里是欣喜的。

但那人穿的是汉人的铠甲。

星辰拔剑,横在他的脖颈上,冷冰冰地说:"老实点别乱动,你还在流血。"

然后那人就不笑了,他哭了起来。

他挣扎着爬起来抱住星辰的小腿号啕大哭。

星辰觉得这个小兵大约是吓出毛病来了,于是伸手在他乱糟糟的头发上撸了两把,权当安慰。

星辰一只手把他提了起来,想想公主抱未免显得太过难看,于是转了个身背起他就走了。

拾掇完毕发现这人还长得挺清秀,搁南方大约换上峨冠博带就是能被姑娘扔鲜花的才子德行,可惜不知怎么来了战场。

真是想不开,是姑娘不够热情还是花粉过敏?

星辰长长地叹了口气,开始考虑另一个重大的问题。

这个俘虏现在趴在她的榻上睡得稳如泰山,她睡哪儿?

要知道她虽然是苍狼王的闺女,在军中唯一的特殊待遇也就是这独一间的帐篷了。

星辰琢磨了会儿,榻上那人也不知道几天几夜没合眼,微微蜷着身子睡得很香。

他很安静,不打呼不磨牙不说梦话,连动都很少动。

星辰实在困得不行了,想了想,觉得自己的卧榻够大,这人睡觉也老实,不如睡旁边凑合一宿算了。

她这么想的,也就这么干了。

星辰睡得很浅,隐隐听见了什么动静,眼睛还没睁开,手就先握上了腰间的短剑,却摸了个空。

星辰炸出一身白毛汗,一睁眼,发现她扛回来的俘虏手里拿着她的短剑,对着她的铜镜,仔仔细细地剃胡子。

见她醒了,那人晃了晃短剑:"早上好。"

不等星辰开口,他又笑起来,说:"哎,你知道不,在中原,如果一个男的跟一个女的说我想和你睡觉,那就是耍流氓;

但如果说我想每天对你说早上好,那就叫浪漫。"

星辰对此的回答是一个过肩摔把他丢了出去。

天亮之后星辰去见主帅,把这货一个人留在帐篷里,这货笑眯眯地挥挥手:"早点回来,我想吃烤羊排。"

星辰从主帅那儿得知,和他们交手的是中原军城主的亲兵,全军覆没,但是城主失踪了。

星辰看了一眼那张城主画像,眼前阵阵发黑,诡异的是就在此时,她居然还有心情想这画像画得太不走心了,明明真人要好看不少。

是了,她抓回来的是军城城主李稷。

她一阵风似的回到帐篷,生怕他已经跑了,孰料李稷笑眯眯地搬了个小凳子坐在帐篷前晒太阳:"我的烤羊排呢?你不能虐待俘虏呀!"

朝阳初升,暖红色的阳光照在李稷的脸上,又从他懒洋洋的眼睛里反射出来。

星辰觉得这八成是个假城主。

二

可惜这位兄弟随手就把城主大印扔给了星辰,笑眯眯地说:"我是李稷,能不能用这个跟你换烤羊排?"

堂堂苍狼王的公主自然不会因为一方印鉴而大惊小怪,她掂了掂,从善如流地揣进怀里,转身去弄来半只羊,两坛酒。

李稷烤串儿很是娴熟,一边烤一边哼哼,荒腔走板的也不知道唱的些啥,大抵是些粗野词调,听得星辰脸色一阵青一阵白,最后忍无可忍塞给他一坛酒把他嘴给堵上了。

李稷呷着酒嘻嘻笑道:"军城有句话,没有什么是一顿烧烤解决不了的,如果有,那就两顿。"他说着将目光转到星辰脸上,"咱俩吃完这顿,就是朋友了好呗?"

星辰烤着羊排,听到这话冷不丁一扭头,发现李稷靠着帐篷喝酒,一双眼睛微微眯着,一脸的笑容。

她微微蹙眉,没说话。

李稷便自顾自地说:"当朋友好,不当敌人,当什么敌人呀,我一大好青年,朋友遍天下,飞鹰走马,美人在怀,这才是我应该过的日子呀!兄弟们让我好好活下去,我当然得好好活,我得开心、得笑、得活得滋润……"

"别说了!"星辰低喝了一声,战场上养出来的气势颇有几分威慑力。

李稷果真不说了,星辰把手中的羊排直愣愣地戳他眼前:"吃!"

李稷默默接过,啃了一口,刚要说话,星辰又道:"闭嘴。"

李稷委屈巴巴,嘎嘣儿咬了一口,又一口……

星辰深吸了几口气,放软了声调:"说吧,我知道你心里有事儿憋着不痛快。"

"烤焦了……"

三

星辰很烦李稷那副笑眯眯的样子，你说这人，当个俘虏，走路笑眯眯，吃饭笑眯眯，干啥都笑眯眯，你又不是卖笑的，能不能有点城主的威严？

要说这南方也是怪，第一军城城主丢了这么大的事儿，居然一点动静也没有，莫不是这城主实在是不得人心，听说死在战场上了于是普天同庆奔走相告麻利儿地拥立了新城主？

李稷更怪，绝口不提回中原的事儿，在星辰这儿住得很是习惯，不过不抢睡榻了，自己卷了个铺盖卷，在帐篷角落里席地而睡。星辰提过一回给他找个帐篷住，结果他梗着脖子说我是你抓回来的，你得对我负责。

我负责你个五彩六合八卦头哦！

李稷天天要吃烤羊排，自己烤自己吃，可是他吃烤羊排的样子绝对算不上享受，他瞪着眼机械地咀嚼着，一声不吭，努力吞咽，神情扭曲如同服毒自尽。

有天星辰实在看不下去了，一伸手夺了下来，猛地扔到地上："别吃了！有事儿就说，你们中原男人都这么磨磨唧唧跟芦花鸡似的吗？"

李稷低着头看了一会儿那块被他撕咬得不规则的羊排，不知道被这句话刺到了哪儿，猛地站了起来，瞪着一双血红的眼睛怒吼道："你胡说什么！我中原的男人都是纯爷们儿！你凭什么侮辱他们！"

星辰冷笑起来："他们？他们是谁？"

李稷脖子上青筋毕露，喊破了声儿："他们是我的兄弟！是我一起飞鹰走马的兄弟！我们说好一起喝酒吃肉，最后他妈的一个个都死了，就为了我这么个没用的玩意儿，全他妈死了！你干吗要救我？你让我死在那里不行吗？我早该死了！我比谁都该死！"

他吼得声嘶力竭，积蓄了不知道多久的情绪喷薄而出，吼完了他摇摇晃晃地蹲下来，捂着脸号啕大哭。

星辰伸手在他头发上胡乱撸了两把，权当安慰。

见他还没停的趋势，干脆竖掌为刀，一下将他敲晕，扔榻上去了。

当夜星辰又没地方睡了，榻上那孙子完全不复往日的克制自律，睡得四仰八叉，也不知道梦见了什么，眼泪淌湿了鬓角，嘴巴里含含糊糊地叫了一串名字，星辰听都没听过。

星辰倚着案几打瞌睡的时候，突然被一声惊叫惊醒，眨了眨眼睛，她这才意识到李稷喊的是"对不起"。

折腾到天光大亮，星辰才倚着案几沉沉睡去，晨光从门毡的缝隙里透进来，落在暗处，像一道被撕开的伤口。

李稷睁开眼睛，怔怔地望着那道光，他的脸色一片平静，墨色的眼眸微微闪了闪，落在星辰的睡颜上。

他嘴角牵了牵，露出一丝不易察觉的微笑。

四

自打那之后，李稷就不笑了，虽然浪费了他一张好脸，不过看起来却顺眼许多。军情暂歇，和谈的事情自有政客去接手，他们迎来了一段休整期。

此时正值秋季，草原上秋草枯黄，牛羊肥美，难得的好风光。

脱下戎装的李稷更像个公子哥儿，举手投足都能看出曾经的落拓不羁，偶尔有姑娘经过，他有意无意的一个眼神都能撩得姑娘两颊通红。

星辰看到他这个样子更气了。

她觉得自己抓回来的这个俘虏大约真是个神经病。

这天星辰又来给他送吃的，自打那天之后星辰再也没给他送过羊肉，每日粗茶淡饭，他吃得一脸嫌弃，却总能吃得干干净净，也不知是真嫌弃还是假嫌弃。

当然星辰是不管这些的，俘虏么，给啥吃啥，哪来那么多要求。

李稷抱着一块粗粮饼子慢条斯理地咀嚼，星辰看他那样儿不免腹诽，真是个养尊处优的大爷，吃个粗粮饼子还能吃出优雅来。

李稷吃完饼子搓了搓手，喝了口粗粝的茶叶沫子水，心满意足地叹了口气，伸手摘了片叶子，折了折凑合吹出个响儿来。

试了几声之后，一曲简单悦耳的小调从那片叶子里飞了出来，星辰扭头一看，这厮微微低着头，垂着眼睑，长长的眼睫毛压住了那双有些清冷的眸子，倒显出几分认真和深情来。

星辰别别扭扭地想,这人真是天生的撩妹高手,摘个叶子都能吹得这么好听,也不知曾经祸害过多少女孩子。

一曲终了,李稷突然开了口。

"我曾经是个不折不扣的纨绔子弟,除了吃喝玩乐啥都不会。我爹是军城城主,又是坐拥军城的异姓王,位高权重,连皇帝都惧他三分。

"我命好,自小要啥有啥,还处了一群过命的兄弟,一起喝酒吃肉打架生事,闯了很多祸,但不要紧,有我爹罩着,啥事没有,纨绔子弟么,不就是这样。你说是吧?"

星辰白了他一眼,没说话。

李稷便继续说:"后来我爹死了,军城兵荒马乱了一阵子。皇帝忌惮我们家,一直想逼我们裁军,我爹在他不敢,我爹死了,还没出头七圣旨就来了,我跪在我爹棺材前,除了接旨谢恩好像什么都不能做。

"军城和你们苍狼王打了几十年,我曾经以为我们是敌人,始终没想过,为什么打了这么多年,我爹从来不谈胜负,直到那天我才明白,有的时候,有敌人,自己才能存活下去。

"那年你们的蒙脱将军进犯中原,正好解了我的燃眉之急。我迫于圣旨裁掉了五万老兵,又借军情紧急为由重新招募了新兵,皇帝无话可说。那一仗打了三个月,粮草靡费良多,军城却终究完完整整到了我的手里。

"从那之后我就知道,如果不想做一条丧家之犬,我就得有仗打,还得会打仗,于是我入了行伍,从斥候做起,我的兄弟们也纷纷随我入了伍。

"斥候的要求很严格,我和我的兄弟们戒掉了所有纨绔习气,吃饭不超过三十息,睡觉不允许动弹分毫,我们能以人眼分辨不出来的动作潜行,整整三年,我和我的纨绔兄弟们居然熬了过来。"

星辰想起那一日,自己那样警醒的一个人,居然被他从身上摸走了短剑还毫无知觉,顿时忍不住冷汗涔涔,这种顶配纨绔子弟她真是生平仅见。

"可是皇帝不死心啊,你知道这次我们为什么会全军覆没吗?"李稷说完这句扭头看向星辰,星辰震惊地发现,他的眼里全是浓得化不开的悲伤。

可他却在笑,星辰几乎想捂住他的嘴巴,她不想听接下来的那些事,能把这样一个顶配纨绔子弟击垮得在她面前号啕大哭的,能是什么好事?

"皇帝断了我们的粮草,拦住了我们的援军,我们在经历了多场恶战之后弹尽粮绝,三千精锐全部战死,最后仅剩下我和我的兄弟们。我们一路打一路逃,逃了整整七天,我的一个兄弟把自己腿上的肉割下来烤给我吃,骗我说是烤羊排,我吃了,他死了,其他的兄弟替我挡刀、替我挡箭,一个接一个地死,他们每个人都对我说,我是城主,我不能死,我得好好活下去,我还得活得开心,把兄弟们的份儿一起活了……"

五

李稷怔怔地回过头,星辰眼睛通红,一声不吭。

他艰难地咧嘴笑了笑:"你在同情我吗?"

星辰豁然起身,怒声道:"娘们儿唧唧的,死都死了,你还能把他们换回来不成?你整天半死不活地做什么?指望我养你一辈子吗?我告诉你,草原上不养闲人!现在,立刻,马上,给我滚,滚回军城,当你的城主去!"

李稷敛了笑容,低头沉默了一会儿,忽然扬起头,眨了眨眼睛:"我是该回去了。"

他站起身来,昂首挺胸,去了帅帐。星辰不知道他和主帅谈了什么,只看见一队斥候连夜去了南方,相信那里的和谈很快就会有结果。

星辰松了口气,心里却空落落的,直到李稷晃晃悠悠地回到她的住处,一颗心方才在不经意之间落停下来。那厮站在漆黑的夜色里,火光明灭,他一双眸子闪着光,撩得人心慌。

"重新认识一下,我叫李稷,军城城主。"他伸出一只手,笑容俊朗洒脱。

星辰伸手掏出那枚印鉴,没好气地扔给他:"装什么。"

和谈结果下来的时候已经是初冬,李稷的出现打乱了中原皇帝的布置,活生生多讹了三成的粮食。李稷知道这个结果的时候并不意外,军城里大军仍在,他死了倒也罢了,现在知道他还活着,皇帝迫于大军的压力自然只能屈服,不过是些粮食钱财而已，皇帝付得起。

军城的人来接李稷那天，草原上第一场雪落了下来。

李稷当然没有再住在星辰的帐篷里。星辰晨起练功，穿了一身白底镶红的练功服，长发扎了个高高的马尾，简洁利落。

她掀开门毡，李稷就站在门外，不知道站了多久，肩上已经落了一层雪花，睫毛上也凝结了一层霜花。

"你要走了？"星辰抿抿唇，状似不经意地问道。

"嗯。"

星辰抬起眼来，面容肃然："战场再见，你我仍是敌人，我不会留情。"

李稷不置可否，眼神有些躲闪，欲言又止。

星辰无端有些气恼，简直想打他一顿，却又不知道自己在气啥。

蓦地一只手伸过来，星辰下意识一缩，那只手却牢牢握住了她的手腕。李稷又笑了笑，伸手扯过她的袖子，从怀里掏出那枚印鉴，哈了哈气，端端正正地在她衣袖上印了一道。

星辰秀目圆瞪："你做什么？"

"盖个章先。"

"什么？"

李稷别开眼，脸色隐隐发红："没什么。"

星辰瞪了他一眼便要离开，走了两步又折回来，拔出腰间那把短剑，直愣愣地戳到他眼前："拿着。"

"送我?"

"送你。"

李稷接过那把短剑,乍一触到星辰留下的残余体温,心头一片炽热,仿佛眼前的绵绵飞雪尽皆融化成了江南的一池春水。

再抬起头,星辰已经走远了,天地之间白雪茫茫,他的视野里唯余那道英姿飒爽的背影。

六

很久之后,李稷用军城的驻军权向皇帝换得了迎娶星辰的机会,苍狼王一脉却在星辰大婚前夕遭遇蒙脱将军的背叛,一夜之间分崩离析。星辰将二弟塞进了自己的花轿,送往军城避难,三弟阿史那默被苍狼王的亲兵护送逃亡,而星辰自己却一人一剑杀进了叛军之中。

一年后,李稷终于得知星辰下落,前去寻找。又一年,李稷在北海找到了自己尚未完婚的妻子。

那一日北海大雪纷飞,几乎遮住了他的眼,可他依然一眼看到了站在北海边的星辰,她憔悴消瘦了许多,可她依然像从前一样耀眼,是他生命里的星辰。

李稷胡子拉碴,一身狼藉,疯了一样扑过去,一把攥住她的衣袖,一遍又一遍地重复:"星辰,我早就盖了章,你是我的!我这次不会再放你走了!"

星辰眉眼弯弯,粲然一笑:"好。"

北海情落

一

阿史那奕第一次见到白檀的时候,很没出息地流了鼻血。

他是去北海寻找弟弟阿史那默的,如今距离阿史那家族分崩离析已经过去了近三年。他受中原第一军城城主李稷的庇护,安稳地过了三年,姐姐星辰公主也于半年前被李稷寻回,与李稷琴瑟和鸣,很是幸福,如今更是有了身孕,不便外出流离。

只有满打满算还不到十岁的小弟阿史那默依然飘零在外,不知所终。近日得到线报,在这北海边上似乎有阿史那默一行人的行迹,于是他便带着一队亲兵来到北海。

北海不是海,是一片大湖,当地人把它叫作白亭湖。

时值盛夏,水草丰茂,有南来的野鹅在深蓝的湖水里嬉戏。阿史那奕站在水边拧眉沉思,忽听"哗啦"一声,下意识抬眼一看,顿时僵在当场。

是个姑娘,不知道在水下憋了多久,此刻忽然钻了出来,一身小麦色的肌肤在阳光下泛着健康的色泽,长长的头发垂至腰间,水珠顺着腰窝滚落下去,隐入水面。

他蓦地觉得一阵天旋地转，下意识"咕咚"一声咽了口口水，而后鼻尖一热，他伸手抹了一把，一手猩红。

"扑通"一声，他摔进了湖里。

最后看见的，是那个光着身子美得发光的姑娘甩着一双修长的臂膀，一边紧张地呼唤着什么，一边奋力朝他游了过来。

二

白檀是个善良大度的姑娘，丝毫没介意自己洗澡的时候被阿史那奕看光了。事实上阿史那奕自幼身子骨弱，如今虽然已经满了十六岁，身量较之从前蹿了不少，却依然偏瘦弱，加上唇边那点明显刚刚冒出来的细细密密的胡须，白檀心里下意识便拿他当作小孩。

她不厌其烦地开导着因为羞愧而不愿意把脸从毯子里钻出来的阿史那奕："你身子虚，最近暑气太盛，气候干燥，所以才会流鼻血。你快出来吃点东西，补补身子才会好。"

怎么说呢，一个正值青春期、敏感又要强的少年，被这句身子虚，把自尊心戳成了筛子。

阿史那奕又气又难过，毯子里还闷热得厉害，一个没缓过来，又晕过去了。

再次醒来的时候已经是后半夜，白檀守着他没合眼，不知这姑娘咋修炼的，一双眸子点漆似的，半点困倦之色都没有，见到他醒了，温柔一笑，面颊上的酒窝似乎盛满了星光。

她有些无奈地在他头上轻轻戳了戳:"真是个小孩子。"

"咕噜噜——"

一灯如豆,只照个巴掌大的地方,没照到阿史那奕的脸上,于是他放心大胆地摸着肚子脸红了。

白檀"扑哧"一声笑了起来,拍拍他的头:"起来,我给你温了羊奶。"

羊奶香浓,饥肠辘辘的阿史那奕抱着羊奶一连喝了两碗,觉得浑身熨帖。他捏着空碗想了想,又看了看一脸笑意的白檀,或许是白檀的酒窝太美,又或许是一天之内在白檀面前丢脸丢多了,总之一向对人存着七分戒备的阿史那奕非常不要脸地伸出碗去:"再来一碗。"

三

其实已经不饿了,阿史那奕抱着羊奶掀开毡房门帘走了出去,漫天星光灿烂,远处有风声呜呜作响,阿史那奕蹲在门外,蓦地觉得心情开阔起来。

白檀也出来了,坐在他身旁的大石头上,望着远处看不到头的黑暗,小巧的下巴支在自己的膝盖上,眼睛湿漉漉的,像一只惊惶的小鹿。

"你怎么还不休息?"阿史那奕突然很想跟她聊聊天。他不喜欢聊天,但这个明显比自己大好几岁、一双眼睛却比他见过的所有人都要清澈干净的姑娘让他有了点交流的兴致。

"我在等人。"白檀垂下眼睑,脸色有些黯然。

"等谁?"

"我的兄弟和族人。"

她伸出手指,遥遥指着远方:"那里,白亭部落与哲西部落正在进行一场混乱的战争,自从统一草原的苍狼王陨落,草原上就全乱了。蒙脱将军撤到了西边,成立了西汗国,阿木将军居东,名义上以苍狼王的正统自居,但其实大家都知道,他并不是。我们这样的小部落原本安居一隅,可是因为某些人的野心,却不得不卷入这场混战。"

她扭过头,看着阿史那奕,好看的眼眸里不知道是星光还是眼泪:"太多人死在了这场混战之中,如今的白亭部落里只剩下一群老弱妇孺,我不知道哪一天就会传来我的兄弟族人全部战死的消息,不知道哪一天杀红了眼的敌人就会杀到我的毡房外,所以我不敢睡,我整夜整夜地等着……"

她的声音低下去,最后甚至带了些哭腔,不得不说,她和他见过的任何一个草原女人都不一样,她柔弱得像一枝南方的柳枝,纤细敏感,丰沛的眼泪如同南方的雨水一般,丝毫没有草原女人的彪悍爽朗。

阿史那蓦地有些生气,他觉得她这个样子,不应该待在这里,不应该被战争的恐慌所笼罩,他想带她走。

"你呢?你来这里做什么?"白檀吸了吸鼻子,调整了一下情绪,换了个话题。

多年前的一些事　137

阿史那奕摇了摇头,没说话,他并不想过多地暴露自己的身份。白檀见他沉默,便没再多问。

四

白亭部落依着白亭湖而生,白亭湖给了他们良好的生存环境和丰沛的食物,在卷入这场战乱之前,人们一直过着与世无争的日子。

阿史那奕和白亭部落的人相处得不错,因为他瘦弱的外表,这些健硕的妇女们总是用怜爱的态度对待他。

他也不是不知好歹的别扭小孩,对牧民们的善意照单全收,见人就叫姐姐,嘴巴甜得很。

唯独对白檀,他总是梗着脖子连名带姓地叫。

有时候白檀故意生气:"是我带你回来的,怎么你对她们比对我还好?"

阿史那奕别过脸,神色冷硬道:"没有。"

白檀磨着一把锋利的小刀子:"没有什么呀,我可听见了,你叫她们叫姐姐叫得可甜,怎么到我这儿就连名带姓叫得这么生疏呢?"

阿史那奕别过脸不说话,冷不丁脸颊上一凉,他下意识一个激灵,却被白檀一只手轻轻松松地按住动弹不得。

白檀拿块布巾子给他擦脸:"小奕长大了,该剃胡子了。"

阿史那奕闭上眼,凉凉的刀锋在他脸上轻柔地移动。男孩子的第一茬胡须细细软软的，覆在唇上和腮边，白皙的皮肤一点点地在刀锋下显露出本来的模样。

阿史那奕心里仿佛有湖风吹过，吹开那些属于少年的迷惘，显露出最本真的心意来。

白檀看着他白白净净的模样心里高兴，忍不住伸手在他下巴上挠了挠："我们小奕真好看。"

白皙的皮肤一点点泛起血色，连耳朵都烧得通红。

白檀又忍不住逗他："我比你大八岁，你怎么就不肯叫我一声姐姐呢？"

阿史那奕猛地站了起来，白檀躲闪不及，锋利的刀锋在他的脸颊上划开一道浅浅的伤口。

殷红的血渗出来，衬得他脸色煞白，属于十六七岁男孩的戾气从他的眼里迸射出来。

白檀吓了一跳，看着足有拇指长的伤口，她又忍不住眼圈发红。

这姑娘的眼泪可真够多的，阿史那奕随手抹了一把血渍想道。殷红的血痕在他线条柔和的脸上留下一道野性的印记。

"对不起……"白檀一脸自责。

阿史那奕神色阴晴不定，盯了她半晌，似乎想说什么，最终还是一个字没说，咬着牙掀开门毡走了出去。

五

相处久了，阿史那奕发现白檀不仅眼泪多，还是个彻头彻尾的圣母心。

小羊羔被狼咬死了，她能哭半天。小狼崽子被牧民打死了，她还是能哭半天……

除此之外，她还常捡回来一些莫名其妙的东西，比如被母亲遗弃的小旱獭、受伤的野鹅、掉进湖里的阿史那奕什么的……

这天她又捡回来一个孩子。

那孩子不过十岁的样子，腿上受了伤，畏畏缩缩的，看着很可怜。白檀正准备帮他处理伤口，阿史那奕手里拿了把刀走了进来。

"你不是白亭部落的人，说，你来自哪里？"他皱着眉，毫不掩饰浑身的戾气，刀锋闪着寒光，轻轻落在那孩子的胸口。

那孩子瑟瑟发抖，含着眼泪看了白檀一眼："我……我的族人都死了……"

白檀伸手推开阿史那奕："你做什么？你吓到他了。"

阿史那奕梗着脖子不肯让开："来历不明！我怎么知道你不是别处的奸细？"

那孩子哭得抽抽噎噎，却是不再说话。白檀急了："小奕！你别闹了！"

阿史那奕冷笑一声："我闹？他的伤口是箭镞造成的，这种带倒刺还带血槽的箭镞只有战场上才会用。离这里最近的部落有三天的马程,你捡到他的时候见到他的马了吗?那你告诉我,他是如何带着战场上留下来的伤口一个人走到这里的?"

他死死盯着白檀,脸色近乎狰狞。

白檀气急道:"我知道你很聪明,可是小奕,你不能不善良。他还是个孩子,他来历不明,你不也来历不明吗?"

"白檀!"阿史那奕猛地一手扣住她的肩膀,却被她伸手一带一抹,轻描淡写地脱开身。

"出去!"白檀背对着他,帮那孩子擦干净了眼泪,温声细语地哄着。

阿史那奕丢下刀,铿然一声响,独自走了出去。

六

白檀好几日不曾看见阿史那奕了。

那孩子的腿伤总不见好,竟然还有了溃烂的趋势,白檀想尽了办法也止不住伤口的恶化。

她心里又忍不住责怪阿史那奕,这样可怜的一个孩子,他居然要来怀疑他,可是想着想着她又禁不住一惊,她已经好几日没见着阿史那奕了。

晚上温了羊奶,白檀忍不住想起阿史那奕喝奶的样子,明明经常摆出一副聪明老成的模样,喝起奶来却像个孩子,总喝得嘴唇上一层白。

门毡忽然被人掀开,多日不见的阿史那奕一身风尘,脸上胡茬冒出了浅浅一层，不过几天时间整个人居然瘦了一大圈。

他二话不说一把将白檀推了出去，怒声道："别进来！"

榻上的孩子瑟缩了一下，无意识地抱紧了双臂，其实他已经不甚清醒了，连日的高烧让他奄奄一息。阿史那奕掀开毯子，一把扯开那孩子的衣服。

白檀正好进来，阿史那奕猛然回头，正好对上她震惊的眼神。

阿史那奕拔出刀："我去了哲西部落，他们感染了瘟疫，这孩子是他们送过来的。你们的族人在战场上苦苦支撑，很多人死于瘟疫，但是剩下的人一步也不敢退，他们生怕多退一步，你们的家园就离瘟疫近了一步。"

白檀捂住嘴，眼泪扑簌簌落了下来。

用人为的方法传播瘟疫，这是草原上最令人胆寒的手段，非灭族之恨不会动用。原来草原上的战乱已经到了这种程度。

白檀看着那孩子胸口大片的水泡，那显然是疫病的症状，难怪他的腿伤总不见好，难怪他越来越虚弱……

她沉默了片刻，忽然抬起头来。

"小奕，你出去。"

七

"白檀！都到这个时候了你还要圣母心吗？你看清楚，他已经救不活了，甚至还有可能把瘟疫传播给你的族人们！"阿史那奕快要疯了，他马不停蹄地赶了六天，终于查探到了确切的消息，回来的路上他一直在担心，担心来不及救白檀。

"你出去。"白檀又重复了一遍。

阿史那奕突然愣住了，就在这一瞬间，他觉得白檀似乎变了。下意识地，他遵从了她的话。

半晌后，一阵大火冲天而起，白檀的帐篷在火舌中发出吱吱嘎嘎的响声，摇摇欲坠。

"白檀！"

阿史那奕失声冲进火海，却被一股大力猛地推了出去。

白檀一身披挂自火海中走了出来，她背着一把大弓，浑身散发出一股杀气凛冽的气息，可她的神情是那么悲伤，仿佛下一刻就会坠入火海，亲赴死亡。

阿史那奕从来没见过白檀这个样子。

他一直以为，白檀是柔弱的、需要人保护的，他不止一次想要把她带回去，让她永远不要遇见不幸，她的眼睛太过清澈，不应该总是被眼泪挡住。

可直到这一刻他才发现，白檀并不柔弱，为了族人，她同样可以变成一个战士。

"他——"阿史那奕张了张嘴，不知道该说什么。

白檀低下头："我动作很快，他走得没有痛苦。"

"你——"

白檀看着他，牵了牵嘴角，眼神却如死水一般平静："我是白亭部落这一代的射雕手。"

射雕手,传说中白亭部落每隔二十年才会决出一位射雕手,每一个射雕手都是部落的保护神。

阿史那奕后知后觉地想起白檀可以轻而易举地把和她身高差不多的自己从湖边背回来,她一只手就能让他动弹不得,她本能的动作能轻而易举地化解他的攻势……

他想起那一夜,她坐在帐篷外,目光清澈,望着远方。

她其实不是在等兄弟族人归来,她等的是需要她拿起武器上战场的时刻。

是她表现得太过多愁善感,以至于让阿史那奕忽略了这一切。

白檀伸出手,习惯性地想在阿史那奕的脸上掐一把,却半途缩了回去:"小奕,我和那孩子接触太多,不能再留在这里了,我恳求你,帮我照顾我的族人,好吗?

"我知道你来这里只是为了找人,你的随从总会不时出现,向你汇报消息,他们个个都是高手,动作非常隐秘,可是你知道的,这些逃不过一个射雕手的眼睛。我明白你不可能一直留在这里,我只求你,庇护一下白亭部落的妇孺,直到我的族人们回来。若是他们一个都回不来了,我求你庇护白亭部落十年,只要十年,这里的孩子就能长大成人,就能有自保之力,可以吗?"

她小心翼翼地与他保持着距离,近乎哀求地看着阿史那奕。

"你休想!"阿史那奕一脸戾气,猛地伸手一把抱住了她。

白檀浑身僵住,本能地挣扎起来,可阿史那奕抱得那么紧,他并不强壮的臂膀像两道铁箍,紧紧地将他们捆在了一起。

阿史那奕狞笑着:"白檀,现在我们距离够近了吗?你若是被感染了瘟疫,我也逃不掉。你休想把白亭部落丢给我,自己去战场上送死!"

"小奕你疯了!"白檀几乎带了哭腔。她吓坏了,她真的害怕阿史那奕因为自己感染上瘟疫,可是挣扎着挣扎着,她却有些舍不得了。

这个比自己小了整整八岁的男孩,用属于少年的暴戾和霸道,将她牢牢圈在自己单薄的怀抱里。他那么聪明,轻而易举就猜到了她的意图,他不允许她去战场。

"小奕。"白檀终于哭出来。为了白亭部落,她必须杀了那个孩子,她没办法原谅自己,只有去战场上,把自己的生命留在那里,或许能缓解一二。

眼泪流下来,淌过嘴唇,可是很快,她的嘴唇被另一个人的唇霸道地攫取,她瞪大了眼睛。

阿史那奕的面容近在咫尺,他闭着眼睛,浑身都在发抖,长长的睫毛垂落下来,盖住了他满是怒气的双眼。

直到唇上传来一阵刺痛,她才回过神来。阿史那奕喘着粗气,眼睛里全是不顾一切的疯狂,脸上带着一丝得逞的笑容,他稍稍松开了手,舔了舔唇上的血迹:"白檀,你不是总问我为什么不肯叫你姐姐吗?我现在告诉你,因为在我心里,你和她们不一样,你和所有人都不一样。"

八

"啪——"

白檀一巴掌打在阿史那奕的脸上:"你会死的!"

阿史那奕深深地望着她的眼睛,半晌,一字一顿道:"同生共死。"

白檀终于说不出话来,方才的气势一瞬间消弭殆尽,她愣怔了许久,火势冲天,烧焦的皮革味道刺鼻得很,熏得人几乎落下泪来。

她背着那把巨弓,双目无神,双手徒劳地在身侧握紧。墨色的苍穹亘古邈远,将宁静的星光洒落下来。

阿史那奕脸上的疯狂之色缓缓褪去,仿佛是大梦初醒,他终于意识到自己刚才做了多么疯狂的事情。

他无意识地舔了舔唇,柔软的触感还残留着,可白檀失神的模样却像火一样顺着他的唇舌灼烧起来。

是了,他想起来,在这个世界上,并不是所有的爱恋都会得到回报,白檀对他很好,非常好,跟星辰姐姐一样好,但也仅限于此。

不知道过了多久,似乎是终于承受不住,白檀缓缓蹲下身,把脸埋进掌心里,发出了压抑的呜咽声。

后悔吗?不后悔。

少年是没有后悔的资格的,但是他恐惧,他深深地恐惧着。

他几乎不敢上前,又几乎想要冲进火海徒劳地把那个孩子的尸体抢出来。

但这些都没用。

他蹲在白檀身边,呼吸着混合有可怕气味的浑浊空气,不知所措。

他所有的才智加起来,也解不出面前的难题,他觉得自己似乎把事情弄得更糟了。

阿史那奕一瞬间觉得非常累,他已经六天没有睡过一个好觉了。他的心在懊悔和悲伤之间煎熬,可饶是如此,他也不敢闭眼,他几乎是机械地瞪大眼睛,一眨不眨地盯着白檀,生怕她会突然离去。

不知道过了多久,只记得风吹得他骨头都冷了,他于半睡半醒之间,感受到了一股无法反抗的力量,他拼命挣扎着想要站起来,却身不由己地软软倒下。

白檀重又站了起来,她不知道什么时候绕到了阿史那奕的身后,一记掌刀落在他的脖颈上。

昏迷前的最后印象,是远方晨光初露,给那个离他远去的背影镀上了一层淡淡的光。

那背影纤细、脆弱,像一枝红柳,在风里摇摇欲坠。

他拼命喊了一句什么,事实上他自己也不知道自己喊了什么,只是徒劳地想要发出点什么声音,徒劳地想留住她。

九

半年后,哲西族败退,瘟疫耗尽了他们最后的力量,苟延残喘的白亭部落战士在熬过一个冬天之后,终于确定自己没有染上瘟疫,重新回到了白亭湖畔。

除了白檀。她再也没有回来。

而对阿史那默的寻找又陷入僵局,阿史那奕终于决定离开。

离开前,他又去了白亭湖边。

天寒地冻,湖上已经没有了野鹅,更没有沐浴的姑娘。

阿史那奕终于想起来,那天他昏迷之前对着白檀的背影说了什么。

他说:"白檀,我一定会找到你,我们一起活,一起死,你休想丢下我。"

阿史那奕闭了闭眼睛,远处天阔云垂,这世界大得无边无际。

但我总会找到你的。

保护射雕手的熊孩子

一

白檀其实不是白亭部落的人,她是白亭部落上一代的射雕手从狼群里捡回来的孩子。

狼孩本来是部族里的大忌,人们认为,这种小孩的天性里藏着兽性,总有一天会给身边的人带来不幸,所以部落里许多人从一开始就对她指指点点。

但白檀和别的小孩不一样。

她从刚刚学会说话就乖巧得不像个草原上野蛮生长的小孩,有见识的部落长老说,她这样子秀秀气气的,倒是很像南方那些汉人家的大小姐。

于是她被部落里的人阴阳怪气地叫了十六年的大小姐。

后来这位大小姐打败了部落里所有的孩子,夺得了这一代射雕手的称号,震惊了所有人。

但没有人知道,狼孩以及阴阳怪气的"大小姐"这些称呼给她带来的影响。

她从小就活得小心翼翼,连一只蚂蚱也不敢杀死,她害怕别人说她是野兽的孩子,身上带着野兽的天性。

但她的养父不在乎,他教她练武,并且鼓励她去参加射雕手的比赛。她的养父对她说,人都是很蠢的,他们之所以敢奚落你、背后骂你,只是因为你看上去太好欺了,如果你更强一点,比他们所有人都强,他们就再不敢骂你了。

后来,她成了射雕手,部族里的人果然没有人再骂她,她过了好些年平静的日子。

直到她亲手杀死了那个孩子。

二

说起来,虽然部族里的人对她不甚友好,但也没真的把她怎么样。就连她刚被抱回来时,养父粗枝大叶的,连羊奶都没准备,部族里刚生完孩子的大婶一边嫌弃狼孩不祥,一边给她喂了好些日子的奶。

所以不管如何,白檀始终觉得自己是属于白亭部落的人,成为射雕手之后,她更是觉得自己有保护部族的责任。

那个孩子诚然是无辜的,他不过是战乱的牺牲品。他染上瘟疫,被族人抛弃,都不是他自愿的,可他的存在威胁到了整个白亭部族,她不得不亲手杀了他。

白檀抱着那把属于射雕手的强弓已经在荒原上走了很久。

战争已经结束了,她没能如愿死在战场上。瘟疫也过去了,她很幸运,并没有被那个孩子传染。

可她的心里一片荒凉,她一遍又一遍地提醒自己,她亲手杀了一个无辜的小孩子,她因为练箭而布满茧子的手是一副杀人的凶器。

这双手,大概这一生都不配拥有一些美好的东西。

比如说,那个如月光一般清冷固执的少年拼尽全力想要展露给她的一颗心。

三

白檀遇到那个熊孩子的时候,正是她满心绝望一门心思想死的时候。

她沿着草原上最凶险的路线走,杀死了不少臭名昭著的匪盗,但她其实更希望自己能在某个瞬间被人杀死。

然后她在某个黑店遇到了那个泥猴儿一般的熊孩子。

店主是一对夫妻,据说会对落单的旅客下手,甚至有人说他们店里的包子是人肉馅儿的。

白檀见到那个泥猴儿的时候,他抱着传说中的人肉包子正躲在角落里啃。

那包子且不论馅儿是什么肉,大约是别人丢弃的,表皮上沾了不少泥,白檀不忍,走过去轻声细语道:"别吃这个了,来吃姐姐的面。"

那孩子黑白分明的眼睛看了她一眼,低头用力咬了一口包子。

白檀见他吃得满嘴都是泥,伸手去抢,谁知道这泥猴儿居然迅速偏开头,一口咬在了她的手背上。

来不及反应,白檀本能地甩手出去。

这泥猴儿哪经得起一个射雕手的一甩,顿时飞了出去。

白檀急着冲过去接,泥猴儿就地一滚,躲开了她的手,落在她面前,抬起眼来恶狠狠地盯着她。

"对不起……对不起……我……"

她一瞬间几乎失去理智,那个无辜被她杀死的孩子仿佛一瞬间又在她的手下活了过来,睁着茫然的眼睛,似乎在问她为什么要杀他。她无意识地呜咽一声,一把拔出腰间的匕首,刺在右手臂上,殷红的血滴落下来,在伤口附近,还有几道深浅不一的伤口。

那泥猴儿鼻子里发出一声嗤笑,慢慢爬起来,绕过发怔的白檀,大摇大摆地捧起她的面碗,呼噜呼噜扒了个干净。

吃完发现白檀还是一副失魂落魄的模样,他人小鬼大地叹了口气,从凳子上蹭下来,走到白檀面前。

白檀乍然醒悟过来,有些局促地问道:"你……吃饱没?还要吃什么吗?"

泥猴儿不说话,解开衣服,伸手拿过白檀的匕首,从相对干净的内衣上割了一块,细细地缠在她的伤口上。

白檀的眼泪"刷"一下就下来了。

正在这时,那凶神恶煞的店老板娘走出来,"砰"的一下丢给泥猴儿一包烤得热乎乎的饼,恶声恶气道:"小崽子命好,赶紧走吧!别耽误老娘做生意。"

白檀望着她粗壮的腰肢慢慢扭回屋里,忽然间淡了杀心。

四

白檀掏光了身上所有的钱,塞给泥猴儿,然后打算离开。

她自己一腔求死之心,若非有身为射雕手不可轻生的誓言在,她早就死了八百回。这样的她,说不定还不如这泥猴儿过得安稳,她怎么能带他走?

但泥猴儿显然不这么认为。

等到天色渐晚,身无分文的白檀寻了个避风挡雨的山洞打算将就一宿时,这泥猴儿吭哧吭哧背着一个不小的包袱来了。

他也不说话,离得远远的,坐在另一边。

白檀无语片刻,只得说:"你坐过来一些,这里有火堆。"

那熊孩子掀了掀眼皮:"我怕你再把我甩出去。"

白檀一愣,熊孩子却接着说:"到时候你再割自己一刀,不划算。"

白檀:"……"

熊孩子你有点会撩。

白檀离火堆远了点,熊孩子慢吞吞地挪过去,从包袱里掏出两个饼,找了两根干净的树枝,串了放在火上烤得金黄,递给白檀一个。

啃到一半,熊孩子又掏出一个竹筒递过去,白檀嗅了嗅,是清水，难为他想得周到。

吃完东西，他自己找了个干爽的角落，脱下外衣盖在身上睡了。

白檀慢慢啃着烤饼，惊奇地发现自己居然沦落到被一个熊孩子照顾的地步。

五

次日清晨，白檀醒来的时候发现熊孩子已经不在了，她心里莫名松了一口气。刚走出山洞，她就见他一身水汽从外面走了回来，手上还拎着一条不大的鱼。

熊孩子不知道在哪里洗干净了手和脸，身上也干净了不少，连一头长发都用手仔细梳过，看起来像个讲究的小公子，跟昨天的泥猴儿判若两人。

不等她开口，熊孩子道："出门左拐，有一处小水塘，可以洗漱，等下记得回来吃饭。"

等她洗漱完毕回来，发现小鬼用铁锅炖了一锅鱼汤，铁锅壁上贴了几块撕开的饼子，饼子一半浸在鱼汤里，另一半被铁锅烤得金黄，有些诱人。

白檀："……"

这小鬼是哪儿来的妖怪？

吃饱喝足，小鬼自顾自地收拾起他的铁锅、竹筒等一应用品。白檀讪讪地站在一旁不知道该干吗，竟然莫名觉出一种羞愧来。

"你——"

"我跟你走。"小鬼单刀直入。

"我可能会死。"白檀认真道。她这一路本就是去赴死的,能走多远走多远,怎么可能带上一个孩子?

熊孩子理所当然地看了她一眼,回道:"我知道,所以我得跟着你。"

白檀心头一跳。

熊孩子补充道:"我会照顾你,不让你死。"

几个月前,那个少年咬牙切齿地抱着她,跟她说同生共死,可这会儿,却有个看起来只有十岁的熊孩子跟她说,我会照顾你,不让你死。

她蓦地生出一股荒谬来。她战战兢兢活了二十多年,习惯了迁就别人委屈自己,从来没想过有一天,会有个少年凶狠地抱住她要与她同生共死,更没想过还有个不到十岁的小鬼会信誓旦旦地说要照顾自己。

她忍不住多看了小鬼两眼,不知道是不是错觉,她觉得这小鬼和小奕有几分相像。

六

小鬼说他叫阿琼,白檀对这无名无姓的称呼有些茫然,小鬼便解释道:"一个老乞丐捡到我,说本来以为逮到了一只肥羊,结果发现我比他还穷,所以给我取名叫阿琼。"

白檀:"……"

阿琼果然言出必践,说跟着白檀就跟着白檀,行囊自己背,一日三餐全靠他动手,下河摸鱼,打洞捉旱獭,简直无所不精。

白檀与他同行了几日,颇有些过意不去,见雨后草原上冒出不少蘑菇,便自告奋勇地帮他采了一兜蘑菇。

阿琼拿到蘑菇,叹了口气,远远扔开。

白檀疑惑:"为什么?"

阿琼燃起火堆:"没什么。那兜子蘑菇,也就够毒死七八十个我们吧。"

白檀惊出一身冷汗,她倒是无所谓,但一想到可能会害了阿琼,又忍不住一阵后怕。

正胡思乱想,阿琼忽然站了起来,迎着风吹来的方向仔细分辨了一会儿,扭头迅速踩灭火堆盖上沙土,拉着白檀藏到某个土丘之后。

"应该是这一带的马贼,大约七八个人。如果你想杀他们,现在就可以开始布置了。"阿琼人小鬼大。

"布置?"白檀有些茫然。她一向都是单枪匹马上,先放箭,再近身搏斗,仅有的武器是那把属于射雕手的骨灵弓和一把匕首。

"那你能活到现在可真是长生天眷顾。"

……被熊孩子嘲讽了。

阿琼是个行动派,自顾自从他的包袱里掏出一根绊马索,又摸出几枚铁蒺藜,还有一小瓶不知道什么东西。

七

来人被绊马索绊得人仰马翻的时候,白檀下意识地摸出了弓箭,却被阿琼伸手拦住了。

七八个马贼就地一滚,一边喝骂一边巡视周围。

一个人伸手去灰烬里摸了一把,道:"还热着,肯定在附近。"

话刚说完,他觉得指尖一痛,很快,半个身子都麻了,接着"砰"的一声倒在地上。同伴大惊,挑开灰烬才发现,里面埋了几枚铁蒺藜。他骂了一声,伸手想要扶起同伴,却发现原本躺在地上的同伴骤然坐起,抬刀向他劈来。

来不及细想,他的刀已经楔入了同伴的脖颈。

鲜血刺激了其他人,靠近灰烬的几人也不知道各自看见了什么,举刀就砍,上一刻的同伴,这一刻变成了不死不休的敌人。

白檀浑身冷汗涔涔,阿琼靠着那一会儿工夫布下的东西,转眼这个看起来颇有战力的马贼团伙就只剩下两个离火堆比较远的还站着。

阿琼拍拍她的肩膀:"到你了。"

张弓搭箭,两箭齐发,两人听到风声的时候,脖颈已被沉重的铁木箭射穿。

"这些……是什么?"

阿琼伸出手:"你教我武功,我就告诉你。"

白檀:"……"

熊孩子还挺精。

八

绊马索比一般的绊马索更细更韧,铁蒺藜上涂了毒药,火堆上撒了一些粉末,随着热气上升,靠近火堆的人吸入之后一段时间就会产生幻觉。

绊马索设置的地方离火堆不远,摔下去刚好能看见被掩盖的灰烬,摸灰烬温度来探查敌人的距离是常识,于是他把铁蒺藜埋在了灰烬里。

中毒的人只有一个,但他躺下了势必会有人来查看,只要能停留一段时间,就会吸入足够的粉末产生幻觉自相残杀。

这就是熊孩子在不到一盏茶的时间内布置出来的粗糙陷阱。

白檀真心觉得这孩子如果想杀人,没必要学什么见了鬼的武艺。

"那个粉末……到底是什么……"

阿琼眼也不眨:"和你刚才采的东西差不多,毒蘑菇而已。"

而已……

这回不等脸色发僵的白檀问,阿琼主动坦白道:"一个神经病给我的,说是江湖上的人保命常用的东西,我只有这一点点,用完就没了。"

他顿了顿,继续道:"所以你得赶紧教我武艺,否则,我的东西用完就保护不了你了。"

白檀:"……"

这个徒弟我现在退货还来得及吗?

九

当然来不及。

白檀没想到这个无所不能的熊孩子也会生病。

熊孩子话不算多,但也绝对不算少,且经常语出惊人,有事没事还喜欢逗这位便宜师父,着实熊得一言难尽。

又是一日野外露宿,晨起的时候,白檀没有闻到熟悉的早饭香味,四下打量发现熊孩子蜷着身子,缩在干草堆里发抖,她凑过去一看,才知道熊孩子发了高烧。

"阿琼!"白檀其实并不太会照顾人,阿琼烧得不轻,浑身都在发抖,白檀背着他跑了一天,才找到一家破旧的医馆。

医馆老板不是什么良善之辈,白檀几乎花光了二人身上的钱,才换来一碗退烧药。

是夜,破落的毡房四面漏风,白檀守着阿琼,面对着眼前沉沉如海的黑暗,她心底里生出一个可怕的念头来,或许没有她,阿琼就不用受这份颠沛流离,或许那些传说是真的,她生来就会给人带来不幸。

她伸手抚上手臂上的伤疤,一道又一道,那是她一辈子也解不开的心结。

在这一片令人绝望的死寂和黑暗里,白檀几乎被自己的念头压垮。

忽然阿琼翻了个身,显然还没清醒,迷迷糊糊碰到了她的手臂,伸手抱紧了,白檀浑身一僵。

"娘。"阿琼带着哭腔委委屈屈地喊了一声。

像一道闪电撕开浓黑的夜,白檀被他这一声叫得心颤,她从来没想过熊孩子也有这样脆弱的时候。

直至此刻,她才想到,阿琼小小年纪独自流浪,他到底有过怎样的身世呢?他跟着自己到底是为什么?

他总是人小鬼大,开口闭口我照顾你,我不让你死,事实上他也是这么做的,但他一个小孩子,为什么要这样对一个萍水相逢的陌生人?

白檀伸手揽紧了阿琼,挺直了脊背。

相依为命。

她的心里冒出了这几个字。

"你想活,我就陪你活下去。"在被铺天盖地的疲惫打倒之前,白檀心里闪过这样的念头。

好在熊孩子就是熊孩子,皮实得很,那一夜凄风苦雨之后,他靠着一碗粗劣的草药退了烧,重新活蹦乱跳起来,睁开眼睛发现自己乖巧地窝在白檀怀里,颇为不自在。

而在得知白檀几乎花光了两人所有的盘缠之后,他又老神在在地叹了口气:"师父,人说穷养儿富养女,想必您的长辈在这方面做得很是周到。"

白檀一巴掌抽在他后脑勺上:"没礼貌,叫师祖。"

十

白檀与阿琼走走停停，一路向东，走过干旱的沙地，也走过人烟稀少的城镇。

熊孩子仿佛是天生的射雕手，他天生神力，五感清明，他能根据风里的气味远远判断来人的数量，能靠一点点细微的声音确定数十丈之外敌人的位置。白檀已经算是天赋异禀，但和熊孩子比起来，简直平庸得令人丧气。

熊孩子安慰她："别气馁！我有个姐姐，和你差不多大，她比我还厉害，可惜她不喜欢学箭，却喜欢学南方人用长剑，后来还喜欢上了一个南方的纨绔子弟，不知道她怎么想的，你起码没嫁给一个没用的纨绔子弟不是？"

白檀气得想教他一番何为尊师重道，但是熊孩子眉眼弯弯，眉目间跟那个不顾一切表白心意的少年越发相像，她一颗心又忍不住沉沉落下来，低头不语，专注地做手中那把完成了一半的弓。

她的骨灵弓熊孩子还拉不开，一路走过的穷乡僻壤也找不到什么好弓卖，她便决定自己动手做一把。

弓做好的那天，熊孩子罕见地露出了一丝孩子气的笑容。白檀望着他的模样，陡然发现自己已经很久没想过死亡的问题了。

她习惯了一日三餐有熊孩子打理，习惯了一路上熊孩子层出不穷的小手段，也习惯了把自己毕生所学一点点教授给熊孩子。

她已经很久没记起那个无辜被她杀死的孩子了，她的手臂上也很久没有多出伤痕了，甚至在熊孩子第一次射出连珠箭的时候，她下意识地伸手摸了摸他软软的头发，就像她的养父从前对她做的那样。

熊孩子大呼小叫地试着自己的新武器，不远处的树后似乎有只鹿，他没多想便一支箭射了过去。

射中了，他跳起来跑过去，半路"噌噌"几声，脚底下一软，顿时被一张网吊了起来。

白檀吓了一跳，见没有后续动作，忙安慰道："别怕，应该是猎人的陷阱，没关系。"说罢将匕首甩出去割断绳索。

"别割！"熊孩子只来得及说出两个字就一阵失重，被白檀接在了怀里。

"闪开！"熊孩子猛一用力，将白檀扑倒。

"嗖"的一声，一支足有拇指粗的黑羽箭不知道从哪里射了出来，劲风擦过白檀的耳畔，钉在了枯叶堆里。

白檀一身冷汗："有弓箭手。"

她下意识地搂着熊孩子就要滚向一旁。

熊孩子几乎咬牙切齿道："别动！"

白檀没动，果真没了下文，风声寂寂，一丝异常也没有。

熊孩子爬起来，小心翼翼伸手在旁边扒拉了几把，找出了几枚闪着幽蓝色泽的铁蒺藜，跟他之前用的如出一辙。

他又去检查了那只鹿，发现它被坚韧的细线拴住了蹄子，难怪躲在树后没地儿跑。

先用鹿的动静引人前去查看，再用看似普通猎人的绳网陷阱让人放松警惕，割断绳索就会牵动远处摆好的弓弩，如果能躲开，人下意识会靠滚动来躲避接下来的箭，旁边带毒的铁蒺藜便会等着你。

熊孩子咬牙冷笑道："才四重吗？你是老了还是懒了？"

一样的连环陷阱，一样的铁蒺藜，白檀再迟钝也意识到了点什么："是谁？"

熊孩子伸手解开鹿的绳索："一个神经病。"

刚说完，手指一痛，仔细一看，绳索上居然有几根细若牛毫的刺，麻木感顺着手指顿时侵占了半边身子。

熊孩子终于气急败坏："五重，阿史那奕我要杀了你！"

白檀整个人都僵住了。

十一

好在最后只有麻药，且量很少，估计这最后一环是打算用来留活口审讯的。熊孩子灰心丧气地靠着树，等待麻药的劲儿过去，神情沮丧得很。

好一会儿，他才发现白檀眼神复杂地望着自己："你刚才说，他是谁？"

熊孩子僵了一下，这才意识到刚刚气急败坏口不择言把那人的名字说了出来。

他盯着白檀的眼睛："你是阿木的人？"

白檀摇摇头。

"那你是蒙脱的人？"

白檀再摇头。

熊孩子舒了口气，只要不是这两尊大神的人就行。

好歹做了快一年的师徒，熊孩子决定坦白从宽，当然，主要他觉得自己这个便宜师傅实在是个烂好人，告诉她无妨。

"师父，我叫阿史那默，是苍狼王最小的儿子。我有个哥哥，叫阿史那奕，比我大七岁，是个阴险狡诈的神经病。他不能练武，就喜欢折腾毒药、陷阱这些破烂东西，还死不要脸非要传授给我。这陷阱是他布置的，不过不是针对我们，这里是阿木可汗的地界儿，他八成是被人盯上了。"

熊孩子倒豆子一般倒了个底儿掉，白檀一阵晕眩。

时隔一年，她终于知道了那个少年的身份，并且是从她的徒弟、他的亲弟弟口中知道的。

这感觉略有些微妙。

感叹之后，白檀第一反应就是快跑。

熊孩子端详着她的神色变化，敏锐地觉察到一些问题，小心翼翼地问道："我哥他……做了对不起你的事儿？"

不等白檀回答，他又一本正经补充道："师父，罪不连九族。我哥是个混蛋，但我是无辜的，如果你恨他我可以帮你对付他，反正他打不过我。

"对了还有，如果你不想见他，我们得赶紧走，顺着来时的方向走,他肯定会回来查看猎物的。"

白檀悚然而惊,背起熊孩子就走。

熊孩子在她背上眨眨眼睛,看了看白檀略有些发红的耳朵,心想:"那混蛋……到底干了啥?"

十二

顺着来时的路走确实没遇上阿史那奕,但是遇上了阿木的追兵。

阿史那默一巴掌拍在自个儿脑门上,恨不得抹脖子自杀。

早该想到的,阿史那奕设下陷阱,就是为了这群人,陷阱没触动,这群人肯定是还没到,自己却一头撞了回去。

偏偏领头那人眼神好,一眼看见了背着孩子的白檀是个颇有姿色的姑娘。

"站住!"那人马鞭一挥,凌空抽出一声尖锐的啸鸣之声。

白檀低眉顺眼地站住,阿史那默耷拉着眼皮,趴在白檀背上默默骂他哥。

"你们从那边过来的?"

白檀不卑不亢道:"是的。"

"有没有见过一个少年带着七八个人骑马从那边走过?"

"没有。"

那人问路本来就不是目的,见白檀始终不肯抬头,有些急躁,一打眼看见蔫不拉几的熊孩子。

"这孩子是谁?他怎么了?"

"是我儿子,大人。他在林子里贪玩,摔伤了腿。"

那人明显脸色一僵,这么年轻的姑娘居然有这么大的儿子?

熊孩子趴在白檀背上拼命憋笑,没想到白檀看着生活不能自理,关键时刻还挺机灵的。

就是不知道阿史那奕知道了会是什么反应,不过无所谓,反正他打不过我。阿史那默很有自信。

前面林子上空忽然炸出一片飞鸟来,有眼尖的道:"大人,前面有动静,肯定是他们!"

那人终于遗憾地放弃了继续问话的打算,手一挥:"走!"

白檀背着阿史那默走了一段路,脚步慢了下来。

阿史那默叹了口气:"师父。"

白檀站住了,半晌才开口:"刚才那人说他带了七八个人。"

"嗯。"

"那群人有——"

"连为首那个色狼一共二十一骑。"阿史那默闷闷道。

"我们破坏了他的陷阱。"

"也不一定……我哥那么坏,应该还有别的布置。"阿史那默的声音越来越小。

白檀忽然轻轻舒了一口气:"你也不确定是吧?那就是没有了。"

"师父……"

十三

阿史那奕的确遇上了麻烦。

原本追着他跑的只有三四个人,沿路陷阱便布置得简单了些,他不知道是哪里出了问题泄露了他的身份,还想抓个活口来问问的,没想到他的陷阱不知道被哪个缺德的王八蛋给破坏了,毛都没给他剩下一根就走了。

阿史那奕铁青着脸查看现场的时候,听见了马蹄声。

很多。

要死。

跑!

仓促间回头看了一眼,阿史那奕顿时眼前发黑,是灰隼的人。

灰隼是阿木手底下的一个情报组织,迅疾如风,侵略如火,专干些杀人放火的勾当。

一旦被他们盯上,便如附骨之疽,不死也得脱层皮。

阿史那奕作为一个战五渣,所能仰仗的不过是敌明我暗,有充足的时间和空间来布置足够的陷阱,但现在他的陷阱被缺德的王八蛋破坏了,还骗得他回来查看,一头便跟追兵撞上了!

阿史那奕觉得今日出门大抵是忘了看皇历。

护卫都是姐夫李稷的亲兵,个个武功高强,但后面的追兵有二十一个,每个人的身手都不弱。不过一会儿工夫,护卫已经折了三个,追兵却开始放肆大笑提前庆祝。

阿史那奕闷头狂奔,不时被林子里垂下来的枝枝蔓蔓抽在身上脸上，生疼生疼的，十分狼狈，而且憋屈。

这狼狈中竟然还有一丝诡异的庆幸，他庆幸自己这副德行没被那姑娘看见，可是转念一想，自己当初那么狼狈的模样都被她见过了，在她面前维持脸面似乎并没有必要。

如果这回逃不掉，那死前能见她一面，不管多狼狈我也愿意啊……

有破空之声传来，一支粗大的铁木箭穿过莽莽林海，落在一名追兵的背心，又自前胸冒出森寒的箭镞来。

白羽箭去势不止，在追兵胸口震荡出一个拳头大的血洞，裹挟着鲜血扎进了前面一个人的心脏。

阿史那奕愣了愣神，扭头望着那支扎在追兵身上的铁木箭，顿时有些移不开眼。

"快走！"一名亲兵咆哮一声，将骑在马上摇摇欲坠的阿史那奕一把扯了过来，扬手将一把匕首扎在马屁股上，马儿疯了一般向前蹿去。

"白——"阿史那奕徒劳地伸出手，到底还是没能把那个名字喊出口。

她怎么可能出现在这里呢？阿史那奕苦笑了一下，她躲自己还来不及，怎么会上赶着过来？

十四

白檀想过很多次自己会怎么死,是被草原上穷凶极恶的匪盗砍死,还是因为困厄而死,抑或是遇上抵挡不住的天灾无奈赴死。

无论是哪一种,她都愿意接受。

但她没想到自己有一天会被人抓进幽暗的地牢里被刑讯至死。

作为一个射雕手,这种死法大约有些不够体面。

阿史那奕应该逃走了吧?他应该没发现我,这样就好。

便宜徒弟麻药解了吧?这熊孩子当小乞丐都能活得风生水起,应该不用为他操心。

白檀耳边聒噪得很,灰隼的人一直在问些不知所谓的问题,她一个字都没听进去,任由脑子里乱七八糟的念头跑马灯似的转。

又一鞭子落在她的背上,外衣被抽烂了,露出白皙的背部,殷红的血珠滚落下来,白檀闷哼了一声,想起熊孩子那天给她包扎的模样。

而熊孩子此刻正和阿史那奕蹲在城外。

"这三年你死哪儿去了?"阿史那奕语气硬邦邦的。

阿史那默冷着脸,针锋相对道:"反正没死,倒是你废柴一个,怎么活下来的?"

阿史那奕不说话,哼了一声:"跟我回去。"

"回?回哪儿?咱家就在这儿,你回一个给我看看?"熊孩子皱着眉,眼里迸出戾气,跟白檀面前人小鬼大的模样判若两人。

阿史那奕不说话,半晌扭头看过去,这才发现熊孩子低着头啪嗒啪嗒掉眼泪。

到底才十岁,一个人流浪了两三年,从锦衣玉食的小王子变成小乞丐,他被送走的时候身边有十来个护卫,如今却一个都不见,可想而知这一路的艰难险阻。

阿史那奕想起三年前自己被星辰送到军城的时候,怕是比阿史那默还不如,换了他一个人流落草原,他不一定能活下去。

很难得的,这对打小不对付的兄弟有了片刻的平和。

阿史那奕伸手摸了摸熊孩子软软的头发:"别哭了,难看。"

熊孩子一巴掌打掉他的手,瞪了他一眼。

"驴脾气!"阿史那奕揪了一把他的头发,"跟我回军城,咱们不能再留在这里了,回去跟姐姐姐夫商量一下吧。"

阿史那默难以置信道:"姐真嫁给那个废物了?"

阿史那奕给了他后脑勺一巴掌:"狗嘴里吐不出象牙。"

"你吐一个给我看看?"熊孩子斜眼看他,满脸都写着"不服来打一架"。

见阿史那奕不搭理他,他又闷闷道:"我不回去。"

"不想回去你干吗来找我?"阿史那奕觉得这孩子脑子怕是有病,其又熊又蠢的特质简直让同一母胎的他感觉到了连坐的羞辱。

"我不能回去,我要去救我师父。"熊孩子突然抬起头,"你难道不问问是谁救了你们吗?"

阿史那奕心头一跳。

十五

阿史那默不笨,他其实很聪明。他看得出来谁是好人谁对他有恶意,他流浪了两年,跟野狗争食,跟苍鹰争食,吃过有毒的果子,也吃过发馊的饭菜,中途还被人拐卖了两回。

他遇见白檀的时候就知道她和别人不一样,别人都是不择手段地求生,只有她一心求死,他想一个求死的人总不会是什么坏人,更何况他认识射雕手的弓。

他才十岁,他迫切地需要保护,他一个人快支撑不下去了,所以他追了过去,跟她说:"我保护你,不让你死。"

其实不是他保护她,是他需要她的保护。

"我得去救她。"阿史那奕眼睛都红了,什么计谋安排全都不管,他恨不得直接冲进城里去把人抢回来。

熊孩子沉吟良久,还是忍不住问道:"你老实说,你对我那便宜师父做了什么?"

阿史那奕像被施了定身术一样,顿时沉默了下来。

"我亲了她。"

熊孩子:"……"

牛!还是老哥你牛!

"那么我只有一个疑问,凭你这个战五渣的废柴身板,是怎么亲到一位射雕手的?"阿史那默虚心请教。

阿史那奕老脸一红,恼羞成怒地一把揪住熊孩子的衣领:"我要去救她!你跟不跟我一起干?!"

"不跟。"熊孩子叹了口气,"哥,算上我,咱们只有六个人,六个人去闯灰隼的监牢救人?"

十六

白檀不知道自己流了多少血,身上伤痕累累,疼到麻木,连沾着盐水的鞭子抽在背上也没了太大知觉。

她努力回想着自己被养父训练成射雕手的日子,她能在冰天雪地里一动不动地潜伏三天,只为找到最佳射击时机。她的身体从温暖变得冰冷,雪水融化,浸透她的衣服,又很快带来更加冰冷的触感,浑身的每一寸肌肤都像在被针刺,她咬着牙,一声不吭,直到浑身麻木。

但她的手是灵活的,她小心翼翼地不停地舒展手臂和手指的肌肉,努力让它们不受到一点伤害,确保她在拉开弓弦的一刹那是最完美的状态。

她小心翼翼地调整着呼吸,减慢自己的心跳,减缓自己流血的速度,她不怕死,她甚至是期待着死亡,但是此刻她还不能死,凭着对自家便宜徒弟的了解,那熊孩子只要发现她被抓走了,一定不会善罢甘休。

外头喧嚣声响起的时候,她睁开了眼睛。

浓烟滚滚,不知道从何而来,远处隐隐约约传来"走水"的声音,围着白檀的几个人慌不择路想要离开。

就在此时,有人大声道:"别慌!小心中计!我留下来看管犯人,你们出去查探一下!"

众人感激地应了一声,一边咳嗽一边匆匆跑了出去。

白檀咬牙不吭声,心里有些失望,若是这些人趁机大乱,自己还有一搏的机会,却没想到……

"咔嚓"一声,吊着手腕的绳子被人割开,来不及细想,白檀闪电般伸手,一双手牢牢扣住了来人的咽喉。

"我是琼少爷派来的!"正是先前趁乱大吼的人。

白檀一愣,手上已经被塞了一把弓和一袋铁木箭。

"快出去,琼少爷和其他人在外面放火。"

白檀一把扣住他的肩头:"你是阿史那奕的人?"

想想也知道,阿琼一个熊孩子到哪儿找帮手,他肯定是找了阿史那奕。

那人不说话。

"小奕在哪里?"

白檀心念电转,忽然醒悟:"他去找阿木了?"

阿史那奕那边总共不过几个人,别说救她,连进来都是问题,唯一能进来的方式就是阿史那奕的身份。

十七

阿史那默在王庭之中生活了七年,他生性好动,熟知这里的每一个角落,放火放得心应手。而阿史那奕就不一样了,他被暴怒的阿木一声令下,脖子上架了数把长刀。

白檀冲出浓烟滚滚的监牢,旁边冷不丁伸处一只手,熊孩子阿琼紧绷着小脸,背上背着她送他的弓:"跟我走。"

白檀心头又酸又涩,这地方对阿史那兄弟来说无异于龙潭虎穴,他们冒冒失失地闯进来,就为了救她这么一个有心求死的人。

"阿琼。"她的声音微微发抖,熊孩子不理他。

"阿琼……"白檀伸手扯了扯他的手臂,熊孩子咬着牙闷头往前。

白檀停了下来。

熊孩子扭过头,眼睛通红。

"你和小奕感情很好吧?"白檀笑了笑,伸手摸了摸他的头发。

熊孩子别别扭扭地偏头躲开,硬邦邦道:"没有。"

白檀趁机揉了两把:"真是个小孩子,小奕也是,你俩挺像的。"

阿琼脱口而出:"谁跟他像了?我说了我会保护你,而他只会占你便宜!"

白檀:"……"

小奕是疯了么,怎么什么都告诉熊孩子?

阿琼咬着牙道:"他是个混蛋、废柴,连我的弓都拉不开……"

白檀蹲下来,温柔地看着他:"这一年,我基本把我会的都教给你了。"

阿琼震惊地抬起头,以他的脑子不难发现,这句话的遗言味道有些重。

"但还有一样最重要的,我从来没有机会教你,今天我来教给你。"

十八

"在这个世界上,飞得最高最快的是草原上的海东青,每一个射雕手都以能射中一只雄健的成年海东青为荣。

"但是海东青飞得太高了,所以我们只能爬上最陡峭的山崖。海东青飞得很快,我们必须拉开最强的弓,才能比它更快。

"但这些其实都不是最重要的,最重要的,是要有一颗射雕手的心。

"不能恐惧,不能后退,不能迟疑,从你看见目标的那一刻,你就必须坚信,自己一定能射中它。"

白檀站在高高的角楼上,铁灰色的角楼在烈风里稳稳矗立,这里没有守卫。王庭的守卫多在瓮城,这处角楼早已废弃,若不是熊孩子带路,很难绕过重重守卫走到这里来。

"这里距离他们所在的地方有百丈之远,几乎是我手中这把骨灵弓的极限距离。今日风大,会影响箭的角度,你必须去感受风,与风融为一体,让它成为这支箭的助力……"

从角楼上俯视而下,远处广场上剑拔弩张,阿史那奕被重重包围,阿木可汗一张脸因为盛怒而涨红,大声咆哮着什么,阿史那奕被数把刀压在脖子上,笑得无所畏惧。

白檀的箭对准了盛怒的阿木:"在他们反应过来之前,我只有一箭的机会,你看好了。"

忽然,阿琼冰凉的小手搭上了她的手腕。

"不要杀他。"阿琼皱着眉头道,"他不能死——"

白檀忽然明白过来,阿木死了,阿史那奕也别想活。

"嗡"的一声,弓弦发出低沉的震动,铁木箭乘风而出,越过重重阻碍,划过长空,在阿木身前的护卫胸口开出一朵鲜艳的血色花朵来。

十九

阿木惊出一身白毛汗,众护卫再也顾不上阿史那奕,纷纷以身为盾,挡在了阿木身前。忽然间嘶鸣四起,不知道从哪里跑来了大量的骏马。这些是马房里的战马,方才马房着火,是以被人驱赶到了此处。

阿史那奕哈哈一笑,翻身上马,狠命一踢马肚子:"走!"

几名亲兵随着马匹冲出来,为阿史那奕断后,烟尘四起,人仰马嘶,好一出热闹景象。

一路冲至瓮城，白檀带着阿琼共乘一骑从侧面冲过来，阿史那奕又惊又喜，一时不知该说什么。

阿琼坐在白檀身后，瞥了阿史那奕一眼，无声地翻了个白眼，伸手亲昵地抱住了白檀的腰。

白檀一僵，这熊孩子一向人小鬼大，鲜少有亲昵的举动，只有生病时才会露出小孩的留恋之态，怎么这会儿——

还没想完就感觉到了旁边火辣辣的目光，扭头一看，阿史那奕死死地盯着熊孩子。

白檀一时又好气又好笑，这对兄弟真是天生的冤家，都什么时候了还斗气。

白檀收回目光，脸色重新凝重起来。他们靠着混乱和大量的马匹阻拦了追兵，但是瓮城的守卫还在，他们要想逃出去，还有一重生死关卡。

"咯吱咯吱——"令人牙酸的声音从四周纷纷响起，这个声音阿琼再熟悉不过，是弓箭的声音。

果不其然，瓮城里安排了大量的弓箭手。

白檀咬咬牙，正要伸手拿骨灵弓，却碰到了身后的熊孩子。

熊孩子用力抱了她一下："我说过，我会照顾你，不让你死。"

白檀心头一跳。

阿史那奕神情一变："浑小子，你要做什么？"

阿史那默恨铁不成钢地看了一眼自家兄弟："保护好我师父。"

二十

在箭雨落下来之前,阿史那默一把扯掉了上衣,又将一把小小的匕首扎在马屁股上,而后身子一扭,从马背上滚了下来。

他皮肤呈小麦色,才十岁出头的身体已经出落得颇为健壮,在他的肋下,苍狼王嫡系血脉独有的狼头刺身在阳光下很是扎眼。

他咧嘴一笑,从地上爬起来,面朝阿木可汗的滚滚追兵。

在他的身后,猝不及防的白檀被发狂的骏马狂奔着带走,阿史那奕目眦欲裂,却最终重重挥鞭,紧随其后。

在他的面前,阿木可汗喝止了弓箭手,狂乱的骏马从他的身侧擦肩而过,阿木带着一众护卫眼睁睁看着白檀一行人离开,却没有追击。

阿史那默站在那里,微微一笑,挺直了胸膛。

"阿木将军,我是阿史那默。"

阿布和后妈

一

阿布的母亲生下阿布就去世了,留下阿布他爹老阿木带着三个儿子囫囵过日子。

老阿木是东边汗国的可汗,当时东边汗国连年战败,牧场被西边汗国吞并了大半,人口只剩下几万人,老弱病残占了一大半。老阿木不放心别人照顾阿布,便自己亲自动手。

阿布没奶吃,老阿木找来一只刚生完小羊的母羊,把阿布往羊肚子下面一扔,说:"喝!"

阿布嗷嗷哭,哭累了自己摸到母羊的乳房,喝得吧唧吧唧。

阿布没衣服穿,老阿木找来狼皮,剪了几个洞就往阿布身上套,粗硬的狼毛扎得阿布嗷嗷哭,哭累了自己挣掉狼皮袄子,光着身子缩在母羊奶妈肚皮下抱着小羊羔取暖。

牧云被老阿木带回来的时候,看见的就是一个光屁股小孩缩在母羊的肚皮下和一只小羊羔头拱头地一起喝奶,喝一会儿还停下来对着小羊羔笑笑,一人一羊换个位置继续喝。

老阿木脸上挂不住,一把把阿布拖了起来,对着屁股啪啪

多年前的一些事

就是两下。

阿布瞪着眼睛,气鼓鼓的,又委屈又可爱,肚子还咕噜噜地叫了一下,显然没吃饱。

牧云一把把阿布搂过来,冲老阿木吼道:"你干什么呢?把孩子打坏了怎么办?"

二

老阿木和东边一个大部落达成了合作,一起对抗西边汗国,为表诚意,老阿木娶了部落头领的女儿,也就是牧云。

牧云成了阿布的后妈。

牧云把阿布洗得干干净净的,穿上柔软的小棉衣,给他喝煮得热乎乎的干净羊奶,阿布仍然瞪着眼睛气鼓鼓的,一个劲儿想爬回去和小羊羔一起睡。

阿布一岁了还不会说话,牧云拖他去洗澡,他大叫:"啊——"

牧云淡定地把他扛上肩头:"小崽子,叫妈。"

阿布愤怒地蹬腿儿:"啊——"

牧云捏了捏他脸蛋:"小崽子咋这么笨?"

阿布就这么兵荒马乱地长到了八岁。

牧云二十四岁了,整天笑眯眯的,每天就想着怎么骗阿布叫她一声妈。

老阿木说:"想有人叫妈还不简单,你生一个呗。"

牧云一双眼睛把他从头到脚剐一遍:"男人年纪大了,生出来的孩子比较蠢,我不要蠢儿子。"

老阿木讪讪地走了,牧云继续逗阿布:"叫妈,叫一声我给你做奶糕吃。"

阿布扭过头,对着老阿木给他的地图拧着眉头不说话。

牧云伸手挡住地图:"叫妈,我教你看地图。"

阿布拨开她的手:"我看得懂。"

牧云眼珠子转了转:"叫妈,我教你认汉字。"

汉字,阿布知道的,在南边有一个强大的王朝,他们的文字叫作汉字。传说他们有很厉害的兵法,靠着那些兵法,那些吃大米和蔬菜的南方人,把他们这些吃肉骑马的北方人撵得远远的。

阿布眼也不眨地盯着牧云:"教我。"

"叫妈。"

阿布梗着脖子:"不用你教。"

牧云一跺脚:"嘿,你个坏小子,我偏要教你,教到你惭愧,教到你觉得欠着我,教到你肯叫我妈!"

阿布学会了汉字,读了许多汉人的兵书。

但他还是没肯叫妈。

三

阿布十岁那年同已经身强力壮的哥哥们打了一架,哥哥们骂他是东边来的妖女养大的灾星,说他害死了母亲。

东边来的妖女,这是他们对牧云的称呼。

哥哥们像父亲,脾气暴烈,一言不合就操家伙上。

阿布被打得鼻青脸肿,被牧云养得白白嫩嫩的脸蛋上挂了好几道口子。

"灾星!害死母亲的灾星!呸!"二哥冲阿布吐唾沫。

牧云不知道从哪里冲过来,像护崽的母狼一样挡在阿布身前,恶狠狠地盯着阿布的两个哥哥。

"妖女!妖女和灾星!"哥哥们继续骂。

阿布冲上去打架,被牧云死死抱住,阿布挣不脱,喉咙里发出狼一样的哀号声。

两个哥哥骂骂咧咧地走了,牧云站起来,一巴掌拍在阿布的脑袋上:"小崽子会打架了啊!"

"啊——"阿布大吼一声,将牧云推倒在地,没头没脑地跑了出去。

牧云坐在地上,垂下眼睑,耷拉着肩膀,像是没有了力气站起来。

她苦笑着望着阿布的背影自言自语:"我能怎么办?他们又不是我生的,我总不能打他们吧?哦,差点忘了,小崽子你也不是我生的……哎,做后妈真难啊!"

阿布一口气跑到了一个山谷里,这里牧草及腰,郁郁葱葱一大片。阿布一头扎进草丛里,发泄一般地大吼大叫。

他也不知道自己在生气什么。

山谷深处有个山洞,干燥避风,阿布发泄够了,就坐在山洞里发呆。半晌,他捡起一块尖利的石头,在山洞壁上刻了一行歪歪扭扭的汉字:

今天和哥哥打架打输了,不开心。

四

阿布回去的时候看见两个哥哥小鸡崽子一样跪在帐篷里,老阿木凶神恶煞地在旁边数落着,牧云在旁边面无表情地喝着茶。

等到老阿木终于说够了,大手一挥道:"你们快向她道歉!"

牧云悠悠开了口:"说完了吧?说完了出去吧!"

老阿木一愣,还是依言走了出去。

牧云放下茶杯,直视着跪着的两人,年少气盛的少年,目光像狼一样狠厉。

"起来吧,不用道歉。"

两人一愣,下意识地站了起来。

"我知道你们仇视我,是我占了你们娘的位置,可是没办法,你父亲他需要我娘家的帮助。我不比你们大几岁,我也不指望你们能当我是长辈,可是做人得讲道理,我和阿布没对不起你们,你们也不该来欺负阿布,你们说是不是这个道理?"

两人咬着牙不吭声。

"行了,你们回去吧,自己擦点药,阿布这小子下手也挺黑,回头我教训他。"

阿布扭头就往外走。

"回来!跪下!"牧云手中的茶杯重重一顿。

阿布梗着脖子走回来,就是不肯跪。

"向哥哥们道歉!"

"凭什么?"阿布粗着嗓子吼道。

"凭他们是你的哥哥!"

"我不!"

"道歉!"牧云一巴掌打在阿布的脸上,五个指印清晰可见。

阿布愣了很久,眼睛里的眼泪都快憋不住了才一字一顿道:"对、不、起。"

哥哥们走了,牧云伸手摸上阿布的脸颊,眼泪突然扑簌簌掉下来。

阿布一把挣开他,扭头就往外走。

"回来,听说我。"牧云的声音不大,却让阿布停下了脚步。

"你听我说,阿布。"牧云深吸一口气,"他们是你的哥哥,你父亲早年受伤太多,现在身体已经不行了,将来登上汗位的肯定是他们之中的一个,你还太小,没有能力和他们争。我不信草原上的兄弟亲情,所以,你一定一定不能和他们交恶,你得先活下去,才有机会变得强大,你知道吗?"

"可是你打我。"阿布从牙缝里挤出几个字。

牧云一愣:"还疼吗?"

"可是你打我。"阿布抬头盯着牧云,又说了一遍。

"我……"

"可是你打我!"阿布大吼了一声,眼泪流下来。

牧云一巴掌拍在他后脑勺上:"小崽子!我还不能打你了?你见过孩子打架做父母的打别人家孩子吗?还不都是打自家孩子出气!"

五

老阿木的身体果然不行了,没能熬过这个冬天。两个哥哥为了汗位争得你死我活,最终二哥被大哥一箭穿心,大哥满心欢喜地登上了汗位,却发现牧云和阿布不见了踪影。

牧云带着阿布在逃命。

目睹了阿布二哥的惨死之后,牧云放弃了带着阿布同大哥交好的打算,连夜带着阿布往北逃,逃到了牧云娘舅的部落里。

躲了半年,终于安稳了。

牧云最后给阿布做了一顿饭,笑眯眯地看着他吃完,道:"我要走啦,你好好在这里住着,要努力练功、努力读书,知道不?"

她的语气太轻松了,轻松得像是在说"今天的饭合不合口味"。

阿布怀疑自己听错了,冷静地喝了口水:"你说什么?"

牧云叹了口气,目光悠悠飘向了窗外高阔的天空:"我从小就有个理想,我想去南边看看,看看那里的房子,那里的街道,那里的人和那里的书,可惜十六岁那年,父亲把我嫁给了你爹。

"其实我不想嫁啊,他又老又丑,一点都不符合我心中如意郎君的形象,可是没办法,谁让我是部落首领的女儿呢?结果一去就看见了你,一点点大,光着屁股和小羊羔挤在一起喝奶,又可怜又可爱。

"我把你当自己的孩子养大,虽然你从来没叫过我一声妈,虽然你脾气又臭又硬,可是看着你一天天地长大,力气变大了,功夫变好了,读的书也多了,我又忍不住为你骄傲。阿布,你是我一手带出来的孩子,妈为你骄傲。

"现在你安全啦,你可以安安稳稳地长大,如果你愿意,将来还可以去夺回汗位。啊对了,以后你娶媳妇我可能不在你身边,不过妈跟你说,娶媳妇不能娶性子太野的,你脾气不好,要娶个脾气软绵绵的,笨一点最好了,也不用娶多,一个就够了,知道不?

"这些我都帮不了你什么了,你得靠自己。"

她顿了好一会儿才继续道:"况且,谁没点自己的理想呢?我还惦记着我的理想呢,我要去南边王朝看看,还想嫁个南边王朝的男人。听说那里的男人个个温润如玉,还会吟诗作赋呢。等我找到了,我就回来看你……"

阿布没等她说完,起身就走了。

次日清晨,牧云牵着一匹枣红色的骏马准备离开,却一眼看见了站在路口的阿布。阿布一身白霜,不知道等了多久。

牧云笑了笑:"小崽子,没白养你。"

阿布捏着拳头不说话。

牧云上前抱抱他,把他身上的霜拂掉:"回去吧,天冷。"

阿布一动不动,说:"你走吧!"

牧云故作轻松地点了点头:"好啊!我这就走了,等我回来看你呀!"

走出老远,牧云突然听见身后传来一声撕心裂肺的哭喊:

"妈——你不要我了!"

六

阿布长到十八岁,没有等到牧云回来,倒是东汗国被大哥的穷兵黩武弄得乌烟瘴气,牧民大批大批地向北逃亡。

阿布默默收拢了兵马亲信,在某一个深秋的早晨奇袭了大哥的王城,夺回了汗位。他花了一年时间稳住局势,其后两年又打败了西汗国,夺回一部分牧场,两边暂停了长达数十年的战争。

又过了两年,阿布派出信使南下,与南边王朝建交,南边王朝欣然同意,邀请阿布亲往交流。

收到信的那天,阿布去了许久不去的山洞,洞壁上是他五年前打败哥哥时刻下的一句话:和哥哥打架打赢了,不开心。

他捏着石块又刻了一行字:妈,这次去南边,我能找到你吗?

看了许久,他又一笔一画地划掉了。

南边王朝果然富庶非常,走在街上的人个个都光鲜亮丽。

妈长得漂亮,穿这些光鲜亮丽的衣服一定更漂亮,阿布想。

南边的君主很热情,还想把女儿嫁给他。群臣宴的时候,他一抬头,看见对面坐了两个姑娘,前面那个打扮得高贵典雅,眼珠子却滴溜溜直转,像个野丫头。

一群大臣个个正襟危坐,屁股都不敢全压在脚后跟上,吃东西一样吃不到一口。那姑娘却一个劲儿地大吃大嚼,不仅自己吃,还净挑好东西往后面那姑娘手里塞。

后面那姑娘脸蛋圆圆的,大眼睛有点憨,嘴巴一鼓一鼓地吃东西,像个小松鼠。

他愣了一下,伸手捅了捅身边作陪的小白脸:"喂,那是谁?"

"柏华公主啊!"

"我说后面那个。"

"柏华公主的丫鬟啊!"

阿布笑了笑,莫名就想起牧云当初说的一句话。

"妈跟你说,娶媳妇不能娶性子太野的,你脾气不好,要娶个脾气软绵绵的,笨一点最好了……"

妈,我想娶这个,看起来脾气软绵绵的,还有点笨,你觉得怎么样?

牧云挣钱记

一

牧云牵着那匹因为走了太远而瘦得皮包骨头的枣红马走进东市的时候,对着琳琅满目的商铺和摩肩接踵的人群惊叹了半个时辰。

天可怜见,她一个在草原长大的姑娘,对长安所有的认知都来源于书上有限的那点东西,还不知道是多少年前的记录,此刻见到真实的东市,牧云觉得过去的八百本《长安见闻录》都白读了!

女人最大的爱好是什么?

买买买啊!

这柄刀不错,阿布小崽子肯定用得上!

这把弓也不错,阿布小崽子力气大,以后用它百步穿杨没问题!

哎呀这套软甲也不错,阿布穿上肯定好看!

喔!这个人也……等等?为什么会有个人?

牧云震惊地看了看周围,这才发现自己不知道什么时候走到了贩卖奴隶的人市……

对面发卖的那人长身玉面，身材偏瘦，站在那里面无表情一动不动。

倒是个长相斯文的汉子，牧云想，如果不是面颊上的刺字太惹眼的话。

那是黥刑的痕迹，看那刺字，这人是个逃奴。

真是可惜了！看这人面相端正，不像个奸邪之辈，可是脸上被刺字，一辈子算是毁了。

发卖人口的牙婆见她停了半天，以为她是有心要买，笑眯眯地挥着手帕走了过来："这位大小姐，我跟你讲，你别看他这样，其实啊他老实着呢，人又孝顺，为了安葬母亲才做了逃奴，后来被抓回来，不得已才被发卖。他力气大，脾气好，听说还懂管账，要不是……咳咳，那可就是做管家的一把好手。不过就算不能当管家，当个得力家丁也是好的……"

牧云认真考虑了一下，自己带着全部的积蓄来长安，就是为了做生意，以后小崽子肯定要回去抢夺东汗国的汗位，没钱没兵马怎么行，所以她得赚钱！赚大钱！

也好，那便先买个管账的人吧！

"多少钱？"牧云问道。

牙婆掩唇一笑，抛了个媚眼儿："五百金。"

牧云咬唇、犹豫、纠结、心疼。

妈的，好贵！

妈的,长安物价怎么这么贵!

妈的,我那点钱做本钱都不够,怎么给小崽子挣家底?!

"你开价太高了,这样是卖不出去的。"

牧云震惊地抬起头,发现那个面无表情的男人竟然开了口。

牙婆:"哦哟!你终于肯开口啦!"

她笑眯眯地走过去,在那男人的下巴上轻佻地一挑:"我说小郎君,你都在这儿三个月了,也没见你说过一句话,怎么,今儿见到合意的主人了?"

男人别开头,声音有点慵懒:"也不好意思老吃您白饭,所以给您提个中肯的建议,你看我也不太好卖,三个月来连个问价的都没有,你不如便宜点卖给她,对你对我对她都好不是?"

牙婆点点头:"那倒是。那你说,多少钱合适?"

男人目光随意一扫,牧云心里一惊,下意识捂紧了钱袋。男人目光顿了一下,嘴角牵出一个转瞬即逝的古怪笑容。

"我看,就那匹马吧!那匹马出自极北的草原,骨骼粗大,四肢健壮,年龄也才不到五岁,就是瘦了点,好好养养就是千里马的料子,怎么样?"男人对牙婆道。

牙婆上前对着牧云的那匹枣红马左瞧右瞧,啧啧有声:"好像真挺像那么回事的。"

"怎么样?成交?"男人微微昂起下巴,似乎他才是主顾。

牧云终于反应过来开了口:"喂!这是我的马!而且,我什么时候说要买你了?"

男人走到她面前,微微低下头,漆黑的眸子对上她的,微微一笑:"选马还是选我?"

"选你。"牧云老老实实道。

二

一个时辰后,牧云带着——不,是男人带着牧云出了东市。

男人叫琼海,牧云一听就是假名,不过既然男人不愿意多说,她也不会多问。两人一前一后走出老远,琼海开口打破了沉默:"你别心疼了,你那马是好马不错,可是劳累过度,伤了根骨,不值多少钱的。"

牧云点点头:"哦。"

琼海回头看她:"买我亏了?"

"啊?"牧云有些慌乱地抬起头,对上琼海那双漆黑的眼睛,有些怂:"没,我想我家小崽子呢。"

琼海却不移开目光,直勾勾地盯着她的眼睛,伸手在自己脸上指了指:"你也介意这个?"

牧云瞪大了眼睛:"这么有个性的文身我为什么要嫌弃?"

琼海一愣:"你不认识汉字?"

牧云无辜地点点头。

琼海盯着她看了半天,这才挪开眼睛:"没事,放心,我会证明我比那匹马有用。"

牧云躲在他背后拍了拍自己的胸口:妈的,幸好老娘反应快。

"你说……你家小——你有孩子?"出乎意料,琼海似乎很乐意跟牧云聊天。

牧云一听就笑了:"那当然了。我家小崽子可帅呢,三岁会骑马,五岁会射箭,百步穿杨不成问题……"

琼海面无表情地听她吹了半天:"那你怎么不带他来中原?"

牧云摆摆手:"谁知道中原是什么样的啊?我带他来多危险,我一个人来挣钱就好了,回家给他娶媳妇。"

然后牧云突然反应过来:"你怎么知道我不是中原人?"

琼海头疼地在额头上敲了敲:"我连你的马来自哪里都能看出来,能看不出你来自哪里?"

"哦,也对。"

牧云和琼海就在京城租了个小院子住下了。

既然要做生意,首先要选个行当,牧云合计了半天,盐铁?不可能,朝廷控制着呢!绸缎?老娘自己都没见过几种绸缎,不被人坑死才怪!茶叶?算了,我喝啥都是一股子树叶味……

牧云愁,然后就见到琼海丢过来一串钥匙。

"这啥?"

天热,琼海在外面走了一身汗,脸上不知道什么时候多了半张面具,挡住了刺字。他擦了擦汗,不紧不慢道:"你的本钱太少了,我们先做点没本钱的买卖。"

牧云震惊道:"大哥,我们是遵纪守法的良民!不能干违法的事!"

琼海瞥了她一眼:"我说相马。"

牧云缩了缩头:"哦。"

京中这两年刮起了一股骑射之风,达官显贵们都以拥有一匹绝世好马为荣。琼海是相马的高手,牧云来自草原,自然也不会差。于是琼海花了一点钱租了个小小的铺面,挂了个招牌就开始做生意了。

三

生意做得不错,琼海是个生意高手。

一年后,琼海的相马之术在京中颇有盛名,而牧云精于骑射,自从一次偶然的机会出手帮一位显贵降服了一匹烈马之后,于是请牧云降马也成了千金难求的事。

牧云数着大把的钱乐得合不拢嘴。

这天她正在店里数钱,突然闯进来几十号人,把小小的铺面塞得满满当当。

牧云吞了吞口水:"好汉有事好说。"

"主家好!"几十号大汉齐声吼道,吓得牧云差点没趴地上。

琼海从人群后面走过来,目光淡淡地在众人脸上扫了一圈:"情况你们都知道了,这一趟生意,只许成功不许失败。三个月后,我希望你们一个不少地回来,银钱上主家绝不会亏待你们!"

"是!"又是一声齐吼。

牧云哆哆嗦嗦地牵了牵琼海的袖子:"琼海啊,你还是决定要去做没本钱的买卖吗?"

琼海头疼地揉了揉额头:"咱们本钱赚了不少,我给你组了个商队,接下来往西域跑生意,以后咱们就不用去相马了。"

牧云在自己大腿上掐了一把:"这波赚了。"

果然是赚大了,两年后牧云已经数不清自己有多少钱了。

牧云算算时间,三年了,阿布十四岁了。

是时候了,牧云下定了决心。

这天,琼海又带了一队人回来。

牧云已经习惯了自己不断扩张的商队,挥了挥手:"琼海你看着办就好。"

琼海淡淡地瞥了她一眼:"这支商队跟你去草原。"

"噗——"

牧云一口水喷了出来。

"兄弟你是住在我脑子里吗?你连我打算去草原都知道了?"

琼海把人安排下去,依然是三年前那副有点慵懒的面瘫模样:"该回去给你儿子娶媳妇了。"

牧云尴尬地咳了咳:"没……我儿子还小……"

琼海深深地看了她一眼,没说话,走了。

四

牧云带着大量的布匹、茶叶、铁器回到了草原,琼海早已给商队安排好了商路,带队的管家也是做生意的好手,一路打点一路赚钱。

走到一半,牧云找来管家:"改变路线,我们去木西部落。"

管家笑眯眯地点头道:"好的,一切听从主家吩咐。"

牧云震惊了:"你都不反对一下的吗?我擅自改变路线,前期的打点全部白费,后面不知道会遇到什么,万一亏钱怎么办?"

管家依然是那副笑面佛的样子:"琼海先生吩咐过,主家说什么就是什么,不赚钱也没关系,主家您想做什么就做什么,琼海先生说了,主家您如今的身家,经得起任何折腾。"

牧云:"……"

牧云带着商队放飞了自我。

她挨个儿拜访了老阿木可汗的旧部,许以重利,布匹不成那就铁器,铁器还不够那就暗中从中原走私上好的武器和药品,她是草原长大的女子,对于草原上的人缺什么最清楚不过。

一切都只为了一个目的,这些旧部能够站到阿布那边去,将来能帮阿布夺下汗位。

阿布这小崽子一定会去夺汗位的,没几年了,他一定会出手的,那是她养大的小崽子,没有人比她更了解他。

而她能做的,就是在那之前帮他把路铺平了垫稳了,不过……

她看了看远方,小崽子,妈并不打算让你知道这些,所以啊,妈现在还不能回去见你。

这一趟亏得牧云的心直抽抽。

回去之后,琼海翻着账本面无表情,跟翻那些西域商队一本万利的账本一样的表情。

牧云有些心虚:"对不起,我可能不适合做生意。"

琼海淡淡道:"娶媳妇么,总是需要钱的。没关系,西域那边行情好,这点亏空不算事。"

牧云咬了咬牙:"其实,我一直想问你——"

琼海看着她:"什么?"

牧云又怂了:"没什么,我就是想问,你老戴着半边面具,脸不会被晒得一边白一边黑吗?"

琼海第一次露出了一副难以言喻的表情。

妈的,好尴尬,牧云想。

半晌,琼海忽然道:"你希望我摘下它?"

牧云点点头又摇摇头:"随你啊,反正你又不丑。"

"那我要是变丑了呢?你还要我不?"

"哈哈……怎么会?我还指望你帮我赚钱呢!说起来,我这辈子做得最成功的一笔生意就是买了你……"牧云笑得心虚,不知道在心虚啥。

五

牧云在深夜里听到了一声沉闷的低吼,她心中奇怪,便穿上衣服循着声音出了门。

是琼海。

琼海手中拿着一块烧红的烙铁,脸上是一块血肉模糊的伤口,烙在了刺字上。

牧云吃了一惊,可她到底是经历过大风浪的,还不至于被这点伤口吓坏。她熟练地替他上了药,包扎好,开始数落。

"你说说你,你这是干什么?不就是刺字么,不就是黥刑吗?别人在乎,我又不在乎这些。你爱戴面具也好,不戴面具也罢,对我来说有什么区别?"

牧云觉得自己操心得像个更年期的妈。

"你知道是黥刑?"琼海冷静地开口道。

牧云心想,要死,说漏嘴了,尴尬。

"你什么时候知道的?"

"你一开始就知道?"

"你认识汉字。"琼海最终轻描淡写地下了结论。

牧云没好气地白了他一眼:"哎呀,好啦好啦,我认识字啦,我是不是很棒棒?"

琼海毫无预兆地猛然站起来,不知道是不是错觉,牧云发现他的眼睛有点红。

大概是疼的。

这事儿就这么过去了,琼海不再戴着面具,顶着一块有些狰狞的伤痕又开始做生意。

又过了两年,草原上的事基本定了。从她得知的情报知道,阿布这两年已经开始秘密接触老阿木的旧部了,当然,接触的结果非常顺利。

能不顺利么?那些个部落不响应,牧云能直接断了他们武器、药材、粮食、布匹等一切供应,七寸都被人掐住了,不老实点那就不是一条两条人命的事了。

牧云心满意足地垂手而治,当了个威名远扬的女财神。

哦对了,牧云在道上有个诨名,叫商路财神。

六

俗话说,饱暖思淫欲。

牧云单身了许多年,如今钱赚够了,儿子那边也一切顺利,牧云有点蠢蠢欲动想谈个恋爱。

其实这么些年她身边一直不缺少俊,虽说她已年过三旬,可她天生一张娃娃脸,一派天真,青春靓丽较之二八年华的小姑娘也不遑多让,更加上这些年的沉浮,自成一派气度。

只是从前没这念想,现在有了之后,倒觉得不妨一试。

少俊们很给力,鲜花一车一车地送,为了出门约个会亲手布置画舫,还能顺手准备一大片的烟花。

倒是挺有几分恋爱的感觉。

就是完事儿后,少俊们都会来这么一句:"家父此次西域之行还望牧云姑娘照拂一二……"

呸!骗子!

骗我的人可以!骗我的钱不行!

这可是我给我家小崽子挣的家底,凭你们也想染指?!

第 N 次约会失败,对面的少俊有些气急败坏,抬脚踹烂了一车鲜花:"你以为你是个什么东西?不过就是个有几分姿色的女商人。你有钱了不起啊?你长得漂亮了不起啊?也不看看自己多大年纪了,我看得上你是你的福气!"

牧云冷冷一笑:"老娘长得美就是了不起,老娘钱多就是了不起,你有什么意见?"

少俊拔腿就走。

牧云独自一人坐在漆黑的画舫中,也不点灯,望着星星点点的水面微光发了好久的呆。

直到有人在她肩上披了件大氅。

牧云感动得眼泪汪汪:"琼海,还是你对我最好。"

琼海淡淡地递过来一沓账本:"北边有消息了,你的买卖赚了。"

是阿布赢了,阿布夺回了汗位,将他大哥流放到了北海。

牧云"嗷"的一声抱着琼海号啕大哭。

琼海无奈地杵着,任由她把眼泪鼻涕糊了自己一身,有点尴尬。

七

女人最大的爱好是什么？

买买买啊！

比如说云珠可敦最爱的事就是买买买。

此刻，她带着一群甲士正在新来的商队里挑拣货品。

"这是长安新出的精钢软甲，轻便结实，能挡三石弓。"

云珠伸手掂量了一下："吹吧你，这个最多能挡一石弓，不过也比以前的强多了……你这价格高了，一套一百金顶了天了……不行？不行那我走了……我就说嘛，早说不就行了，来五百套！"

商人搓着手："好说好说，您是行家。"

"这是西域新款的匕首，您看这宝石，是用最纯净的宝石镶嵌的，没有一丝杂质。"

云珠手都懒得伸："我是买匕首还是买宝石啊？"

商人无语。

云珠翻了个白眼："样子货，不要。"

云珠一路走一路看，武器甲胄军械机关之类的东西买了不知道多少车，她眼光毒辣，砍起价来毫不手软，一众卖家唯唯诺诺心有余悸地目送她远去……

妈的，比我们主家还会砍价的女人不多见啊！

"这位姑娘，我卖的脂粉可是在南方很有名的，我看你皮肤很好，五官也长得周正，哎呀呀这脂粉简直是为你来的！"

一个看不出年岁的漂亮女人将云珠拦了下来。

云珠停了下来:"您好,我不买脂粉。"

女人笑靥如花:"不买脂粉也没关系,我这儿还有首饰,包你喜欢。"

"哗啦"一声,女人抖出了一大包各式珠宝首饰,亮闪闪的,晃瞎了一众狗眼。

云珠礼貌地摆摆手:"不好意思,我赶时间,我不需要首饰,我还要去看点别的东西。"

女人伸长脖子看了看云珠身后甲士们拖着的战利品:"哦,喜欢武器呀!早说呀,我这儿也有!"

"哐当"一声,后面两个光膀子大汉抬了一个大箱子过来。

"看看,这是长安最新的精钢短刀,削铁如泥,绝不卷刃。"

云珠伸手拿起一把细细看了看,又敲了敲,侧耳听了听音色,摇摇头:"不对,这短刀不是精钢的,虽然锋利但是很脆,非常容易断,恕我直言,它也就适合用来切菜。"

女人下巴一抬:"你这可不讲理,我做这行好几年了,你能有我懂?我说它是精钢的它就是精钢的,骗你我是你妈。"

云珠好脾气地叹了口气,摇摇头放下短刀打算离开。

女人倒是不依不饶道:"站住!你诬蔑我的好刀,现在我的刀卖不出去了,你要对它们负责。"

"怎么负责?"

"全部买下。"

云珠摇摇头:"这不行,我只买有用的,况且我没有诬蔑你,你的刀真的不好。"

"你怎么证明我的刀不好?"

"很简单啊,随便拿一把正常的刀对砍一下就知道了。"云珠无奈,从身后叫了个甲士来试刀。

女人哼哼两声:"哼,小女娃不知天高地厚,这就是好刀,我说了,骗你我是你妈!"

"咔嚓"一声,刀断了。

"妈!"

云珠愣了一下,这是……

她扭头,身后是阿布可汗,八尺大汉虎目含泪,刚才那声妈就是他喊的。

女人笑盈盈地站在那里看着他。

阿布走过来,"扑通"一声跪下:"妈!"

他拉拉云珠,云珠连忙也跪下,可汗抹了把眼泪才道:"云珠,这是我妈,妈,这是我媳妇云珠。"

女人捡起那把断掉的刀,对着云珠努努嘴:"怎么样,我说的吧,骗你我就是你妈。"

云珠:"……妈。"

八

阿布:"妈,你不是说要找个南边的男人吗?"

牧云："男人算什么？赚钱才是王道！"

阿布："……"

牧云："对了，你挺有眼光啊，你媳妇真会持家，眼睛毒，会砍价，还不乱花钱，不错。"

阿布："那你还欺负她。"

牧云："你懂个屁啊小崽子！自古婆媳势不两立，你知道为啥吗？那都是婆婆的良苦用心啊！我欺负她，她才能知道这个家里只有你才是她的依靠，这样她就会对你更好懂不懂？"

阿布："……不是很懂。"

帐篷外。

云珠："我都听说了，这些年多谢你照顾妈了。"

琼海摇摇头。

云珠："说起来……你喜欢她吧？干吗不在一起呢？阿布不介意的。"

琼海摇摇头。

云珠："你不喜欢她？还是你只把她当主人？"

琼海沉默了很久才说："我把她当我的命。"

好闺蜜,一辈子

一

京城物价很贵,而牧云很穷。

穷得她开始认真地考虑是不是跑到山沟沟里去干点没本钱的买卖。

可是新买来的掌柜琼海冷飕飕地瞥了她一眼,让她把那点欲言又止彻底咽回了肚子里。

想她牧云来中原是为了什么?不就是为了赚钱吗?

她受够了草原上的贫瘠,她想吃香的喝辣的,把从《长安见闻录》上看到的一切都体验一遍。最主要的是,她要给她家小崽子阿布攒家底。

牧云吃不香睡不好,走路都在想怎么赚钱。

街边有人蓬头垢面,脚边放了个牌子:"没钱回家,求助车费二两银子。"

牧云呵呵一笑:"老梗。"

她心情不好,于是便上前打算教训一下这位骗子。

"年轻人,我跟你讲,诈骗是不道德的,你这种把戏我见多了。你说你手脚俱全,干点什么不好,非要干这行?"

那人抬起头来,一只手撩开头发,露出另一只空荡荡的袖管,邪魅一笑:"谁说我手脚俱全?"

牧云震惊:"这年头骗子入行门槛这么高了?"

二

阿黛不是骗子,她是躲在商队的草料车里来中原的。

阿黛跟着牧云回了她临时住的小院落。

对了,阿黛金发碧眼,一看就不是中原人,牧云询问之下才知道,原来她来自一个叫罗斯之地的国家,据说离这儿非常远。

有多远,比草原还远。

牧云一时有点同病相怜。

但是她还不忘循循善诱:"姑娘,我跟你说,流落异乡不要紧,你看我不也是?但我有一颗想要赚钱的心,你说你天天在那儿骗人能赚几个钱?"

阿黛"哗啦"一声将衣服撕了下来,露出洁白的胴体。

牧云捂住眼睛:"啊哟,男女授受不亲!"

阿黛冷哼一声:"你是男的?"

牧云一想,哦。

于是欣然上前帮忙。

阿黛的一条手臂被斩了,也不知道伤了多久,包扎得很糊弄,伤口愈合得很不好。

牧云瞅着心惊肉跳,忙不迭翻出了自己珍藏的伤药。

阿黛"嗤啦"一声将粘在伤口上的衣服撕下来,眉头都没皱一下。

牧云眼睛一跳:铁血真汉子!

重新包扎了伤口,换下脏得看不出颜色的衣服,阿黛丢下一个钱袋。

"这啥?"

"钱。"

"你骗来的?"

"走江湖的事,怎么能叫骗?"阿黛掷地有声。

牧云打开一看,亮闪闪的黄金晃瞎了她的眼。

她一把抓住阿黛那只完好的手臂:"你那牌子呢?借我用用!"

阿黛慢条斯理地用一只手扣好扣子:"你不说骗人赚不了几个钱的吗?"

牧云振振有词道:"走江湖的事,怎么能叫骗?"

三

牧云到底没能拉下脸去骗钱。

她买来的便宜掌柜琼海用她剩下的一点钱租了个铺面,两人做起了相马的生意,阿黛留在家里养伤兼职看家。

生意很难做。

因为牧云是个抛头露面的单身女人。

中原不比草原民风粗犷,流行的都是些什么套马的姑娘你威武雄壮,这里流行烈女传、三从四德、大门不出二门不迈……

对了,还流行士农工商的排行。

牧云作为一个女商人,出门一趟收获的白眼如果能按斤卖,她觉得自己早就发财了。

阿黛的伤慢慢好了,她是个乐观的性子,少了一条手臂也不觉得有啥大不了的,除了不能扎头发,干啥都没问题,于是她就天天缠着牧云给她扎头发。

院子太小,只有两间卧室,琼海住了一间,她自然只能和牧云住一间。

四

这天有人来店里找琼海去府上相马,琼海不在,只有牧云一个人,那管家阴阳怪气地"哟"了一声:"女人开的店,靠谱吗?"

牧云是个有气性的,一声不吭扭过身去,给对方一个坚贞不屈的背影,半晌,数完了钱袋里的余额转过身来,字字铿锵:

"这位爷,我不是中原人,我相马的技术好着呢。看您面善,打个八折,但凡有一点差错,我都不要钱,您看如何?"

管家目光狎昵地在她身上逡巡了两圈,似乎在寻思着什么,突然间眼睛一亮,满脸堆笑地点了点头:"那跟我走吧!"

近两年京中流行骑射,但凡有点小钱的都喜欢四处淘买好马,赶上个踏春秋猎啥的,哪家拿不出一两匹上相的马,不然京城X少排行榜铁定是没戏了。

这是个不大不小的权贵家族,没啥权势,靠着祖荫养了一堆二世祖,牧云进了门就开始暗暗惊叹。

瞧这大门上的黄铜铆钉,拆下来得卖不少钱吧?

瞧这大鱼缸子外面这层镀金,这得多少金子啊?

见识少的牧云不知道那楠木大门比黄铜更值钱,也不知道那鱼缸子里面养的鱼每一条都比她全部身家还要贵。

这就是权贵啊!

牧云啧啧惊叹着,被带进了马场。

一匹神俊异常的烈马在马场里桀骜地嘶鸣着。

"管家,这还要我相啊?不瞎的都知道这是匹千金易得的好马啊!"牧云觉得这家人是不是脑子有点拎不清。

管家嘿嘿一笑,伸手拉过牧云的袖子,牧云只觉得手心一沉,多了一枚黄澄澄的金锭子。

"姑娘有所不知,我家少爷他啊爱烈马,更爱看人降烈马。我看姑娘气度不凡,又是草原出身,想必降服这匹烈马不在话下。"

牧云虽然脑子有些慢,但是绝对不傻,一看这管家前后不一的态度就知道自己这是被诓了。

妈的,这家的少爷是变态吧?

牧云神色凝重。这马脾气暴烈,肯定是匹还未被人降服过的野马，且看这个头，怕是个马王都不奇怪。自己的骑射技术是打小练的，但是降马这种事谁也说不准。

管家见她犹豫，二话不说又塞了一枚金锭。

牧云当机立断："成，我上！"

五

这是匹鬃毛如火的枣红马，身量比普通马足足高出半头，骨骼粗壮，身材匀称，每一分肌肉都恰到好处。

最重要的是，这马的眼神里透着一股子睥睨天下的味道。

马中极品啊！

牧云被激起了好胜心，一个轻盈的翻身进了马场。

她的步子很轻，肢体动作也很圆融，避免了任何一点可能激怒烈马的动作，轻手轻脚地靠了过去。

马背上没有马鞍，也没有戴马嚼子，牧云伸手抓住马鬃，足尖一点，上了马背。

"好！有赏！"

冷不丁传来一声喝彩，牧云眼角一瞥，发现西北角的角楼里有个浑身金光闪闪的年轻人，正饶有兴味地看着马场，他身边赫然是点头哈腰的管家。

他这一声喝彩来得突然，再加上背上突然增加的压力，烈马瞬间暴怒，长嘶一声人立而起，而后箭一般蹿了出去。

牧云死死贴在它的背上，脸色发白，凛冽的风声刮过她的脸颊,她纤细的手指几乎要扣进烈马的皮肤中去。

"妈的,这马超凶。"牧云欲哭无泪。

不停地蹦跳、奔跑、急停,烈马似乎有着无穷无尽的精力,拼命想把背上的牧云甩下来。这马鬼得很,有几次甚至蹭上了马场的围墙,想把牧云撞下来,得亏牧云身量娇小灵活,才没被撞到。

折腾了足足一炷香的时间,烈马终于累了,鼻孔里呼哧呼哧喷着白气。牧云手脚发软,抱着马脖子开始嘀咕:"马兄,马大爷,马祖宗,你行行好,我就想赚点钱而已,你给个面子别闹腾了成不?"

烈马长嘶一声,竟然似乎听懂了,安静下来,慢慢踱着步子,牧云长出一口气。

六

远处观看的那位少爷正在兴头上,此时有些意犹未尽,想了想,对那管家招呼了一声,管家应了一声就走了。

不多时,马场的一道门忽然打开了,又一匹野性难驯的烈马进入了马场。

那少爷拊掌大笑:"哈哈哈哈,两雄争霸,美女与野兽,这才够劲!"牧云脸都白了,身下的烈马仿佛一瞬间恢复了气力,不管不顾就冲了过去。

两匹暴烈的马儿相遇是什么光景?

牧云以前没见过,现在也不想见。

因为这两匹马儿中间还隔着她。

她在马背上拼命闪躲,既要避免碰擦,又要避免被甩下马背,两匹烈马受到对方的刺激,动作更是大开大阖。牧云脱力地伏在马背上,手指已经没有了知觉,掌心也因为用力过猛被鬃毛划破,鲜血淋漓。

可她知道自己不能放手,一旦放手,等待她的就是被铁蹄踩踏致死的命运。

牧云呜呜哭了起来:"快停下啊,我还不想死,呜呜呜,我还有小崽子要养,呜呜呜,还有个胸大无脑的赔钱货在家等我投喂……琼海救命啊……"

她的眼前开始模糊不清,脑子里轰轰作响,只有远处那少爷刺耳的叫好声还在耳边兀自不休地回响。

七

忽然,她觉得身下的烈马动作慢了下来,她茫然地抬起头,却发现有一人不知道从哪里翻进了马场,吸引了另一匹烈马的注意。

那人身量高挑,身材纤瘦,一头金发胡乱披散着,被风吹起,逆着光,像个菩萨。

她微微弓步,一条手臂向后屈起,那烈马嘶吼一声冲到她面前,她不退不动,猛地一拳砸过去,正砸在烈马巨大的前额上。

烈马晃了一晃，轰然倒下。

身下这匹马似乎被吓呆了，彻底安静了下来。

阿黛晃了晃拳头，长发一甩，大步走了过来。

"你怎么来了？"牧云一脸呆滞，还没缓过劲儿来。

"没人帮我扎头发，我去找你没找到，听隔壁的说你来这儿了。"

"哦……"

阿黛皱了皱眉："你刚说谁是胸大无脑的赔钱货？"

牧云有些呆："说我自己……"

阿黛丢她一个白眼："呸，你也好意思说自己胸大？"

远处的少爷嗷嗷叫着扑过来，看了看自己那匹壮烈倒下的爱马，气势汹汹地走了过来。

阿黛晃了晃拳头："干什么？想打架？我让你一只手！"

少爷一缩脖子，怂了。

管家见状忙打发两人离开，阿黛却站着不动，一手把剩下的那匹马也拉到了跟前。

管家快哭了："姑娘，您还想怎么样？这马老贵呢，死一匹老心疼了，不用你赔。"

阿黛梗着脖子道："赔？谁说不用赔？"

管家："啊？"

阿黛冷笑一声："说好来相马的，怎么就变成降马了？降马也就算了，还上来两匹马，你不觉得应该赔偿我们一点儿精神损失费吗?"

管家愣了愣,见少爷冲他拼命使眼色,这才忙不迭地拿出钱袋伸手掏钱。

阿黛一把拽过钱袋,管家脸色一白。阿黛伸手从鼓鼓囊囊的钱袋里掏出一块碎银子,管家脸色一喜。

阿黛把碎银子塞进了管家手里,把钱袋往牧云怀里一揣,拉着她扬长而去。

牧云震惊道:"你就这么把他的钱全抢来了?"

阿黛振振有词道:"江湖人的事,怎么能叫抢?"

牧云:"可是做生意得讲……"

阿黛:"啰唆!回家给我扎头发。"

牧云忍了半晌,还是把话说完:"你最后给他留点干啥,一两银子也是钱啊!"

阿黛:"……"

八

牧云的生意越来越好,阿黛却开始常常往外跑,不知道在干啥。

这天晚上,阿黛回到家,半个肩膀都是血。

"你又去打架啦?!"牧云急得直唠叨,忙不迭帮她处理伤口。

阿黛却嘿嘿傻笑,像是不知道疼似的。

"傻了啊你?被哪个妖精把魂勾走了?"牧云手上加了点力,有点气。

阿黛哼了一声,眯着眼睛笑道:"一个威武雄壮的妖精。"

牧云脑补了一下,画面太美,打了个哆嗦。

阿黛絮絮叨叨地开始说,说今天出于某种不可描述的原因,她去了南山佛寺,结果正遇上一场刺杀,那个威武雄壮的妖精眼看就要被人捅死了,她当时脑子一热就扑了过去,一拳砸飞了三个刺客,就是妖精长得太好看,自己有点晃神,这才被刺伤了肩膀。

牧云目光闪闪发亮:"有多好看?"

阿黛哼了一声:"你这么八卦干啥?我看上的男人,你不许跟我抢。再说了,你家琼海护你护得跟眼珠子似的,你还敢喜欢别人?"

牧云干笑了一声:"不八卦还当什么女人?"

阿黛思考了一下:"有道理。"

两人呱唧呱唧聊了一夜,连阿黛以后和那个妖精生个女儿叫啥名儿都想好了,还约定要把阿黛家的女儿嫁给牧云家的小崽子做媳妇,以后老了两人一起带孙子……

九

过了几天,牧云后知后觉地发现,那天在南山佛寺礼佛的只有一拨人,就是当今圣上和他妈!而全京城无人不知,那天皇帝遭遇了刺杀，有一独臂女侠救了皇帝一命。

牧云觉得自己要昏厥，阿黛看上的妖精是皇帝啊！

阿黛知道之后倒是毫不在意："管他是谁，长得好看就行，不说了，我约会去了。"

牧云："啥？"

阿黛无辜地眨眨眼睛："南山佛寺呀，他上次约了我今天到南山佛寺再见的，我走啦！"

牧云怅然若失地坐在屋子里，眼睁睁看着阿黛挺着傲然的胸围去征服她看上的妖精了，心情有些复杂。

女人真是奇怪的动物，有时候对闺中密友的占有欲比对男人还强，自己明明知道阿黛找到了喜欢的人应该替她高兴，可是一想到以后阿黛就不能天天和自己睡一张床，不能天天早上起来缠着自己帮忙扎头发，她心里又说不出的失落。

还不能晚上呱唧呱唧聊一夜的八卦，从刚看上的男人聊到以后定个娃娃亲孙子一起带……好失落……

十

阿黛被皇帝抓起来关进了天牢！

晴天霹雳！牧云被这个消息震得半天没缓过神来。

琼海已经在走动关系，奈何天牢守卫严密，又被人下了死命令，除非有皇帝的令牌，否则谁也不能进。

牧云眼睛都红了："给我砸钱！买通能买通的所有人！我

要见皇帝一面!"

琼海了然,走了。

牧云挣了大半年的家当砸进去一大半,终于成功混进了宫里,在御书房旁边的茅厕边堵住了皇帝。

果然是个威武雄壮的妖精。

牧云眯着眼睛,目露杀机。

"站住!死渣男!"

皇帝一惊:"叫我?你谁?"

牧云二话不说一把剑就架到了皇帝脖子上:"你别管我是谁,你只要知道,阿黛不是你想泡就泡想甩就甩的!"

"阿黛?"皇帝扭过头打量了她一眼,目露欣喜,"你就是阿黛说的好姐妹牧云吧?"

"呸!阿黛是你叫的吗?你凭什么把她抓起来?她救了你的命,你居然恩将仇报,你什么居心?死渣男!"

牧云气得直哆嗦。

皇帝急忙安抚:"别急别急,我可以解释!"

"我不听我不听!"

"那我不说了。"皇帝无奈。

"不说我杀了你!"

"……"皇帝想起某位先贤曾说过,这世上最难对付的是女朋友的妈,第二难对付的是女朋友的闺蜜。

先贤诚不欺我。

十一

"所以,你是罗斯之地的王储?你被你叔叔夺了皇位,还被一路追杀?"

三人盘膝坐在天牢里,终于从皇帝的解释中明白过来的牧云有些难以置信地望着阿黛。

阿黛点点头,伸手去抓牧云的手:"牧云,我不是有意瞒你的,实在是……"

牧云叹了口气:"我知道,我没啥本事保护你,你说了更危险。"

皇帝点点头,讪笑道:"阿黛决定嫁给我,不回罗斯之地了,弹丸小国,谁爱当国王谁当去。不过还有几批人马在京城不安分,他们就躲在南山佛寺,阿黛去了几趟都没能全部揪出来,于是我和阿黛商量了一下,干脆利用这次机会,把他们引出来一网打尽。"

牧云低着头,半晌不说话。

阿黛讨好地晃晃她的手:"别生气啦……"

牧云又叹了口气,忽然扭头看向皇帝:"你知道我为了见到你花了多少钱吗?"

皇帝立刻拍板:"我赔!不,双倍!"

牧云把阿黛的手放到皇帝手里:"啥也不说了!阿黛交给你,我放心!"

十二

阿黛大婚那日,是牧云亲手梳的头发。宫里规矩多,发髻样式繁杂,牧云为此特地找宫里的老嬷嬷学了好几天。

阿黛生得好看,嫁衣如火,眉目如画,牧云帮她盖上盖头的时候,莫名觉得有些鼻子发酸。

"赔钱货,以后你就不能常常见我了。"

阿黛忽然一把抱住了牧云的腰。

"喂喂,别把妆弄花了,脂粉也很贵的!"

"牧云……"阿黛的声音有点嗡嗡的,"我舍不得你。"

牧云抬起头,深吸一口气,止住了眼泪:"有啥舍不得的啊,我又不走,想见我差人来说一声我就进宫。咱俩还睡一张床,把你那位妖精赶到书房去睡,咱俩可以聊一夜八卦……"

牧云相亲记

一

有人说：男人四十一朵花，女人四十那啥啥。

这个人现在被打断了腿躺在墙外号哭。

牧云今年四十岁，前十六年不识愁滋味，之后用十年的时间把小崽子阿布拉扯大，后来又为了阿布能够夺回东汗国的汗位，一个人来到中原，一路披荆斩棘，挣下了富可敌国的财富。

终于人至中年，该吃的苦吃完了，想做的事情也做完了，猛然想起来，自己还没正儿八经谈场恋爱。

当年她嫁给老阿木可汗纯粹是政治联姻，还没来得及培养什么感情，就成了老阿木家小儿子阿布的便宜后妈，这就直接跳过了恋爱生子的环节。

前不久回了趟草原，被阿布两口子喂了满嘴狗粮，牧云心中不忿，下定决心要好好谈场恋爱。是以这次回到京城，她就大宴宾客，委婉地表达了自己想找个可靠的男子携手一生的美好愿望。

作为西域商路上当之无愧的霸主,无数商贾唯牧云马首是瞻,这一声令下,个个都来了精神。

好家伙,要是能娶到西域商路上的女财神,那就赚疯了!

什么?女财神今年已经四十岁了?

请你看着白花花的银子诚恳地告诉我,年龄重要吗?

二

牧云要招婿的话传出去后,门外多了无数鬼鬼祟祟的目光,还有人直接带着彩礼上门,大言不惭地放话:"男人四十一朵花,女人四十那啥啥,你一个四十岁的老女人就不要挑……"

这人就被琼海打断了腿连人带彩礼给扔了出去。

"你不该如此草率。"牧云家的大掌柜琼海冷着脸关上大门,凉飕飕地瞟了一眼牧云,无奈道。

牧云哼了一声,她看见琼海那张性冷淡的脸就来气。

琼海是她初到中原那年从人市上买回来的,这桩生意纯属是个意外,但是牧云如今所拥有的万贯家财证明了那桩生意的正确性——因为这些钱全是琼海挣的。

琼海是个说少做多的性格,牧云说要挣钱,他便为她开商铺组商队;牧云说要去草原,他便帮她打点好一切;牧云暗中帮助阿布夺汗位,他便帮她运送物资联系旧部……

然而就是这样一个各方面堪称完美的男人,与牧云孤男寡女朝夕相处了十四年,他居然一点逾越的举动都没有!

牧云自忖不说美艳绝伦,起码也是中上之选,就是柳下惠也不能坐怀不乱十四年吧?

要说他不喜欢牧云,可这么多年也没见他对别的女人多看一眼。

想到这牧云就觉得一阵牙疼,任谁十四年如一日地对你好,还只对你好,你不会多想?

可是牧云多想了十四年,也没见琼海有啥稍微明显一点的表示。

牧云是个有气性的人,琼海既然对自己没兴趣,自己哪里有上赶着倒贴的道理?

她咬咬牙,决定今年一定要把自己嫁出去。

三

豪商们开始处心积虑地用各种由头邀请她宴游,就为了席间能状似不经意地引荐一下自家子侄,若是有机会玩些骑射类的项目,那自家子侄就更要往死里好好表现,女人嘛,哪有不崇拜英雄的?

这天,一名胡商请牧云前往一处园子宴游,正值夏日炎炎,园子里却清凉一片,更有一大片池子,菡萏盛开,幽香浮动。

宴席就设在池子边的一个亭子里。

酒过三巡,菜过五味,聊了些商路上的趣闻轶事,气氛逐渐热络起来,聊的话题也越来越放得开。

"牧掌柜,您是一代奇女子,这世上能入您眼的男子恐怕不多吧?"

牧云悄悄瞥了琼海一眼,发现他像个木头桩子似的立在自己身旁,连眼珠子都不动一下。

真是个石头,牧云心里愤愤地骂。

而她脸上却笑靥如花:"哪里话,只要缘分到了,他便是路边乞丐,我也愿意随他去要饭。"

"哦?不知牧掌柜喜欢怎样的缘分呢?老夫或许能帮你参详一二。"

老王八真不要脸面,不就是想把自己儿子介绍给我吗?你儿子又丑又蠢也不去荷花池里照照先……

牧云心里骂得一泻千里,脸上却不能表露出分毫:"我这半辈子呀,活得就不像个女人,我希望我的夫君能够成熟稳重一些,会照顾人,我也能好好地过上几年平静的日子,不用再出去抛头露面。"

胡商心里狂喜,心道果然只要娶了这个婆娘就能得到她偌大的家业啊!

胡商的儿子操着半生不熟的官话上来斟酒,牧云笑眯眯地一口饮干,已经有了几分醉意,此刻脸上浮着一层薄薄的红,媚眼如丝地看了这人一眼,顿时那人手一抖,酒洒了一裤裆。

胡商气得鼻子都歪了,低声喝骂了一句,让他儿子下去换衣服,而牧云笑得更加放肆。

一时无话,她便把目光投向了荷花池。

巨大的莲叶层层叠叠遮住了水面,无数荷花自叶间钻出来,或盛开或含苞,有蜻蜓悠悠飞过,颤巍巍地立在荷花瓣上,雅趣盎然。

忽然间蜻蜓匆匆振翅而起,狼狈飞远,远处叶动水面开,一叶小小的扁舟分开莲叶,在水面上划出柔和的水波,慢慢行至近前。

船上有一人,一身黑衣破破烂烂,满是血迹,身下积了一小摊血,不知是死是活,乱发遮面,只隐隐露出一张黑黢黢的铁质面具。

"当啷"一声,牧云猛然起身,案上酒杯被碰倒,酒水洒了一地。

琼海下意识地站到她面前,腰间弯刀已然出鞘。

只听牧云喘息了两口,死死地盯着那人,声音发抖道:"救他。"

四

知道那人死不掉之后,牧云就把自己关在了屋子里,两天两夜不吃不喝。

第三日清晨,琼海站在牧云门外,肩上落了一层露水,正打算把门撞开的时候,牧云把门打开了。

出乎意料,牧云的精神很好,看见琼海满眼的血丝,笑笑道:"我睡了两天而已,你紧张什么?"

琼海沉默片刻,说了声"没有",就走了。

那人醒了,身上的伤口都处理过,见到牧云的时候目光闪了闪。

牧云不说话,上去一把扯了被子,又很不客气地扯下了白色中衣。

"果然是你。"牧云冷笑一声。

他的肋下有一只苍色的狼头刺青,不甚明显。

那人闭着眼睛,胸膛剧烈起伏,良久才道:"对不起。"

牧云一拳砸在他肩头的伤口上,那人闷哼一声,白色纱布慢慢晕染出血迹来。

牧云咬牙切齿道:"阿史那默,你们苍狼王一脉早就死绝了,当初我让你留下你不肯留下,你现在为什么又要出现?"

那人看了她许久,目光慢慢变得柔软,他伸手覆上自己的铁质面具:"这次可以摘下来。"

牧云一把打掉他的手:"我不想看了。"

阿史那默却反手攥住她:"当初你不是这么说的。"

牧云神色平静:"那是当初。"

五

牧云一个人在喝酒,琼海一声不吭地送来了一锅咕嘟冒泡的小米粥。

琼海又送来了一碟小菜……

琼海又送来了一碟凉拌豆腐……

牧云叹了口气:"坐下吧,有话就说。"

琼海坐下来,却只是看着她,一句话不说。

琼海长得英俊,却被脸上一道狰狞的伤疤给破坏了。原本那里是一块刺字,上面有逃奴的字样,被牧云买下后,他一直戴着半张面具,后来牧云提了一句不想看他戴着面具,他二话不说就把烙铁摁在了刺字上。

此刻这张脸上却透出寒气来,直勾勾地盯着牧云。

"我给你讲个故事吧。"牧云叹了口气。

"十五岁那年,我遇到过一个人,他说他叫阿史那默,是苍狼王的嫡系后代。苍狼王是东西汗国共同的祖先……"

那年夏天,草原上的草长得齐腰深,牧云骑着她最喜欢的枣红马驱赶着羊群,在一汪碧蓝色的海子边上,她捡到了受伤的阿史那默。

阿史那默戴着一方铁质面具,总也不肯摘下来,哪怕是昏迷的时候,只要牧云试图摘下他的面具,他总会及时醒来阻止她。

他说:"我的脸会给你的部族带来灾祸,你不能看。"

牧云不服:"难道你是魔王莽古斯么?看了脸就会有灾祸,我才不信。"

阿史那默却很认真:"我带来的灾祸比莽古斯还要可怕。"

阿史那默总是冷冰冰的,可他却会在遇到狼群的时候把牧云死死护在身后;他不会唱草原上悠扬的情歌,却会在牧云睡不着的时候守在她的帐篷外用草叶子吹曲子给她听……

草原上的爱情向来热烈而坚决,牧云站在夏日刺目的阳光下告诉他,自己要嫁给他。

她满心以为阿史那默会答应,因为阿爸告诉她,她是部族里最美的姑娘,没有人会拒绝她的爱情。

可是阿史那默冷冰冰地看着她,一句话都没说,她生气地想要摘下他的面具,却被他在脖子上重重一击晕了过去。

等到醒来的时候,阿史那默已经离开了,只留下了一行字:我的命现在不属于我自己,如果有一天我能掌控自己的命,我会把它交给你。

"我没等到他把他的命交给我就嫁了人,是我自己要求阿爸把我嫁过去的,我当时对他满心的怨恨,我期待着有一天他回来,跪在我面前说要娶我,我会冷冰冰地告诉他,我已经是别人的妻子了……"

牧云低下头,把脸埋进掌心,声音呜咽不清:"我就是这么想的,我要报复他,报复他拒绝了我的爱情……"

琼海一语不发,脸色铁青。

牧云又抬起头来,擦掉眼泪,露出一丝笑:"可是真的再遇到他,我发现我根本没有报复他的想法。我把自己关在屋子里,做了两天的梦,我在梦里把十五岁重新过了一遍,我在梦里和他说我不再爱他了……"

琼海豁然站起来,大步离开。牧云愣在当场,她的话还没有说完,她其实想说……

六

阿史那默的伤已经好了,但他却没有半点离开的意思,每天牧云走到哪儿他就跟到哪儿。

牧云不搭理他,他也不说话,像一个普通的护卫那样紧紧跟着她,时不时出手帮她解决一些小麻烦。

很快大家都知道牧云从荷花池救回一个陌生男人并带回了内宅,一时间各种难听的流言到处乱飞,嫉妒者有之,不齿者有之,甚至有腐儒上门大骂她门风败坏,是京城之耻。

阿史那默把这些人统统打伤丢了出去。

这本来是琼海干的活儿,可是最近不知道为什么,琼海总在有意无意地避开牧云,连往常从来不避嫌的后宅都不去了。

又过了几日,听说当日宴请牧云的胡商被官府拿了,不知是什么罪名,牧云听到这个消息的时候本能地想到了琼海,却发现琼海和阿史那默都不见了。

她皱了皱眉,从隐蔽的小路去了阿史那默住的院子。

"你的同伴已经暴露了,你如果还不离开的话,我不介意把你也弄进官府。"琼海的声音透着浓浓的杀气。

"什么同伴?你是说牧云吗?我在中原只认识她一个人。"阿史那默的声音甚至还带着一丝志在必得的笑意。

琼海冷笑了一声:"你装得不累吗?就算别人看不出来,牧云看不出来,你以为我也看不出来?"

"看出来什么?难道你这个低贱的下人也对牧云有着那种心思?你也太——"

声音戛然而止,牧云听见了一声沉闷的响声,紧接着是阿史那默的痛哼声和琼海压低的声线。

室内,琼海像一匹孤狼一般凶狠地盯着对面的人,慢慢将自己的衣服一件件褪下。

他的声音很低,低得牧云几乎听不清:"看好了,这才是苍狼王后代的刺青。"

"不可能,你——"

琼海根本没有给他说话的机会,暴怒地一拳过去,铁质面具被打到了一边。

牧云一脚踢开门,愣怔地望着琼海。

琼海的肋下有一只苍色的狼头刺青,随着光线的明暗变化,那狰狞的狼头几乎要跃出皮肤。

苍狼王后代的刺青与别的刺青不同,平日里是见不着的,只有当情绪激动血液流速加快的时候才能显露出来,两相对比,孰真孰假,一目了然。

七

牧云走了,没跟琼海说一声就一人一马去了草原。相比这里乌糟糟的一切,她觉得还是儿子儿媳的狗粮吃起来容易一点。

京城的事情很清楚了,胡商和那个假冒的阿史那默是西汗国的探子,他们知道牧云和东汗国的关系,打的主意无非是先谋财再害命。

可惜啊,虽然他们不知道从哪里知道了牧云和阿史那默的过去,找了个演技足够好的人来冒充,却万万没想到真正的阿史那默一直就在牧云身边。

想到这个就气,这些年生生死死什么没经历过,牧云没把这事儿当回事,她就是气琼海,十四年的朝夕相对,他硬是对过去只字不提。

妈的。

到草原时已经是秋天了,正赶上那达慕大会,阿布和云珠每年的这一天都会与大家一起狂欢,今年牧云回来了,阿布更是高兴。

牧云到场的时候所有人都愣住了,她梳了个高高的发髻,这是老妇人才会梳的发式。牧云虽然已经四十岁了,但从来没人觉得她老了,阿布和云珠更是没事就鼓励她找个喜欢的男人嫁了。

云珠憋着笑凑上去:"妈,这个发髻太丑了,哪里配得上您?"

牧云木着脸，努力端出一副四平八稳的老妇人模样："妈老了，不梳这个发髻梳什么？"

"您哪里就老了，您看看您这皮肤，比我都好，连一丝皱纹都没有。"

"我就是老了，要不我看中的男人怎么宁愿给我当管家也不愿意娶我？"牧云终于憋不住气急败坏道。

云珠和阿布面面相觑，这话没法接。

牧云发了一通脾气，看着那达慕大会已经开始了，一群年轻小伙子骑着马飞驰而过，冲到心仪的姑娘身边，一把揽起来放上马背，姑娘们假装挣扎两下，就笑嘻嘻地一起跑远了。

"一群小王八蛋，老身偏要给你们添添堵，要是抓错了，哼哼，我看你们今晚怎么入洞房！"

牧云咬着牙顶着一头碍眼的发髻钻进了姑娘堆里，姑娘们一个个敢怒不敢言，这位是她们的老太后，惹得起吗？

牧云看着一群小伙子跑过她面前，想抓她身边的姑娘又怕误伤了她，缩手缩脚地不敢动作，身边的姑娘一个个嘴上不说，脸都急红了，牧云心里暗暗地高兴。

给人添堵的感觉真不错，瞧前面那个傻小子，已经跑过去三趟了，就是没敢下手哈哈哈——

牧云眼前一黑，天旋地转。

哪个王八这么胆大！

牧云还没来得及骂出口，就听见一个熟悉的声音在耳边炸响。

"牧云，对不起，我一直以为……"

牧云一口咬在他的肩膀上，止住了他的话。

他还能以为什么，这个闷声不吭的石头，当然是以为牧云一直恨着当初的阿史那默，他宁愿守着她十四年也不愿意暴露自己的身份，就怕连守在她身边的资格都没有。

琼海对着身后向他欢呼的姑娘小伙子们打了个呼哨，将牧云紧紧揽在身前，还顺手拆了她那个碍眼的发髻。

长发如墨，在草原的长风中恣意飞扬，发梢打在琼海的脸上，有些疼，他笑了笑，想起了很多年前的那一天。

那天他打晕了牧云，不是怕她摘下自己的面具，而是怕自己控制不住想要答应她。当时他的身份被西汗国的人发现了，身后吊着不少探子，再停留下去，势必会给牧云的部落带来灭族之祸。

他抱着牧云走了很远，牧云依偎在他的怀里，长发被风掀起来，打在他的脸上，隔着面具感受不到疼痛，只闻见丝丝幽香。

他把牧云送回帐篷，轻轻摘下面具，捉住牧云的手，一寸寸地拂过自己的脸："记好了，等我回来。"

他又想起重逢那天，站在吵闹的东市里，她牵着一匹疲惫的枣红马，走了很远的路，像是来赴一个命中注定的约会。

思绪回到此刻，两颗心走过了无数的荆棘坎坷，终于在这一刻紧紧相贴，连彼此跳动的频率都是一样的热烈。琼海微微侧过头,在牧云的头发上吻了一下。

"当年我答应过你,等我能掌控自己的命,我就把它给你,十四年前我就把命给你了。"

第四卷 搞了个大事

孰是孰非,命途苍茫,谁也不知道未来会遇到什么。

狼牙棒和花轿的十年之约

一

成君坐在君来客栈二楼靠窗的位子愁眉苦脸,怎么都没想到自己堂堂南朝公主、草原将军,竟然沦落到被一个土匪撵出门的境地。

实在是略有些凄惨。

幸好这客栈的老板娘还颇为养眼。

成君叹口气,又喝了一杯枸杞茶,客栈老板娘送的。

事情是这样的。东汗国与西汗国惨烈一战,成君力挽狂澜,阻止了王城之中的一场阴谋。事后阿布可汗仔细思虑一番,断定西汗国如今黔驴技穷,怕是要狗急跳墙,重新干起几十年前的勾当,想靠苍狼王的声望来重振旗鼓。

苍狼王覆灭已经是四十多年前的事情,当时的旧臣老的老死的死叛的叛,后来东西汗国就苍狼王正统有过一段争斗,但双双铩羽。原本阿木可汗手中还有苍狼王印玺可以勉强一用,后来这印玺也没了,最后一位苍狼王留下的两个嫡子更是不知所终。

东西汗国当时斗得头破血流，元气大伤，最后一想，两边谁也没讨着好，印玺和嫡子缺一不可，现在一个都没有，那干脆歇火吧，大家好生休养几年，来日再战。

后来的几十年间，东西汗国摩擦不断，但默契地谁也没提过苍狼王正统这事儿。如今东汗国如日中天，西汗国日薄西山，只好寄希望于传说中的苍狼王传承。

苍狼王传承并不是说说而已，事实上，苍狼王作为草原上最尊贵的血脉，有许多古老的氏族拥护，若是真能找回印玺和苍狼王嫡子，那么这些氏族便会成为其中坚力量，反败为胜也未尝不可。

阿布可汗在上一战之中意外抓到了一名细作，审出了西汗国正在派人寻找印玺的消息，阿布可汗无奈，只能卷入乱局。

可当时朝中大乱，国师一党狼子野心，剩下的要么身居要职无法脱身，要么是能力平庸不足胜任，阿布可汗掐指一算，手下竟无人可用。

最后还是正在哄孩子的云珠可敦点醒了他。

云珠说："可汗啊，您给成君找点事儿做吧。她不耐烦带孩子，天天把孩子往我这儿送，昨天还说自己产后抑郁去城门口祸祸了一通守城将士，再这么下去，我看王城都得被她拆了。"

可汗："……我有一个大胆的想法！"

如此这般计划之后，次日朝会，成君将军不在，留下一句话，说干将军这行性别歧视严重，自己要去创业当马贼。

众臣面面相觑。

可汗:"……"

我让你随便找个借口你就是这么找的?本汗这张老脸何在?

可汗面无表情,慢悠悠地掀起眼皮环视一周:"准了。"

众臣:"……"

成君是和墨涵一起走的,把闺女干净利落地直接丢给了云珠可敦。可汗家两岁的儿子刚刚学会说话,口齿不清地喊妹妹,可汗闻言认真地教导儿子:"这个不是你妹妹,你想要妹妹吗?"

儿子一脸懵懂:"想。"

可汗心满意足地抬起头,瞥向云珠:"儿子说他想要个妹妹。"

云珠:"……"

说回成君墨涵二人,他们查到当年苍狼王的印玺从阿木可汗手中失落之后,偷窃之人一路向南,最后线索断在了曾经的军城里。

那军城本是中原的一座战争堡垒,盘踞在边境,与苍狼王交战数十年,不分胜负。后来苍狼王覆灭,此后短短十年,城主和妻子双双失踪,军城成为中原的弃子,边境线回迁八百里,军城人口流失大半,沙漠逐年侵袭,最后成了一座废城。

说起来令人唏嘘,军城和苍狼王对峙多年,到最后没败在彼此手下，却全部败在了朝廷的内斗之中。

　　军城的最后一任城主李稷娶了苍狼王的长女星辰公主，有传言他和苍狼王的次子阿史那奕也关系紧密。如果印玺是他命人所窃，倒也合理，只是李稷一门消失之后，军城衰落，当时的东汗国和西汗国都派过不少人来此试图寻找印玺，这军城怕是被犁了不下百遍，愣是没找到。

　　但不管如何，这里到底是最后的线索，成君还是来了。

　　一来才发现，这荒废多年的地方，不曾想如今竟然重新繁华起来。

　　墨涵四下打探一番，才知道这里如今是个三不管地带，不知道从哪儿来的一位神人把这荒城拾掇拾掇，添置一应场地，包括习武、机关、排兵布阵等项目，又招揽了许多能人异士前来教授文武艺，依然沿用了军城的名头，几年过去，这荒城逐渐又繁荣了起来。

　　他们来的时候正值招生季节，两人合计一番，一致认为这位现任的城主有些古怪，索性一起报名参加了考试。墨涵选了机关院，谁曾想刚通过考试，就被关进了城北的机关城，据看守说在他凭一己之力破解机关城之前是没法出来了。

　　成君扶额叹息，又只能靠自己了。

　　成君在骑射和排兵布阵两项考试之间犹豫不决，她活了二十多年，论骑射倒是没怕过谁，不过她领军多年，对排兵布阵也颇有心得。

不过很快她就有了选择,因为排兵布阵的招生名单上写着仅限男子。

成君骑着马一拉缰绳,直接从报名处的桌子上跃了过去,将自己的铭牌硬生生地拍进了排兵布阵的报名栏里。

众人目瞪口呆。

然后她就被一柄狼牙棒给轰了出来。

那狼牙棒长逾五尺,重达百斤,裹挟着一股血腥气当头砸来,成君胯下骏马原本神俊异常,跟着她也算是出生入死,见惯了大场面,然而在那狼牙棒之威面前,直接怂成了一只兔子。

于是吓得脸色煞白的成君就骑着"兔子"连滚带爬地离开了报名处,连铭牌都没来得及拿。

成君欲哭无泪,觉得自己与这鬼地方怕是八字不合,一进城先丢了相公再丢了铭牌,最重要的是还丢了人。

这都得算在那个没露面的悍匪身上。

当时没瞧着,那狼牙棒来势汹汹,但是距离不远,她匆匆扫了一眼,可惜胯下"兔子"四蹄撒开跑得飞快,她也没来得及看明白。

不管怎么说,这个仇算是结下了。

君来客栈是这城里唯一的客栈。

说唯一也不太准确,这城虽然不大,但是来往旅客不少,一家客栈是显然不够的,只不过这城里东南西北的客栈都挂着同一个牌子,都属于同一个老板娘。

老板娘年有三旬,肤白貌美,最喜欢穿一身素色的对襟褂子,俗话说要得俏,一身孝,老板娘这一身美则美矣,就是不大吉利。

成君与热情好客的老板娘喝了两回酒之后,终于忍不住委婉地提出了这个问题。

老板娘桃花眼潋滟一闪,冷笑道:"我答应了要给那个杀千刀的守丧十年!"

成君:"……"

您这神色不像是守丧十年,倒像是君子报仇十年不晚。

老板娘喜欢喝酒,酒量又不太好,两杯米酒就能醉,醉了就唱歌。

这都没啥,问题是这大姐五音不全,声起则鬼哭神号,魔音贯耳,方圆十步之内寸草不生。

成君那天被狼牙棒撵出来,到这客栈喝了一壶枸杞茶刚缓过劲儿来,兜头就撞上了老板娘的魔音。

但成君扛住了,成了老板娘方圆十步之内唯一的活物。

老板娘热泪盈眶,毕竟知音难求。

殊不知,成君那位工科狗相公一天天地窝在军械处锯木头,两人连约会都带着锯木头的背景音,成君对此早已习以为常,甚至在这举步维艰的破城里,她竟然活生生从老板娘的歌声里听出了几分亲切感来。

老板娘名叫宋琢,没喝醉的时候矜持大气,不像个走江湖的女子，倒像是大家族的主母，举手投足都是手起刀落的利索感。成君向来欣赏这样的女子，老板娘趁着醉意一邀请，她就欣然住下了。

二

住了十来日，成君已经把军城大大小小的角落摸了个遍，混进武学馆被当值的学生一路飞檐走壁往死里撵过；溜进算学馆听了两节课结果学渣本质暴露一不小心睡着从梁上掉下来被人围观过；试图跑进机关城把相公救出来，结果门口的大木马就让她折戟沉沙过……

非常悲惨。

唯一值得安慰的是隔壁有个跟她差不多悲惨的兄弟，名叫宋预，生得眉清目秀，却是个死心眼，一门心思想要往城主府闯，回回被打得遍体鳞伤回来。

成君心想做人怎么能这么膨胀呢，我连混进学馆都做不到，你居然还想混进城主府，那城主府是什么地方？

年纪轻轻的就这么眼高手低，真是令人扼腕。

再有就是，成君跟老板娘成了莫逆之交。

老板娘说，她曾经是南边王朝的官家小姐，十六岁那年被许给了门户相当的一家少爷。

彼时宋琢还是个大家闺秀，三从四德非常听话，一门心思地给自己绣嫁衣，坐等出嫁。

结果出嫁那天,有个孙子把花轿给截和了。

宋小姐没见过世面,但是天生的胆子大,加上父亲是言官,打小接受的教育是以理服人,于是气呼呼地下了轿打算理论一番。

来人是个斯斯文文的年轻人,就是手里那根狼牙棒不怎么斯文。

年轻人下手还挺有分寸,轿夫、媒婆、侍女、家丁统统打晕了,男的堆成一堆,女的堆成一堆,整整齐齐,都没伤性命。

宋琢拿出新上任当家主母的威严正打算斥责,那年轻人忽然走近,狼牙棒一杵,低头就拜:"属下第六任守十四,恳请李家主人回城!"

宋琢:守什么玩意儿?

但是表面威严其实内心慌成狗的宋小姐并没敢细问,只是镇定着开口:"你莫要伤人性命。"

年轻人泰然自若:"蒙汗药而已,都活着,一个时辰就能醒。"

宋琢愣愣地"哦"了一声,顿了顿,继续道:"就要误了吉时了。"

年轻人浓眉一皱:"您是李家人,岂能嫁给姓吴的草包?他父亲靠着溜须拍马才混上从三品,他自己更是文不成武不就,如何配得上李家人?更何况如今军城百废待兴,正需要您回去安定人心,您岂能随随便便嫁作人妇?"

宋琢品了品这番驴唇不对马嘴的话,小心开口道:"别的咱先不说,首先,我姓宋。"

守十四:"……"

宋琢小心商量道:"其次,我觉得嫁人挺好的。人各有志,好汉你不能价值观太单一,歧视职业选择。"

守十四:"……"

守十四打死也没想到宋家的小姐是这么个画风,预料中嘤嘤哭泣或是泼辣斥责的画面一个都没出现,十六岁的小姑娘一身喜服,端庄典雅,站在自己的花轿旁温声细语,字字坚定。

半晌,他憋出一句:"吴家不会保你的。"

宋小姐表示愿闻其详。

守十四算了算时间,估计快误了吉时,吴家那边怕是要派人来催了,然而这一时半会儿又说不通,于是想了想,猝然站起来,说了声"得罪了",就顺手把宋小姐也用蒙汗药撂倒了,而后抱着人几个兔起鹘落,消失了。

宋琢是在城外的农家小茅屋里醒过来的,隔着帘子,她隐隐看见那个有些愣的年轻人在外间忙忙碌碌。她下了床,掀帘一瞧,原来是在煮饭。

满屋子的焦煳味。

做的个什么鬼饭。

眼看着宋琢洗手择菜,干净利落地把鱼缸里的鱼拍晕杀洗,守十四一阵迷茫:"李小姐您……"

宋琢淡定地望着他:"我姓宋。"

守十四倒是没坚持:"我知道的,您可能一时改不过来,不过没关系，慢慢您就懂了。您是李家人，做饭这些琐碎事不是您应该干的事儿。"

宋琢瞧了一眼这货煮的那锅焦黑糊糊，由衷道："我只是想活下去而已。"

吃过饭，宋琢躺在唯一的卧房里望着简陋的床顶发呆，自己这婚事算是黄了，就是不知道吴家人会如何为难她的父母，就算自己现在回去，新娘子无故消失这么久，名节也算是毁了。

她摸不透外间打地铺的年轻人到底想做什么，也不敢轻举妄动。

次日，宋琢换下喜服，穿上普通的农家衣衫，要求进城，守十四目光闪了闪，没拒绝。

城里喧嚣异常，都在说着同一桩大事，说那言官宋御史污蔑先皇、结党营私、意图对皇家不轨，全家都被收押了。

宋琢眼前一阵发黑，然而消息早已传遍大街小巷，有板有眼，由不得人不信。

这还没完，又有人说宋家老爷预知到自己有此一劫，提前遣散了家仆，又坚持把女儿婚期提前，指望能借亲家的一点薄面保住女儿，谁知道昨日宋家女儿并没有嫁到吴家，反而半路失踪了，吴家当天宣布退婚，与宋家划清了界限。

有人说这是吴家怕惹祸上身，暗中派人搅黄了亲事，也有人说这是宋老爷布的先手，知道吴家指望不上，让人把女儿救走了。

唯有正牌的宋家小姐低着头捂着眼睛,连句哽咽都不敢发出来。

"你知道些什么?"

宋琢不过崩溃了一会儿就擦干了眼泪,恢复了端庄模样。

守十四不敢看她,半晌道:"您知道军城李家吗?"

宋琢一愣,她当然知道。理清贵族圈子里前后二十年的八卦是当家主母的必修课之一,作为曾经声名远播的异姓王,军城李家的秘闻她自然知道一些。

"宋大人曾是李家家主的至交,当年李家家主出事,主母带着未满周岁的小女儿来京寻夫,把小女儿托付给宋大人后孤身入宫,再也没有出来。"

守十四不是个讲故事的好手,没什么起承转合,三言两语就讲完了。

宋琢沉默了一会儿,道:"你的意思,我就是那个被托付的小女儿?"

"是。"

"那你怎么知道我爹今天会出事?"

"宋大人为人清正,当年为了李家家主曾得罪了先帝和一众老臣,这些年他的日子过得不好想必你也知道,如今不过是旧怨发作,被那些人抓住了把柄而已。"

宋琢目光灼灼地盯着他:"我问的是,你怎么知道?"

守十四一窒:"我半年前奉师命前来京城寻你,那时候就暗中接触了宋大人。他不同意我带你走,一直到昨天他还是不同意。但是他好歹松口说了一句,但凡吴家不愿保你,我就可以带你走。"

"可我根本没有到吴家,你怎知吴家不会保我?"

守十四别过眼:"是我擅自做了一些决定。我想你是李家人,怎么能随便嫁人生子,从此在后宅里耗尽一生?你理应继承父志,回到军城……"

"我昨天就说了,你这叫价值观单一。"宋琢皱着眉教训他,"后宅有后宅的追求,我的理想就是相夫教子治理家宅,我的爱好就是绣花做饭侍弄花草,你不能歧视我的个人选择。"

守十四:"……"

宋琢叹了口气:"算了,跟你说不通,我要救我爹。"

守十四被她突然变化的气势吓住了,喃喃道:"这也是后宅主母的必修课?"

宋琢一拍桌子站起来:"我跟你去军城,你帮我救我爹。"

三

成君觉得自己怕不是倒霉到一定境界了,终于开始峰回路转,查了半个月碰壁无数次都没找着的路,就这么送上门来了。

"老板娘你是李家后人?"她又惊又喜。

前任军城城主李稷和星辰公主的女儿,苍狼王的后人,虽然不是嫡系,但是苍狼王一脉都快死绝了,能找出一个后人已经是上天保佑了，谁还在乎是不是嫡系。

更何况，当初印玺最后出现的地点是在军城，它最后的去向也肯定与李稷和星辰有关。

孰料宋琢叹了口气："你听我说完。"

宋大人好歹是三朝元老，此次事发更深层次的原因在于朝中势力的斗争，十来天后判决就下来了，比预计的要好上不少，被一纸圣意贬到了岭南。

往岭南的路遥远又危险，沿路官卡搜查，盗匪打劫，宋大人是罪臣，家丁护卫加起来不到十人，还都是些对宋大人死心塌地的老仆。

宋琢要求暗中送父亲去岭南，否则她不会跟守十四回军城，守十四答应了。

一路风餐露宿，折腾了两个月才到任，结果刚刚休整完毕，西南的羁縻州就闹起了事儿。

那年水灾严重，当地土人收成全泡了汤，一个个钻出林子找官府要吃的。然而天高皇帝远，这地方的官员多年来中饱私囊惯了，谁会在乎土人的死活。

数千人一怒之下揭竿而起，所过之处寸草不生，当地官员哪里见过这阵仗，一个个带着家财先跑为敬，最后只剩下刚刚到任的光杆知府宋大人。

朝廷的救援迟迟不来，也不知是送信的路上耽搁了，还是信压根就没送出去，除了坚守城池也没别的办法。

宋大人一介文官，亲自披甲上阵，带着几百个老兵和几万嗷嗷待哺的民众死守城池。

没有粮草，就吃草根树皮，没有武器，就拿锄头菜刀，宋大人瘦成了一把骨头，坚持了两个月到底没坚持住，含恨合了眼。

宋琢接过父亲那把装饰多过实用的佩刀，沉默地披上甲胄，登上了城楼。

守十四站在她身边，一语不发。

"你回你的军城去吧！我得守在这里。"宋琢迎风而立，不复几个月前的光彩照人。

"不行，您是李家人，我得保护您。"守十四梗着脖子寸步不离。

宋琢看着城外影影绰绰的饿殍，惨笑一声："只是因为我是李家人？"

"是。"守十四低着头，声音没有一丝犹豫。

宋琢默然半晌："李家已经没有人了，我姓宋，一辈子都姓宋。"

"但您依然是李家人。"守十四声音硬邦邦的，固执得跟头老黄牛似的。

"我不是！"宋琢突然就失了控，在城墙的角落里，她佝偻着身子，泣不成声，"我姓宋，我爹也姓宋，他要守城，我就得帮他守，他死在这儿，我也只能死在这儿。"

"可你……"守十四的声音莫名有些哽咽，"可你不是说，你只想好好嫁个人，相夫教子，侍弄花草的吗？"

宋琢茫然抬起泪眼："什么？"

守十四看着她，目光闪了闪："我仔细想了想，李家人也可以一辈子只相夫教子侍弄花草的。"

宋琢不懂："你在说什么？"

守十四却扯开了话题说起了正事："查清楚了，这事儿被上面的官员给捂了下来，京中一直不知道土人造反的事儿，就等着耗到差不多了来捡功劳。"

宋琢其实猜到了这些，可是她一个罪臣之女，对上面这些蝇营狗苟毫无办法。

"我把那人杀了，事情已经传去了京中，援军和粮草过两天就到。"

守十四说得轻描淡写，宋琢再天真也知道为了这几句话他经历了多少凶险。

"你做这些，也是因为我是李家人？"

沉默许久，守十四才道："是。"

三日后，第一批粮草率先抵达，全城士气大涨。

土人见势不妙，想一鼓作气赶在援军到来之前攻城，宋琢心知这是最后一战，假如自己守不住，那之前的坚守全部功亏一篑。

"我去。"守十四拦下一身披挂的宋琢。

"为什么？"宋琢直勾勾地盯着守十四，她不信几个月的朝夕相处,那些藏在点点滴滴里的暧昧情愫都是假的。

深夜醒来的时候,他总是守在她的门外,沉默如刀;她把自己的饭菜让给伤兵的时候,他总会把自己的饭菜偷偷塞给她;他一身刀伤地回来,她执意亲手帮他上药的时候,他会脸红耳热话都说不利索……

可是守十四从来只会硬邦邦地说,因为她是李家人,他得保护她。

"为什么?"宋琢又问了一遍。

守十四咬牙沉默,半天才逼出一句:"因为您是李家人。"

"我不信。"宋琢昂着头望着他冷笑。

守十四突然下跪:"城在我在,城破我死。"

宋琢闭了闭眼,好一会儿才背过身去,声音飘飘忽忽的听不真切:"去吧,你要是死了,我替你守丧十年。"

"宋琢——"守十四脱口而出,却又猝然停住。

宋琢扭头微笑:"你终于肯承认我不姓李了?"

守十四狼狈离开。

激战三日,不知道死了多少人,京中的援军好歹是到了,硬生生在城墙上坐镇了三天三夜的宋琢浑身一松,昏死过去。

再醒来的时候,收到的是守十四战死的消息。

据幸存的士兵说,守十四是和土人的首领同归于尽的,两人于激战中落下山崖,尸骨难收。

恍恍惚惚地办完宋大人的后事,朝廷给予了不少嘉奖,还追封了爵位。宋琢心想人都死了,连个继承爵位的儿子都没有,这些虚名又有什么用呢?

新任命的知府就要到了,她连自己何去何从都不知道。

某天夜里,她迷迷糊糊地醒来,下意识地叫了一声"守十四",半天没有动静,她才终于意识到,守十四已经死了,他再也不会守在她的门外了。

她摸出火折子,一个人穿着单衣进了守十四从前住的房间。他留下的东西不多,几件衣服而已,走前收拾过房间,整洁得很。

在那沓衣服的最上面,摆着一封信。

宋琢抖着手拆开信,有那么一瞬间,她几乎在想,是不是守十四骗她的,他根本没死,他只是不想要她了。

只要他活着,她可以不见他,不逼他,怎么样都可以。

可是那封信是宋大人临死前写给宋琢的。

信里说,当年他和军城城主李稷交好,李稷最后一次入京,已经料到了凶多吉少,后来果不其然,李稷有去无回,军城也成了弃子。李稷发妻带着不满周岁的小女儿前来京城,执意要孤身进宫为丈夫讨个说法,走前把小女儿托付给宋大人,希望保她一命,而当时宋大人膝下也有一个差不多年纪的女儿。

后来李稷夫妇果然出了事,宋大人也举步维艰,李家不足周岁的小女儿被他托付给家中告老还乡的老嬷嬷照顾,指望求个平安。谁知道过了几年去乡下才知道,老嬷嬷几年前就去世了,李家小女儿被老嬷嬷的儿子儿媳给卖了。

宋琢捏着信只觉得透心彻骨的冷,冷得几乎站不住。她一直说自己姓宋,不过是为了气守十四,可真的得知自己并非守十四要找的李家人,又觉得说不出的遗憾……

可是,他明知道自己并不是李家人,他还……

宋琢哭哭笑笑,拥着守十四留下的几件衣服,一个人在房里坐到了天亮。

次日一早,她带着父亲的骨灰一路向北。

姓宋也好,姓李也好,守十四死了,她总要为他守丧十年的,听说那人还有师父,总要去拜见一下的……

从岭南到军城,宋琢盘算了一路,却在城门口迎头撞上了正在招生的学馆教头。

那人一身青衣,一柄狼牙棒,面目斯文,可一个个不服管的学生在他手下三两招就被丢得远远的。

宋琢站了一下午,守十四终于看见了她。

守十四:"……你来做什么?"

宋小姐掸了掸一身素色的外衣,冷冷一笑:"看不出来?我来为我男人守丧十年。"

四

带着狼牙棒招生,遇见不服管的学生就轰出去,这配置委实熟悉,成君脸色一僵,难以自控地想起了自己报名时的丢人事儿。

敢情正主是老板娘的相好。

那就……大人大量不计较了吧，成君盘算着。而且那人跟李家关系紧密，也是自己的重点结交对象，忍一时风平浪静，退一步海阔天空，大丈夫能屈能伸。

成君心理建设做了半天，又见到了那个三天两头来客栈喝酒的中年汉子。

一袭青衫，一壶甜米酒，配两碟小菜，一坐就是一下午。

成君注意到他好几回了，这人每回来都是孤身一人，坐在窗户边上，一声不吭自斟自饮。

"先生……是这军城里的人？"成君这些天没事儿就跟来往的食客攀谈，借机打听消息，这人怎么看都像是个有故事的，成君打算套套话。

青衣人抿了一口酒，瞥了成君一眼，没说话。

成君在军中混久了，不大讲究，随手拿过一个倒扣的干净杯子，给自己斟了一杯酒："先生，我在这君来客栈中常住，今天这壶酒我请你如何？"

青衣人皱着眉看了她一眼："年纪轻轻的小姑娘，好好嫁人在家里相夫教子不好吗？做什么跑出来惹是生非？"

成君：？？？

"不是，这位先生，我跟你初次见面，无冤无仇，我想请你喝杯酒结个善缘，你做什么要对我说这种话？"

成君也是被最近的磨难给活生生把脾气磨好了，这要是搁从前军中，当即军法就颁下去了。

青衣人冷哼一声不说话。

成君是个讲理的人，说道："先生，我跟你讲，你这就叫价值观单一。这世上行当众多，做什么都是个人自由，大家都是行走江湖的人，你不能在这里搞性别歧视的那一套好吧？"

青衣人拿着酒盅的手微微一僵，脸色变了几变，愣是没接话。

一身素衣的老板娘款款走出来："哟，多稀奇哪！十年前教育我说身为李家人不能庸庸碌碌随意嫁人，要心怀大志来这军城一展宏图；十年后又来教育人家小姑娘要相夫教子，安心守着后宅，这位教头，您这个价值观是不是改变得有些太大了？"

成君：……守、守十四？

不是等等，那岂不就是那天把自己轰出来的人？

成君："……"

忍一时越想越气，退一步越想越亏，想打架。

人至中年的守十四气度沉稳，八风不动，可是老板娘一出场他一张脸就绷不住了，无奈道："宋琢。"

宋琢笑笑："怎么，难道你也要教育我相夫教子才是正途？当初是谁截了我的花轿来着？想来没有那桩意外，我应该顺顺当当做个后宅主母才对。"

守十四摇了摇头，苦笑道："宋琢，你终于肯理我了。"

旁边的成君心里一跳，乖乖老板娘厉害啊，这冷战了十年还没完。这位兄弟也是个狠人，当初装死离开的是他，现在巴巴贴了十年的也是他,啧啧!

宋琢平日里一派庄重典雅,手底下不知从哪儿收容了一批亡命之徒,南来北往的商客,人敬她一分,她还人十分,人若不知好歹在她的店里耍横闹事,分分钟给你打断腿丢出城外去。

从来没人见过君来客栈的老板娘如此牙尖嘴利咄咄逼人过。

守十四狼狈离开,临走又被宋琢叫住:"付钱了吗你就走?"

然后被讹了十两银子,店里小二装聋作哑没一个敢上前,成君颠颠儿跑过去收银子,还笑眯眯地挥手道:"好再来。"

守十四:"……"

把人轰走后,宋琢又恢复成平日里的温和模样。

成君拎了一壶米酒,陪宋琢回房间,打定主意再聊聊这位守十四。

宋琢抿了一口米酒,半晌才叹道:"那日我赶到军城的时候已经是傍晚,迎面就遇到他,我当时委屈极了,掉头就走。"

守十四丢下招生的摊子,拎着狼牙棒跟上去,几度被宋琢回头呵斥也一语不发,就不近不远地跟着。

天黑透的时候,宋琢找到了一间早已荒废的民宅,打算凑合一宿。替父守城两个月,又一路跋涉到军城,她早就习惯了风餐露宿,跟之前京中的大小姐判若两人。

可是好死不死,那天她来了月事。

夜半三更,浑身发冷,肚子还疼,加上没吃饭,整个人蜷缩在干草堆里几乎想死。

迷迷糊糊的时候，旁边贴过来一个温暖的身体，宋琢警惕惯了，下意识往别处缩，却被人蛮横地搂过来，用一件厚实的外衫捂在怀里。

暖和得很，宋琢一点点回了魂，睡熟了。

次日一早，外衫还在，人不见了，宋琢下意识地叫了一声"守十四"，门外"咔"的一声响，又没了声息。

这是在岭南养成的习惯，至今没有改掉。

从岭南到军城，宋琢干巴巴地叫了两个月，这是头一次门外重新又有了回应。

打开门，守十四守在门外，眉毛上挂了霜，只穿着一件单衣，两只手捂着怀里的东西。见到宋琢，他小心翼翼地把那东西递过来，是不知道从哪儿弄来的两个烤饼子。

饼子还热着，宋琢红着眼睛，粗鲁地扑过去，扒开守十四的衣襟，胸膛被烫红了一块。

宋琢没说话，把带着体温的外衫丢给他，一声不吭地啃饼子，啃完拍拍手，掉头回了军城。

不走了，还走什么走！

我倒要看看你能憋到什么时候！

守十四就巴巴地跟着，巴巴地解释，给她讲了一个有关军城守城人的故事。

军城的守城人，曾经是李家手中藏得最深的一把刀。

第一代守城人，都是死过一回的人。

那是李家最后一任城主李稷年轻时候的事。军城踞守雄关，举足轻重，不仅被草原牧族视作南下的头号障碍，也为南方王朝所猜忌。

这份猜忌在李稷亲自带兵北上杀敌的那一年演变成了赤裸裸的杀意。

断粮草，延迟救援，李稷带着残兵在茫茫草原里问天无门。

身边的人一个接一个地倒下，而他们疲于奔命，根本没有多余的人力物力来救人。

有人替李稷死了，有人把口粮省给李稷自己饿死，更有人从自己的腿上割下肉来，只为了李稷能活着回去为他们所有人报仇。

李稷命大，活了下来，那一战后，他终于看明白了，李家想要存活，就得玩弄制衡之道，所谓狡兔死走狗烹，草原安宁的那一天，就是他李家的灭亡之时。

听说李稷活着回到了军城，那一战里侥幸活下来的老兵悄悄找上了城主府。

五万精兵出战，只回来二十一个人。

那是二十一个从地狱重新爬回人间的恶鬼，李稷把他们组成了第一代守城人，抛弃姓名，面对着军城外的累累白骨许下诺言——他们将一生隐姓埋名，永远守护军城，不论敌人来自何方。

守城人修建了地道，在城东的莽莽群山深处建立了隐蔽的据点,他们守在山上,瞭望着东南方向,提防着可能出现的暗箭。

在他们心里,南方的危险要远远高于北方的牧族。

后来,守城人不断战死、老去,他们秘密挑选烈士遗孤培养起来,师徒相传,从一代到六代,虽然不过三四十年,战死者却多达百人。

可惜,李家到底没能在南方王朝的步步紧逼之下获得一线生机。当年,李稷进京之后杳无音信,星辰把军城交给年仅十岁的儿子南下寻夫,临走前给守城人留下最后一道命令:守城人只效忠于军城,不效忠于任何人。

几十年来,守城人隐藏在阴影里,眼看着军城一夕败落,逐渐被黄沙吞没过半,却无能为力,他们杀得尽横生的盗匪,却阻挡不了军城的败亡。

传承到底还是断了,死的人太多,却没有新鲜血液补充,到如今第六代只剩下一人。

就是守十四。

守十四说:"师父对我有救命之恩,我这条命是他捡回来的。过去那些年,他和师伯一直在尝试查出城主和城主夫人最后的下落,但是南边王朝对他们的消息严防死守,师父和师伯先后被人暗算至死,守城人只剩下我一个,我不能违背守城人的誓言。"

自始至终,宋琢没说一句话,一直到进了城,守十四忐忑不安地把她带到了自己的住处,他自己却搬进了学馆里,把这宅子留给了她。

宋琢怒极反笑，没哭没闹，把宅子翻修了一遍。守十四不知道从哪里寻了个话不多的小厮，整天杵在门口让宋琢有需要就跟他说。

宋琢不跟他客气，找到笔墨洋洋洒洒列了几大张，让他送给守十四，如此过了半个月，不仅宅子翻修一新，宋琢还在街对面买下了一栋楼，又是好一番装修，楼下做饭堂，楼上做客栈，阁楼上拾掇一新，做了宋琢自己的房间。

而后她把守十四的房子一夜之间挂上红绸红灯笼，一个人搬进了即将开业的君来客栈。

成君依稀想起来，客栈里常有客人闲聊，说这军城里有一大怪事：一栋宅子从来没有人住却挂满了红绸子，装扮成了新房的模样。

宋琢最后给守十四递了句话：你什么时候想通了，不做这个劳什子守城人，就什么时候回来娶我，否则，休想我与你多说一句废话。

没头脑大师兄和熊孩子小师妹

一

过了几日便到了一月一次的考核,这回成君学乖了,乖乖带了新做的铭牌前去报名,也不看学馆了,找了一圈,看见了守十四,她低眉顺眼地上前。

旁边人长枪一横拦住她:"军阵学馆,仅限男子。"

成君按了按脾气,长吸一口气,猝然大喊:"守十四!有人让我告诉你,她要嫁人了!"

身边掠过一阵冷风,成君身子一轻,已经被人提到了人群外面。

"你说什么?"守十四的声音有些干涩,一只手还死死攥着成君的肩头。

"你先回答我几个问题。"成君心里有点怂,守十四一只手就能把她丢出去八丈远,鬼知道自己刚刚那句话的杀伤力有多大,万一他一个没控制好,自己不就凉了。

守十四压着脾气道:"你说。"

"你当年是把宋琢当成了军城李家的后人,是吗?"成君吞了吞口水，决定迂回一点。

"她都告诉你了。"守十四喃喃了一句，当是默认。

"那你后来找到李家后人了吗？"说找印玺估计容易被打，说找李家后人还可以假装是寻故人。

守十四瞬间警惕起来，一双菜刀眼死死盯着她。

理由她早就想好了。当年苍狼王两子一女，除了星辰公主确定嫁到了军城，剩下两人这么多年都是杳无音讯，其中苍狼王最小的儿子阿史那默，当年是从阿布可汗的父亲阿木可汗手中逃脱的，这中间能胡诌的事儿就多了。

"我姑姑多年前救过星辰公主的弟弟阿史那默，后来他走了，我姑姑这么多年一直在找他。"

守十四神情一动，手底下加了一分力："他在哪里？他最后出现是什么时候？"

成君心里长舒一口气，果然，阿史那默没有出现，那她就可以随意扯谎了。

"大概是二十八年前。"成君看了他一眼，发现守十四明显戒备心少了许多，于是继续道，"我姑姑身体不好，就想见他一面，我找不到别的线索，只好来军城，也许当年阿史那默有可能来投奔过星辰公主。"

"没有，他没来。"守十四冷静了一点，放开成君，"二十八年前，差不多正是李家出事的那段时间，星辰公主自顾不暇，又如何顾得上她两个弟弟？"

"两个？这么说你知道她另一个弟弟的下落？"成君多精一个人，一下子就听出了不对。

守十四却住了口不肯再说："告诉我，宋琢怎么回事？"

成君不敢硬来，只好先退一步："没什么，就是我看老板娘郁郁寡欢，不太忍心，她其实很想见你。你不知道，从前你每次去店里喝酒，她都在里面看，你坐多久她就看多久，这几天你没去，她话少了很多。"

"她真的——"守十四神色一动，眼里迸发出某种光亮来。

成君心里翻了个白眼：我胡诌的，老板娘多豪气的一个女子，怎么会干这种偷看你的事儿，要看她也是正大光明地看。

但是守十四显然很受用，连刚刚被成君讹了消息都不介意了。

"我走了，你记得去……"成君含含糊糊道，"还有，老板娘要面子，你别说是我说的……"

成君先溜为敬，留下被爱情冲昏了头脑的守十四在原地一会儿锁眉一会儿痴笑，宛如一个智障。

当天晚上，成君又在君来客栈看见了守十四，好像还特地换了件新衣服。

宋琢不知道成君干的事儿，怒气冲冲地端着他点的一壶酒出来，"砰"的一声放在桌上："年纪一把，整天来喝酒，还有没有点身为守城人的责任心？"

守十四心里还琢磨着成君的那几句话，只当宋琢是刀子嘴豆腐心，闻言眼神更加柔和，只是不知道该说什么，毕竟守城人这个身份是他们两人之间的死结，只要他一天不肯放弃身份，这个结就一天不得解。

宋琢不知道这块铁疙瘩吃错了什么药，一双眼睛看得人毛毛的，然而心里忍不住地有点乱颤。

这货十年前也总是用这种毛乎乎的眼神看她，看得她心神乱颤，结果他只会说他做的一切都是因为她是李家后人。

去他的。

宋琢扭头回了后院，一个人抱着酒坛生气，可气着气着又忍不住想，那人是不是真的开窍了，当年言犹在耳，假如他真的开窍了，那她……

咳，一把年纪了嫁人怪不好意思的……

成君躲在一旁两边观察了一番，确保自己并没有穿帮，似乎效果还相当不错，于是看着守十四磨磨蹭蹭等到天黑打烊离开后，她立马又跟了上去。

"她……是不是说了什么？"

可喜可贺。守十四是一个淳朴的中年人，被宋琢骂了一顿反而神清气爽，对成君充满了感激之情。

成君抹了把冷汗，心想自己这个胡诌的功力怕是可以去写话本子了。

虽然心里还有点怂，但成君是谁，抱着孩子被夺了兵权都能一个人守住王城的神人，什么谎不敢扯，什么妖不敢作。

"她没明说，但我听她一个人自言自语的时候提了一句。

我就问你,是不是找到了李家后人,你就能放弃守城人的身份娶她?"

守十四下意识地警惕了一下,但随即想到守城人和李家的事早就不是秘密,宋琢会告诉成君也正常。

"是。但——"

成君打断他:"我要找阿史那默,你要找李家后人,他们本来都是一家人,说不定找到了一个就有另一个的下落,咱俩合作行不行?"

守十四想了一下似乎是这样,阿史那默是星辰公主的弟弟,都是一家人,说不定会有关联。

"你怎么证明你真的认识阿史那默?"守十四好歹拎出了一丝疑点。

"他的肋下有一个狼头刺青。"

苍狼王的嫡系后代都有,在草原贵族中不是什么秘密,然而守十四并不知道,下意识就觉得连这么私密的事都知道,成君果真是认识阿史那默的。

成君赌的就是他不知道这些。

守十四犹豫了一下:"我可以把你引荐给城主,或许会有一些线索。"

成君一愣:"城主?"

"城主是什么人?他和李家有什么关系?"

守十四看了她一眼:"你见了他就知道了。"

"等等,我怎么知道这不是一个圈套?我连你们城主是人是狗都不知道,万一把我骗进去杀了挂城墙上怎么办?"成君故作紧张,想套点话出来。

谁知道在守十四这儿根本不管用:"你有一种特殊的能力,能很轻易地让人相信你。宋琢是这样,我也是这样。但是我不知道自己应不应该相信你,城主是个很有智慧的人,在他确认你确实可信之前,我不会轻易答应你任何事。"

成君:???

这……是来自老实人的恶意吗?

"当然,我还是很谢谢你告诉我的一切,毕竟我之前一直以为宋琢她……"他顿了顿,别开脸不好意思地笑了笑,"我以为她一直恨我的。"

成君:"……"

还被老实人塞了一嘴狗粮……

"我跟城主约好时间再来通知你,希望你说的一切都是真的。"守十四敛了神色,准备告别。

成君被气得头疼,却又没处发作,等守十四走出一段她才忍不住道:"哎——"

"嗯?"守十四茫然回头。

"你傻啊!她要是真恨你,干吗留在这个鸟不拉屎的鬼地方?这儿连胭脂水粉的色号都买不全,成天刮风沙,我来了一个月,皮肤都皲了,再待下去快成老腊肉了。"成君愤愤道。

守十四愣了愣，忽然又笑了笑："谢谢你。"

成君捂着胸口，有点想吐血。

刚回客栈，还没推开自己房间的门，成君就被隔壁房间伸出的一只手拽进了屋里。

成君武艺比较寻常，一时没能反抗，好在还算冷静，想着靴子里还藏了两把匕首，后腰里还有根带毒的峨眉刺。

"你要去见城主是不是？我刚刚听见了。"

声音有点耳熟，成君想了一下，记起来是那个跟她打过几次照面，不爱说话的年轻人——

宋预。

就是那个每天坚持不懈闯城主府，回回被人打得半死丢出来的倒霉兄弟。君来客栈里人来人往，唯有他俩持之以恒地住着，并且坚持不懈地作死，堪称难兄难弟。

之前成君想要搭讪他好几回，然而姓宋的兄弟话少眼神冷，成君靠近五步之内他就开始浑身戒备，然后默默走开，成君一度对自己的社交能力产生了很大的怀疑。

"是。不过还不一定，不知道城主会不会愿意见我。"成君冷静道，想了想又补充了一句，"先说好，你要我带你进去是不可能的，我不想跟你一样被城主府的人打得半死丢出来，你不要脸我还要。"

身后的人沉默了半响，突然道："说得好像你被人从学馆里撵出来就不丢人似的。"

成君:"……"

看破不说破,朋友才好做。

成君深吸一口气,面带微笑地转过身来,心里默念八百遍:相公不在,没人收尸,不能发脾气。

"所以宋公子这半夜三更的把我拽进你的房间里,不会是为了跟我互相了解吧?不过宋公子有所不知,我女儿都一岁了,咱俩只能……"

宋预皱着眉头,长身而立,如果不看他别扭的眉眼,绝对算得上翩翩佳公子,还不是文弱秀气那一挂的,是渊渟岳峙一身煞气那一挂的。

"您也太过自信了。"

成君:"……"

时至今日,她终于见到了比她相公还招人恨的一张破嘴。

宋预显然没能理解到她内心的愤懑,自顾自说道:"我知道你没法带我进城主府,我就想请你帮我带一封信。"

成君大惊道:"你对城主难道有什么非分之想?我听说他是个男的啊!"

宋预脸色黑如锅底,狠狠握了握拳头才克制住想打一架的冲动。

"给少城主。"

"哦,那还行。"成君下意识接了一句,随即悚然,"人不可貌相啊,你这浓眉大眼的,居然想勾搭少城主?年轻人很敢想啊！"

宋预崩溃道："你在胡思乱想些什么，我只是让你带封信而已。"

"哦。"成君从善如流地闭了嘴，同时感觉心里在哭泣。自打来到这个破军城，帮手一个没有，满地都是武功比她高的，谁都打不过，只好一路认怂，实在心酸。

回去得找可汗要补偿。

"不过……"成君还是忍不住想问，"咱俩最多算认识，你真的放心让我带信？"

宋预面无表情道："那大叔不是说了么，你有种容易让人信任你的特殊能力。"

成君：？？？

二

次日一早，成君背着一个包袱皮跟村妇进城一样进了城主府，脸色黑如锅底，十分对不起当年宫中教她礼仪的教习嬷嬷。

说好只带一封信，结果姓宋的脑壳里藏着山路十八弯，起大早出门溜达了一圈，攒了一包袱皮的点心小吃，跟那封信放一起，十分不见外地交代成君务必交到少城主的手上。

成君打开看了一眼，都是好吃的，方婆婆家的桂花糕，陈老汉家的果脯，老刘头家的糖山楂……

成君心想，这少城主到底是个怎样娇滴滴的小姑娘，怎的这么喜欢吃甜食?

结果一进门,一个戴着半张面具的姑娘长刀一横,把她拦下了。

"什么人?"半张面具下,姑娘高挺的鼻梁和略显冷硬的唇线十分好看,声音冷冷的,配上白如霜雪的肌肤,整个人都显得清冷至极。

守十四粗粗行了个礼:"今天约好了来见城主的,有要事相商。"

那姑娘刀尖一动,成君下意识摆出防御架势,结果刀尖擦着她的衣服划过去,半点没伤衣服,肩膀上的包袱被割断掉了下去,刀尖顺势一挑,包袱已经到了姑娘手里。

"这是什么?"姑娘拎着包袱,没打开。

成君心想,人在屋檐下不得不低头,于是好声好气道:"这是一个朋友托我带给少城主的,我看着都是些女孩家喜欢的甜食,想必姑娘是不会喜欢的。"

那姑娘身子一僵,旁边守十四脸色复杂,然而成君浑然未觉。

姑娘顿了顿,声音硬邦邦道:"是,我不喜欢这些。"

成君笑了下,正要伸手把东西接回来,结果那姑娘顺手一丢,把包袱远远丢了:"来历不明的东西,不许带进城主府。"

成君为难道:"可是……那里面还有我那个姓宋的朋友写给少城主的一封信……我能不能……"

"既然约了城主,就早些过去。"

成君:"……"

宋兄弟啊,这可真不是我不帮你。

成君心里叹了一声,见姑娘侧开身子让了道,抬脚就打算进门,走出十来步,守十四才道:"刚才那位就是少城主,李璟。"

成君倒吸一口凉气,回头瞅了一眼,恰好看见那姑娘一改冷硬气质,颠颠儿跑去捡起了包袱,拈了块摔碎的桂花糕往嘴里送,还顺手把信扒拉出来塞进了怀里……

成君:……宋兄弟果然人不可貌相!

绕了大半个城主府,成君和守十四总算来到了城主常住的地方。

晨雾还未散尽,城主喜欢竹子,这个院子里种满了竹子,都是从南方搜罗来的耐活品种,竹叶婆娑,有几片落在书页上。

捧着书页的手苍白枯瘦,不以为意地掸了掸书页,把竹叶抖落,顺手翻了一页。

成君好奇地打量着眼前的人,约莫四五十岁,一身浅灰色麻衣,头发简单地束在脑后,皮肤是那种常年不见天日的苍白,手背皮肤下能看得见青色的血管。

他眼皮微微一挑,看了一眼成君,脸上露出一丝似笑非笑的神情来,半晌没有说话。

良久,他才抬了抬手:"守十四,你先回吧,我同她单独聊聊。"

"城主。"守十四皱了皱眉,似乎有些不同意。

"放心,我不会把她怎么样的。"

成君心想,看不出来守十四对自己还挺看重,是怕自己死了不好同宋琢交代吗?

然而守十四冷冷道:"我是怕她伤了城主您。"

成君:"……"

城主没忍住,"扑哧"一声笑了出来:"放心,虽然我残废了,但她还伤不了我。"

是了,这城主坐在轮椅上,腿上搭了条毯子。

等到守十四走远了,城主的脸色陡然冷了下来,成君浑身一肃。

"东汗国的人?"城主一开口,成君差点跪了。

自己跟守十四扯了那么一堆谎都没露馅,怎么到这儿立马就被扒了马甲?

成君犹豫了一下,不知道是该抵死不从还是坦然承认。

城主又道:"唔,应该是东汗国的人,不然也不会知道阿史那默的消息。先不提你说的事情是真是假,二十八年前的确是阿史那默从老可汗手里逃脱的时候。"

成君:"……"

豁出去了。

"是,我奉阿布可汗的命令,前来寻找苍狼王的后人。"

"后人?你们难道不是只想要印玺吗?苍狼王没有后人,就算有,也不可能为你们所用。找到印玺,再拉一个傀儡小孩出来,想必要简单得多。"城主好整以暇,有竹叶落在他的肩头,他不以为意伸手拈起,轻轻把玩。

成君头皮发紧,感觉在这城主面前什么都藏不住。

"我东汗国可汗一向光明磊落,不屑取小人之道。如今西汗国狗急跳墙,想找到印玺来号令老氏族,阿布可汗不得已才搅入乱局。如今东汗国国力强盛,并不需要依靠苍狼王的力量,他所做的一切,不过是为了不让印玺落入西汗国手中而已。"

"是这样吗?"城主低声喃喃了一句,没搭理成君,半天又自言自语道,"也是,阿布到底不是他的父亲,你这话倒是有几分可信。"

成君心里略略一松,没敢轻举妄动。

"没曾想,都已经是上一代的恩怨了。"

城主低声笑了笑,整个人似乎陷入了某种恍惚,原本冷峻深邃的眸子也有些不大清明。

"城主?"成君大着胆子往前一步。

一道寒光直逼脑门,成君本能后仰,躲开了这一击,本以为要恶战一场,却并没有后续。

城主还坐在他的轮椅上四平八稳,眼神又恢复了清明。

见成君一脸如临大敌的模样,他笑了笑:"对不住,我时常会犯病,这轮椅是我女儿的游戏之作,加的机关武器多了些,外人不好随意靠近。"

成君想了想,城主的女儿大约就是那位少城主了,游戏之作,呵呵……

成君不得不再一次感慨一下宋兄弟真牛。

城主把书页合上,成君这才发现,那是一本《四海异闻录》,估计是记录着各种志怪传说的话本子,心想这城主也是品位独特。

"印玺不在军城,你要是想找,我不会阻止,毕竟那东西对我来说没有任何意义。"他说到这儿顿了顿,似有若无地笑了一下,继续道,"不过,如果你能找到阿史那默,我以军城城主的身份,欠你一个人情。"

成君:???

整个谈话过程简短而神奇,成君自始至终没能跟上那位神经病城主的节奏,迷茫得很,然后在老地方见到了那位冷冰冰的少城主。

想到那把杀伤力惊人的轮椅,成君忍不住多看了这姑娘两眼。姑娘身材修长,虽然戴着半张面具,但侧脸的曲线还是很好看,又好看又凶残。

想了想她背着人捡包袱里的糕点吃的模样,成君心里笑了一下。

啧,还萌。

宋兄弟好福气,难怪一天天拼着被人打断腿也要闯城主府,换我我也闯。

"你笑什么?"

成君一凛，想得太入神了，忍不住笑了出来，被少城主给看见了……

"没笑。"成君扭头，让少城主看她严肃正直的脸。

少城主盯了她一会儿："你回去告诉他，"她顿了顿，有些不自然地别开眼，"这些东西以后别送了，我早就不喜欢吃了。"

成君：……哦。

骗鬼吧！不喜欢吃，是谁丢出去三丈远又巴巴跑过去拈着摔碎的糕点往嘴巴里送？这个别扭劲儿，跟那位宋兄弟简直天造地设。

刚准备走，成君却听李璟又说了一句："还有，你让他小心点，别再来城主府了，义父对西汗国的人不会手软的。"

成君：！！！

我听见了啥？！

三

宋预是西汗国的人。

成君震惊了一路，毕竟宋兄弟怎么看都像个汉人。

她又仔细想了想，发现宋预的鼻梁比普通汉人的确高挺许多，眼眶也有些微陷，是草原人的特征。

不过这军城属于三不管地带，哪里的人都有，想想也不足为奇，但是关键在于李璟说的，她义父对西汗国的人不会手软。

城主和草原人有仇？

不对,他明知道自己是东汗国来的,对自己好像并没有敌意,那就是独独跟西汗国的人有仇?

成君一路思忖着,回到君来客栈的时候已经恢复了冷静,并且萌生了一个大胆的想法。

果不其然,刚上二楼客房,她就被宋预给拖进了房间里。

"宋兄弟,你叫我一声就是,不要老是拉拉扯扯的,这传出去对我名节不好,我相公还在机关城里生死不知呢,你忍心让他被人戳脊梁骨?"

宋预抿着唇,一脸的欲言又止。

成君太懂他在想什么了,这人看着凶,其实单纯得很,要不然也不至于让自己去送信。

成君故意钓着他,并且打算上点套路。

"我说,你年纪轻轻的,相貌不凡,要什么样的女子没有?何必勉强呢?"成君一脸的怒其不争。

宋预当即就红了眼:"你懂什么?我跟小璟她——她——我们——"

"你们两情相悦两小无猜是不是?"成君摆出一副老大姐的形象谆谆教诲。看李璟那副模样就能猜个八九不离十,这两人郎有情妾有意的,横亘在中间的不过是出身问题。

"但是啊,所谓父母之命媒妁之言,虽说江湖儿女不讲究这个,但是你当城主是死人哪?他对你的身份有多介意你不知道?少城主心善,跟城主父女情深,你总不能逼她跟她父亲反目成仇吧?更何况,城主那腿……"成君半真半假地絮叨着。

宋预整个人肉眼可见地颓了下来,成君觉得这人一副别扭又凶悍的气势很像草原狼,这会儿宛如一只耷拉着耳朵和尾巴的丧家犬,看来是戳到痛处了。

"可是城主的腿又不是我害的,当初军城被攻破,是汉人的阴谋,我西汗国不过是被利用了。"

成君:"……"

哦,军城破灭内情不少啊!

这个姓宋的看来在西汗国地位不低。

但是他为什么会来军城呢?

成君咬了咬牙,继续在作死的边缘试探:"即便如此,你来军城的目的,你当城主不会多想吗?"

宋预脸色一沉,刀子般的目光冷飕飕地飙过来,成君正直无比地回瞪。

看什么看,老娘是为了你好,积极帮你出谋划策!

宋预沉着脸打量了成君好一会儿,才慢慢开口道:"那天我听见了,你要找苍狼王的后人。"

成君想都不想用编好的瞎话怼回去:"苍狼王的后人对我来说算个屁!我要找的是阿史那默,骗了我姑姑一生的渣男!我姑姑快病死了,我得把他带回去见上最后一面。"

宋预目光闪了闪:"那巧了,其实,我来军城本来也是为了找他。"

成君面上不显，心里冷笑：说谎？跟我比，你这小屁孩功力还差了点。

宋预收回目光，慢慢道："我是西汗国的左谷蠡王。"

成君：！！！

宋预苦笑了一下，又道："没有牧场，手下也没有军队的那种。"

成君：……吓死我了。

"我父亲是西汗国的左谷蠡王，大概二十年前，你找的那个人曾经出现在我父亲的牧场里，当时我父亲不知道他的身份，只是十分欣赏他的本事，他是射雕手，能射穿天上飞的海东青的眼睛，于是我父亲把他引荐给了可汗。"

成君心里一跳，这事儿不太像是假的，阿史那默的本事阿布听父亲提过，据说他天赋过人，曾经跟随一名射雕手学习过一段时间。当时的阿木可汗把他监禁在王城里，好吃好喝地供着，就是存了把他收为己用的心。说起来当时阿木可汗也是时运不济，原本印玺在他手里，就缺个苍狼王的嫡子，后来抓到了阿史那默，印玺却又丢了。

宋预继续道："但是你知道的，苍狼王的覆灭就是因为西汗国蒙脱可汗的背叛，蒙脱亲手杀了阿史那默的父母，这份仇不死不休。

"阿史那默取得了蒙脱可汗的信任，在一次立功之后被灌醉了，蒙脱为了收服他，派了两名贵族女子去伺候，结果意外发现了他肋下隐藏的刺青。

"那刺青是以特殊手法刺上去的，平日里不显，唯有当人情绪激动体温升高血液流速加快的时候才会显现。那日恰好喝了酒，阿史那默整个人醉得不轻，刺青就显现了出来。

"阿史那默的身份提前暴露，只好改变计划，直接刺杀蒙脱，但他到底只有一个人，最后还是被擒住了。

"蒙脱大怒，效仿汉人给他上了黥刑，就是在脸上刺上逃奴的字样，其实就是为了羞辱他。蒙脱是个非常自卑又自傲的人，他出身低贱，对于苍狼王的所谓尊贵血脉十分不认同，他就是想让所有人知道，苍狼王的血脉也只配在他的手底下被羞辱。"

成君这会儿已经完全收起了作妖的心态，她意识到，宋预所说的这些，不说十成，起码九成九是真实发生的。

"即便如此，一个月后阿史那默还是逃掉了，没有人知道他是怎么逃的。蒙脱大怒，把怒火发泄到我父亲身上。我父亲出身贵族，跟蒙脱素有龃龉，而我的母亲是一个普通的汉人农家女。

"阿史那默的逃脱给了蒙脱一个借口，他把我父亲的兵权夺了，监禁他，折磨他，最后伪造了一个畏罪自杀的假象。我母亲一向活在父亲的庇护之下，父亲一死，她面对的是比死亡还可怕的境遇，于是她也自杀了。

"剩下我一个人，蒙脱倒是还记得安抚民心，让我继承了左谷蠡王的爵位，却以我年龄小为缘由，收回了我父亲的所有兵权和牧场。"

宋预停了好一会儿才忽然回头道："我是个混血的贱种，被蒙脱当宠物养了许多年，好不容易挨到十八岁，他再没有理由拘束我了，我就跑了出来。我也不知道自己能去哪儿，想来想去，想到我父亲还有个仇人，我就想来找找阿史那默，问问他，当初我父亲没有做任何对不起他的事，却被他连累得家破人亡，他有没有一点歉疚？"

"那你为什么会来军城？"成君皱了皱眉问道。其实她心里还有些别的疑惑，比如说，他为什么直到十八岁才跑出来，如果是因为蒙脱的限制，那宋预如今有二十三四岁了，这些年蒙脱难道没想把他抓回去吗？

宋预顿了顿，淡淡地看了一眼成君："你找阿史那默，不也找到了军城？"

成君一窒，却猛地发现了一处破绽，她冷笑一声，掉头准备走。

"站住！"

成君头也不回："你告诉我这些，无非是为了共享消息寻找阿史那默，但你谎话连篇，要我怎么相信你？"

"我没有说谎。"宋预平静道。

"我来军城是因为二十八年前阿史那默失踪的时候军城还在，李家和星辰公主还在，我以为他会来投奔他姐姐。但是根据你的消息，阿史那默失踪的时候，军城早就荒了，阿史那默他敢一个人去行刺你们的蒙脱可汗,又怎么可能巴巴跑过来?按照他的性格,你不觉得他应该直接去南朝宫里为姐姐报仇才对?"

果不其然,宋预又沉默了。

成君心里冷笑,傻孩子,跟我比着编瞎话,怎么想的?

不等宋预再解释,她冷冷丢下一句:"我今天帮你带东西,是看在你一腔痴心的份儿上。我不管你是东汗国还是西汗国的,都跟我没关系。既然你没这个诚心合作,我也没必要在这儿听你编故事。阿史那默我自己会去找,找得到算我姑姑命好,找不到我也算尽了晚辈的孝心。"

成君说完大步离开,稳着步伐刚走进自己房间,就忍不住笑出声来。

这一天真是信息量巨大,虽然又是演戏又是认怂极度费心神,但是值了。

成君给自己倒了杯水,捋了捋线索。

城主那边,他的残疾和军城的覆灭有关,军城的覆灭是西汗国和南朝人共同的阴谋,城主和李家有旧,对东汗国没有敌意。

宋预这边,他是西汗国有名无实的左谷蠡王,与少城主两情相悦,跟阿史那默有仇,寻找阿史那默这个理由只有一半能站得住脚,他来军城的目的还有待核实。

成君不急不缓地敲击着桌面,觉得自己可以猜测出一个答案。

宋预来军城是为了什么?

结合一下自己的目的——打着为了寻找阿史那默的幌子来寻找苍狼王的印玺,不出意外的话,宋预也是为了印玺而来。

他一个有名无实的左谷蠡王,父母死于蒙脱之手,寻找印玺有两个可能,一是自己借苍狼王之力自立为王,二是受了蒙脱的指使。

然而宋预这人的心思都写在脸上,第一个可能还真不太大,第二种可能对于宋预来说虽然略显憋屈,但是指不定蒙脱用什么胁迫了他。

成君长出一口气,来到这个鬼地方,自己一身本事跟别人一比就成了菜鸟,所幸脑子还算好使。

就剩下一个问题,城主的身份是什么?

城主姓李,且必然跟李家有旧,但是真名没有人知道,无从猜测。

但有人应该会知道。

守十四。

四

成君没有急着找守十四,老实人好骗归好骗,但也不能太过急躁,万一生了疑就麻烦了。

想了想,她先写了一封加密的信件寄了出去,加密方式是她家那位工科狗从前制定的,母本只有阿布可汗那里有,除了阿布,谁也看不懂这封信。

信里把她在军城遇到的事儿大致说了说，又说了说对于宋预和城主的猜测，想问问阿布还知不知道更多有关当初军城李家的消息。

谁知道信刚送出去，成君就收到了阿布可汗寄过来的信。关上门窗，她小心翼翼地一点点解开密文，看完一页烧掉一页，越看越心惊，待到看完最后一页，成君整个人傻在当场。

我的个乖乖，我胡诌的故事成了真啊！

信中说，当初阿史那默逃离西汗国之后去了中原，阴差阳错遇上了去中原做生意的牧云，而牧云正是二十多年前救过阿史那默的人。

阿史那默隐藏身份，化名琼海跟了牧云十来年，一直到前不久，西汗国的探子查到牧云和东汗国的关系，找了个不开眼的冒充阿史那默去见牧云，才被正牌的阿史那默给揭穿。

牧云这才知道自己喜欢了多年的大掌柜的真实身份，然后又想起阿布最近似乎正在追查苍狼王印玺的事儿，趁着前不久回草原，把这事儿略微提了一提。

但是提归提，她也明确说了，琼海不会以苍狼王嫡系的身份再出面，用他的话说，他的命是牧云的，苍狼王早就成了历史，他前半生为这个身份所累，错失了太多，如今只想安安稳稳守着牧云。

阿布原本也没有强人所难的意思，更何况他寻找印玺更多的只是为了阻止西汗国的阴谋而已。

成君再次顺了顺思路，真正的阿史那默已经出现了，且证实了当初阿史那默离开西汗国之后的去向是往中原，很明显，这一点蒙脱的人是知道的。

那宋预来军城找阿史那默的说法就不成立了，又或者宋预在西汗国的处境比他所说的还要更加恶劣。

成君心里几乎都要有些可怜这位姓宋的兄弟了。

转念一想，城主刚刚才说过，若她能找到真正的阿史那默，他愿意以军城城主的身份欠她一个人情，这话说得很郑重，显然不是假的。

但是……成君犹豫了一下，这城主身份不明，实力深不可测，总归不能轻信。

自己的目标是印玺，阿史那默不过是个幌子，还是先假装不知道为好。

之后一连两天，成君都没能找到事情的突破口，谎言扯得太多之后，做事就有些畏首畏尾了，生怕一不小心露馅儿。既然阿史那默的去向已经清楚了，并且确定跟印玺无关，那她接下来的目标还是李家后人这条线。

说不定要去趟中原，但她总不能把工科狗墨涵一个人丢在机关城，想想不如等一等，再看看城主和守十四这边有没有什么突破口，不行就等墨涵出来一起去趟中原，沿着当初带走李家女儿的那位老嬷嬷家的路线查一查。

不曾料到转机出现在宋琢身上。

这几日宋琢心情颇好，那守十四听了成君的鬼话之后满心满眼都坚信宋琢是爱他的，于是宋琢讥讽他是爱，嘲笑他是爱，急了拿酒瓶子摔他也是爱，而他那副任打任骂任摔还一脸宠溺的痴汉模样大大取悦了宋琢。

可怜宋小姐一把年纪了没谈过恋爱，愣是被守十四毛乎乎的眼神看得心头小鹿乱撞。

是以她虽然还会照样跟守十四发脾气，但怎么看都有点打情骂俏的意味。

成君嘴上不好说什么，心里却在哀号，这么纯情的两个人，怎么就能活生生地冷战十年呢？

这一日，成君从街上晃荡回来，拎了一包刚出炉的桂花糕，也没打招呼就进了宋琢的小院儿，两人熟了之后成君常干这事儿，但没想到这回宋琢院子里有人。

"成君来了，又买什么好吃的了？"宋琢招了招手，"快来，今儿有新鲜的河虾，白灼着吃最是鲜甜。这东西在这边不多见，前头顾客想吃都吃不着。"

成君也不客气，拎着糕点就坐了下来。

宋琢的客人是个姑娘，身材高挑，气质清冷，却没骨头似的靠在软榻上，鞋子也蹬掉了，手边还放着一小壶酒。

成君觉得有点眼熟，不经意见那姑娘侧了侧头，忽然就明白过来："少城主！"

宋琢笑道："你认识呀，我还想介绍来着。小璟跟我认识好些年了,从前常常来陪我喝酒,最近她比较忙,都好久没来了。"

李璟大约是喝得有些醉了,但她醉了不像宋琢那样唱歌,安静得很,一脸乖巧地抱着膝盖蜷在软榻上,眼睛湿漉漉的,不怎么说话。

"我们先吃,她心情不好,多喝了两口酒,有点迷糊,一会儿就好了。"

李璟听见这话却不依,点了点头字正腔圆道:"我没醉。"

成君那日在城主府见到她就觉得这姑娘可爱,没想到能这么可爱,忍不住笑了出来。

李璟看了看她,又一字一顿道:"我认识你。"

"是我,我叫成君。"成君笑道。

"哦,成君。"李璟又点了点头,然后鼻子抽了抽,目光转向成君带过来的油纸包,"桂花糕,我的。"

成君估摸着她爱吃这个,便打开油纸包推到她面前:"刚出炉的,尝尝看。"

李璟顺从地拿起一块,咬了一口,安静地吃,吃了没两口,眼睛眨了眨,掉下眼泪来。

"别哭啊,这是怎么了?"成君有点慌。

宋琢习惯性地伸手在李璟头发上捋了捋:"没事儿,她喝多了就这样,要么一声不吭地哭,要么一个人傻笑,熊孩子一个。"

成君无语。这少城主简直是个宝藏女孩,难怪宋兄弟为她要死要活的。

她一个没注意就把这话嘀咕出来了。

宋琢闻言愣了一下,随即"扑哧"一声笑道:"这你就不懂了,这傻丫头可是足足被宋预嫌弃了三四年。"

李璟和宋预是在武学馆认识的,那年李璟十五岁,被她义父也就是城主塞进了武学馆,说她不学无术,给城主府丢人。

李璟天生一副好脾气,虽然不太乐意,但还是收拾收拾东西藏了身份去了。

她在武学馆里被人欺负得爹妈不认,吃不饱睡不好,天天晚上躲在被窝里抹眼泪,还要警惕时不时有教习过来砸门,半夜集训。

宋预那时候也刚进武学馆不久,他练武很拼命,又有天赋,武学馆的教头很看好他,待遇自然和天分一般的李璟不一样。

有那么一次,李璟再次因为较场考试不合格被罚加训还没饭吃的时候,宋预这货别扭着一张俊脸,丢给了她一包桂花糕,并附带一句嫌弃万分的话:"我隔着八丈远都听见你肚子叫了,练功能不能长点心?"

十五岁的李璟是个颜狗,心还大,当时就觉得这小哥哥长得好看又心好,虽然别扭了点,但是刀子嘴豆腐心我懂的。

于是李璟就这么黏上了宋预。

一黏好些年,宋预处处嫌弃她,可给她带吃的、帮她开小灶练功一样没落下。

李璟心多大啊,觉得这宋公子待自己与他人大不相同,妥妥是对自己有意思啊!

耿直的李大小姐犹豫了半天,想到义父以前教她遇到机会要懂得及时抓住,于是她在某个乌云密布的午后一拍大腿就去告白了,说,喂,从这儿出去后,我能继续跟着你不?

这话问得要脸,毕竟义父也教导她做事留一线。

宋预当时正在练箭,瞄着靶子的手晃都没晃,回话语气还是一如既往的差:"跟着我做什么?"

按道理说,李大小姐听到这么无礼的话应该生气才对,奈何李大小姐天生一副好脾气,加上被宋预的恶劣语气熏陶了几年,她竟然诡异地从这嫌弃中品出了一丝期待来。

这大大鼓舞了李大小姐,于是她干脆一咬牙一闭眼把自己的后路给掐了:"你缺对象吗?"

"嗖"的一声,宋预手里的箭射了出去。

宋预扭过头,终于舍得赐给李大小姐一个正眼,定定地看了她半晌,道:"缺。"

然后他抬腿就往训练场外走。

李璟愣了好一会儿才意识到他说了什么,顿时一颗心雀跃得飞天遁地,颠颠儿跟了出去。

刚出门,她就被倾盆大雨浇了个透心凉,而宋预已经不见了。

傻乎乎的李大小姐没觉得啥,一个人兴高采烈淋着雨回了宿舍,也亏得身体好才没生病。

然而李璟根本没意识到,当时的宋预只说了那么一个字,并没有明确表示过他接受她做自己的对象。

没几天就是武学馆的大试练,武学馆以三年为限,每年的毕业生都要被送到城外荒漠里去,只给有限的粮食和水,互相搏杀,败者放出信号,自会有学馆的人前来接走疗伤,最后只取前十名授予军城的勋章。

军城的勋章很好用,不管朝廷还是江湖都认,是各方组织都要争抢的人才,不愁就业。

李璟虽然是少城主,在大试练中也没有优待,李璟生怕自己因为太菜不得不提前退出丢了城主的脸。

那场大试练凶残得很,李璟龟缩在山洞里等了五天,外面时不时传来喊杀声,短短五天就淘汰了快三十人。

干粮有限,李璟问天无门,欲哭无泪。打吧,自己的水平心里有数;不打,怕是要活活饿死在这山洞里。

好不容易鼓足勇气走出山洞一看,发现宋预一身伤痕站在洞口,正从一个被他打昏的同门身上摸出信号弹叫人来拖走淘汰者。

李璟这才知道那些喊杀声的由来,敢情那些人八成是被宋预打败的。

宋预见到李璟一句话没说,丢给了她一包袱的干粮和水,自己扭头就走了。

宋预大概不知道,自己当时那个冷硬如孤狼的背影有多迷人,总之李璟就这么认定了宋预,打算等到试炼结束,跟她爹去死缠烂打,少城主怎么了,少城主也要嫁人的呀!

可惜第十天的时候,大试练荒原上突然来了一批全副武装的城中护卫,彼时一百多号人大试练,只剩下二十几个还在荒原里。

大试练临时取消,说武学馆的门徒里混进了西汗国的探子,军城对各国的人才理论上是一视同仁,但是对于心怀不轨的探子却从来不肯手软。

然后宋预就被抓了,说是证据确凿,宋预也没辩解,就被带走了。

五

成君总觉得哪里怪怪的:"宋预真的是西汗国的探子?"

宋琢也奇怪:"不知道,估计不是,虽说当时他没否认,但是后来又被城主放出来了。"

"那他跟少城主这是……"

"坏就坏在当时被抓的时候李璟吓坏了,拼命护着他,本来这也没啥,但那宋预不知道怎么想的,疾言厉色地把她训斥了一顿,说她不知廉耻、不知道洁身自好、整天只知道拖累他,做事不动脑子云云,李璟跟我提过一回,把我气得哟,守十四要敢这么说我,我能一把火烧了他的学馆信不信?"

成君:……信。

"不过,宋预是不是不想连累少城主才故意说那些的?"

成君到底脑子好用，大概一转就知道了怎么回事。

"我估计也是，毕竟那会儿宋预也不知道李璟的身份，怕她一个人傻乎乎的被人冤枉了也不知道怎么辩解，可他的话说得也太重了，李璟虽说确实天真烂漫了点，本事也差了点，但她到底是个姑娘家，谁被说得那么重能不气？"

"那可不，女孩子还不得靠哄着。"成君频频点头，心想宋兄弟实在是个人才，一张破嘴断姻缘，啧啧啧。

宋琢抿了口酒继续道："闹了这么一出，加上后来城主明确下了禁令，不让她同西汗国的人来往。哦对了，李璟还跟我提到，有一回城主告诉她，西汗国的人是为了印玺而来，让她不要被人骗了……"

成君脸上不动声色，心里却突地一亮，宋预八成也是为了印玺而来。

当晚，成君准备了一番说辞，打算去诈一诈宋预。

"我得到消息，阿史那默曾出现在京中。"成君先下了个重磅消息。

宋预神情一动："是吗？你确定？"

"八成吧，反正这军城我也没别的线索了，打算近日就走。"成君叹了口气，暗暗观察宋预的反应。

"你……就这么把他的消息告诉我？"宋预有些吃惊。

"随便吧，我一个人力量有限，再说你要是想杀他，我也不在意，反正我姑姑都快死了，让他一起上路我不介意。"成君吊儿郎当道,噎了宋预一下。

按照成君在宋预面前编的瞎话来看,这话完全没毛病。再说就宋预那个一根筋的脑子,估计也听不出什么破绽来。

然而宋兄弟实在是个老实人,竟然面露愧色,主动坦白道:"其实我骗了你,我不是为了阿史那默来军城的,我是为了苍狼王的印玺。蒙脱下了令,谁能找到苍狼王的印玺,他就给谁大片牧场和五千精兵。我当时一无所有,也不知道自己能干什么,就出来碰碰运气。"

他苦笑了一下,接着道:"哪怕在外面风餐露宿,也总比在西汗国受人奚落要好。"

宋预能得到的有关印玺的消息实在是少,只知道可能跟军城有关,所以就过来了。

到军城的时候正好遇见武学馆在招生,他年幼失怙,蒙脱只拿他当玩物,哪里会尽心教他。是以当时的宋预武功稀疏,他自忖以自己的实力就算找到印玺也不一定能保得住,就进了武学馆。

然后他就一头遇上了那个笑起来跟个小太阳一样的姑娘——

热烈、简单、心大。

宋预活了十八年,压抑的生活环境让他阴鸷得宛如一头孤狼,看什么都不顺眼,话也不会好好说,在武学馆里人缘很差。

只有那个傻姑娘,因为自己当时一时脑抽给了一包桂花糕,就巴巴地贴上来,天天粘在屁股后面叫他宋预师兄。

宋预几乎有些怕她,可真打算不理她吧,心里又舍不得。十几年不见天日的心里,头回感受到被太阳暖着的滋味,任谁也舍不得推开。

就这么别别扭扭处了几年,他时常气自己不够果断,又气那姑娘不懂保护自己,没半点心机,时不时就被人坑。

大试练前,那姑娘跑去找他说了些再明白不过的话,宋预心里知道什么意思,却没给明确的答复。当时的他慌得厉害,故作冷淡地掉头就走,出门发现在下雨,第一个念头就是回去拿把伞给李璟。

结果等他冒着雨一路飞檐走壁回去拿了伞回来,李璟已经不见了。

还有那支射偏了八百里的箭,歪歪斜斜地插在箭靶后头的稻草人上,狼狈得跟他一样,鬼知道当时听到李璟那一句"你缺对象吗",他的手抖得几乎握不住弓箭。

他郑重地把那支箭收了起来,还刻上了那一天的日期,想着将来有机会把东西送她看看。

他打算大试练之后就给她一个明确的承诺。他想明白了,什么左谷蠡王的荣光都是假的,他没能力去挣回来了,印玺无影无踪的,跟他又有多大关系,有李璟,谁还想回西汗国受蒙脱的鸟气?

按照惯例,武学馆的头名是有机会拜城主为师的。在这军城里,他的身份是暗的,他想拜城主为师,给自己谋一个明面上的身份,光明正大地把心意告诉李璟。

谁知道大试练突发意外,听闻在抓西汗国探子的时候宋预几乎是蒙的,他想着自己的身份暴露了,而城主竟然对西汗国的探子这么忌惮,他以为自己死定了,可李璟是无辜的,她平日里和自己走得那么近,若是被连累,他岂不是万死难辞其咎。

于是就有了那一场决裂,再后来也不知道怎么回事,城主就把宋预给放了。宋预并不知道发生了什么,他只知道李璟突然就变成了少城主,突然就不搭理他了……

成君捂着额头,不知道该用什么表情面对宋预。这兄弟……成君知道他有点缺根筋,却没想到能缺到这个地步。

立志找印玺呢,见到姑娘就不打算找了;被抓了就以为自己身份暴露了,还为了把李璟摘出来可劲儿地作死,结果人家是少城主……

成君一言难尽地看着他,心里几乎要为他掬一把辛酸泪。

不过……

成君脑子里略略转了转:"这样说来,当时还有别的西汗国的探子混进了军城?"

宋预一愣,随即明白过来,自己当初是先入为主了,城主要抓的人根本就不是自己。

见他一脸茫然的表情,成君伸手拍了拍他的肩膀:"那个……你也别难过,其实吧……"成君决定安慰安慰他,"少城主跟老板娘是好友,我今儿见着她了,她喝多了念叨你呢,你再加把油,我很看好你俩。"

宋预的眼睛一下变得雪亮,一扫刚才的颓然:"真、真的吗?"

"真的真的。"成君叹了口气,"上回带去的糕点她也吃了,她不搭理你是怕城主为难你。"

"我——我不在意的——"

成君看着宋预失魂落魄的模样,心想自己最近怕不是老眼昏花了,就这玩意儿哪就是草原狼了,这分明是一只死傲娇还蠢萌的小狼狗。

真是……蠢得不忍直视。成君有些想念自家的工科狗,虽然工科狗不帅武功也不好,但是起码脑子好使不傲娇不纠结。

军城四十年

一

打发走宋预,成君思来想去总觉得有点不对,想了半天才想起来,宋预大试练的事其实没过去多久,也就是说,西汉国的探子最近也在军城动作,那……

她一个激灵,次日一早二话不说就往城主府赶去。

在城主府门外遇上同样求见城主的守十四,如今他春风得意,对成君十分感激,最近看成君的眼神似乎恨不得跟她拜把子。

但今天守十四眉眼之间有些焦急,只匆匆跟成君点了点头:"你来见城主?"

"是。"

"我也有事找城主,一起走吧!"

今日天色有些阴,城主没在竹林里看书,点着熏香在房间里。成君识趣地在外间等守十四先进去聊,结果里面没聊两句就把她叫进去了。

"南朝公主成君,现在是东汉国的将领,这事儿可以告诉她。"

刚一进来就听见城主风轻云淡道。

成君悚然而惊:"……你调查我?"

城主微不可察地笑了笑:"你连名字都懒得改,还需要调查?"

这说得也是。成君行事粗中有细,进城以来,与她关系最为亲厚的宋琢都不知道她的真实身份,更遑论他人。也就城主这种一眼看穿她的怪物,加上有权有势,她就算改了名估计也一样被查得出来。

成君看得开,她看人挺准,这城主虽然不知底细,但她本能地觉得他不是大奸大恶之辈,只失态了一瞬就放松下来,索性自己寻了个位置坐了,大大咧咧道:"行吧,我也没什么见不得人的。"

守十四惊疑不定地瞅了成君半晌,欲言又止。

成君一愣,忽然想起来自己忽悠守十四的话,顿时有些牙疼:"那个……其实我没骗你,我真的有个长辈救过阿史那默,只不过……"

"只不过什么?"城主突然出声道。

成君心一横:"只不过阿史那默我已经找到了,他其实一直隐姓埋名守在那位长辈身边,我也是最近才知道。另外,他和哪一方势力都没交集,你们也别指望从他身上得到什么其他消息了……"

她越说越心虚,生怕自己猜错了,城主跟李家有旧,应该不会跟阿史那默有什么私仇,但是万一……

不过……这城主的反应真的是有点激动……

城主一双手死死扣着轮椅的扶手,他本就极瘦,此刻手背上青筋毕露,指节泛白。

半晌,他才略略平息了情绪道:"他……还好吗?"

"我看着是挺好。"成君默默回想了一下琼海的样子。虽然他四十多了,但是龙精虎猛的,打起架来连阿布都不是他的对手,不过想想宋预说过他是射雕手也就不奇怪了。

"你……"城主脸色变了几变,似乎是想笑,却又透出一股难言的苦涩意味,"你能给他写封信吗? 就说……他师父在军城,想见见他……"

成君浑身一震,他师父?那位神秘的射雕手?

难道城主……

看透了她心中所想,城主摆摆手:"不是我,你就这么写,他会来的。"

顿了顿,他又神经质地重复了一遍:"他会来的。"

"城主。"守十四从这消息带来的震撼中率先清醒过来。

城主眨了眨眼,眸子重新恢复清明,成君一愣,刚才城主怕不是又犯病了……

"哦对,你说。"

"之前武学馆的探子没能抓到,但是后来全城排查,查到了不少人,也查到了一些东西,如果我没猜错,西汗国近日可能会有大动作。"

"查到了什么东西?"

"就……"守十四沉默了一下,"地下……"

"他敢!"

成君一惊,城主一掌拍在轮椅上,差点站起来,然而一双腿实在支撑不住,又摇摇晃晃地坐倒。

"他们竟敢!"城主双眼血红,眼里似有恶鬼破开屏障嗷嗷欲出。

"城主!"

成君见他们欲言又止,忙道:"其实我今天过来也是为了差不多的事,我从宋预那边知晓了有关西汗国寻找印玺的事,本来是想问问城主的,现在看来……"

城主喘了口气:"我没有骗你,军城真的没有印玺。"

成君其实想问地下是什么意思,但看城主刚刚那副样子,她又不太敢。

想了想,成君打算识趣地告退:"那我先回去了,若有其他消息,我会及时通知城主,等琼海,我是说阿史那默,等他到了,我会带他过来。"

二

此后一连七日,成君窝在客栈毫无进展。宋预的房间还留着,但是人却常常不见,不知道在忙什么;守十四也没过来,宋琢又气得没事儿摔酒瓶子。

军城里的氛围在悄然变化着，往来的商旅变少了，街头行色匆匆的人变多了，学馆戒严，入夜后还会有宵禁，城门口的盘查也越发严格。

第八日凌晨，天还没亮，成君睡得浅，冷不丁听见走廊外传来一阵急促的脚步声，停在了她的门外。

她猛地睁开眼，一只手闪电般扣上床头的剑。

门外有压抑的喘息声，片刻后有人道："开门，我是宋预。"

门一开，宋预一个趔趄差点摔倒，成君眼疾手快把他扶住："怎么了？"

问出口的时候她就知道了，扶在他后背的手心里黏黏的，血腥味刺激着鼻腔，饶是见惯了死人的成君也觉得有些不适。

"快去告诉城主，蒙脱派了五百死士潜入了城中，他们要对城主不利。"宋预急急道。

成君翻了个白眼，再一次为宋兄弟的境遇感到惋惜。堂堂西汗国的左谷蠡王，为了打探这点消息伤成这样，其实城主七日前就得到了消息，怕是比他还详细些。

"你为了讨好老丈人也是很拼啊！"成君点燃烛台，找了把剪刀打算把他衣服剪开处理伤口。

宋预疼得一脑门的汗，听到这话还不忘脸红。

"放心吧，城主知道的比你多。不是我说你，你比我还能作死，真把自己作死了，你家少城主可就成别人的了。"

宋预不说话，成君剪开了他的衣服，背后惩长一个刀口，啧啧两声，她找来清水和干净的纱布，先清理伤口，再拿上好的金疮药不要钱似的撒了一通，最后再手法粗鲁地用纱布给他裹上。

没办法，成君实在不通医理，这点本事全是军营里的应急之道，不过都是皮肉伤，应该死不掉。

刚刚松了一口气，天色微明，成君索性让宋预在自己床上歇着，防止他一个人睡隔壁被人砍死了都不知道。

门却再次被敲响了。

成君警惕地放下床帏，拎着剑走到门边："谁？"

"是我。"门外的人声音拖得长长的，"成君小侄女，好久不见快开门，我给你带了宝贝。"

成君一愣，这声音……

西域商路女财神，牧云。

牧云是谁？阿布的养母，阿史那默当眼珠子守护了十来年的宝贝，身家富可敌国，一把年纪了还热爱作妖，一闹别扭就跑回草原跟儿子儿媳告状。

成君下意识就开了门。

牧云披着厚厚的皮毛披风，一张用中原皇室特供的护肤品养出来的皮肤雪白粉嫩，比吹了一个月风沙的成君还要好上几分。她身后的琼海高大威猛，一如既往的沉默寡言。

"太后。"成君规规矩矩地行礼。

牧云把她扯起来:"乱叫什么,把人都叫老了。"

成君抿唇笑了笑,下意识抬眼看了看琼海。之前不知道,如今知道这位就是苍狼王的嫡系后代,再见到真人不免有些怪怪的。

琼海一向话少,通常是跟在牧云后面当个影子,这回却罕见地率先开了口:"你信中说……"

"是城主让我这么说的,我不知道他的身份,但对我们没有敌意,这一点可以确定。"

琼海沉默地点了点头:"带我去见他。"

两人聊了两句的当头,牧云已经皱着鼻子循着味道掀开了床帏,床上裸着上半身的宋预瞪着无辜的眼睛,一脸的茫然无措。

牧云惊叫道:"啊哟小侄女,看不出来你玩得很野啊!话说那个工科狗呢?你不是跟他一起出来的吗?"

成君:"不是……他……是我朋友,受伤了……"

话说半截戛然而止,成君突然间意识到了什么。

果不其然,琼海见到陌生人,立刻上前把牧云挡在身后,然后宋预就和琼海对了个正脸。

"阿史那默。"出乎意料,宋预竟然平静地开了口。

琼海愣了愣,他并不记得宋预是谁,却觉得这眼神莫名熟悉。

宋预扯了扯嘴角:"你还记得西汗国的左谷蠡王吗?"

琼海恍然:"你是他儿子?"

"你还记得他。"

琼海默然。他一世磊落,若说真有对不起谁,怕是就这一位。这位跟他并没有私仇,相反对他极为欣赏,而他却利用了那人。

宋预背上有伤,趴在床上,成君本来以为宋预见到阿史那默会情绪激动,却没想到他竟然这么平静。

"当初是他放走你的,对吧?"宋预垂着眼睑,嘴角带着一抹嘲讽道。

"是。"

阿史那默当年个人武力值再强,也不可能在受伤的情况下越过重重关卡一个人逃走。所有人都以为苍狼王的后人有过人之处,但只有宋预知道,阿史那默消失的那一晚,他的父亲也消失了一整夜。

"你走后,他被蒙脱害死了。"宋预轻描淡写道。

"你放心,我没打算找你报仇。他死前给我和我娘留了一封信,他说苍狼王于他有大恩,当初身不由己跟着蒙脱走上这条路,虽然没有亲手对苍狼王一脉行凶,却依然是帮凶。他说他很欣赏你,既然你是苍狼王的后人,他愿意帮你一回,不论后果。"

宋预的语调没什么起伏,却透出浓浓的悲伤来。

"这是我爹自己的选择,所以我不报仇。但是他做这件事没有考虑到我和我娘的下场,我就想问问你,你对他有没有一点歉疚之心?当然,哪天我死了,我也会去问问他,对我娘的死和我这么多年所受的屈辱,他有没有一点歉疚之心?"

宋预挣扎了一下坐了起来,伤口又渗出血来。

琼海沉默良久道:"我对不起你们一家。"

"嗯。"宋预低低地应了一声,然后自嘲地笑了笑,"我爹的死,是你和他的恩怨,我没资格插手,他也不允许。我只够资格问你这么一句,谢谢你给了我想要的答案。"

琼海哑然。印象中的那人豁达爽朗,待人热情,因为娶了汉族的女子,所以喜欢吃汉族的食物,他的妻子是个温柔小巧的女人,会用羊毛编织可爱的玩具,那时候宋预还小,不过三四岁,最喜欢抱着羊毛编成的小狼跟着琼海跑。

他喜欢琼海的那柄弓,摸上一回能开心一整天。

往事已矣,如今再论孰是孰非,早就没了意义。

有些债,是没机会还的。

三

将宋预拜托给宋琢照顾之后,成君就带着琼海和牧云去了城主府。

城主坐着轮椅在竹林里,没看书,手里把玩着一枚小小的暗器。

不过是一枚普通的铁蒺藜,却被摩挲得隐隐发亮,连尖刺也被磨钝了。

琼海跟随成君走到近前,看见那个坐在轮椅上的身影时,他的身躯就开始微微颤抖,所谓近乡情更怯,大抵如此。

城主没急着回头，听见成君的声音也只是低低地应了一声。

好半天，到底还是琼海先开了口。

"原来你还活着。"

城主似乎笑了一下："你不也还活着？你离那么远做什么，怕我又给你布置连环暗器吗？"

阿史那默也笑："是。"

"布置不了了，我这双腿已经废了快三十年了。"

"你杀人靠脑子就够了。"

"真是……长大了就不一样了，竟然会夸我了。"

"嗯……"琼海猝然红了眼。

"哥。"他叫了一声，走上前去。

城主姓李，叫李奕，其实是随了李氏城主的姓，他本名阿史那奕，是苍狼王的儿子，星辰公主的亲弟弟。

阿史那默半跪在他身前。兄弟俩幼时关系恶劣，互相看不顺眼，可还没等到长大就各自漂泊一方。

最后一次聚首，是在东汗国的王城之外，阿史那默撕下自己的衣襟，一把匕首插进骏马的臀部，将阿史那奕和他的师父白檀送出了王城，以身做饵，为阿木老可汗所擒。

那已是快四十年前的事儿了。

"我师父在哪儿？"兄弟俩谈离别实在矫情，谁也不愿多说，有些东西对视一眼就能懂，无须一个字的赘述。

"跟我来。"城主转了转轮椅，看了成君一眼，"一起吧。

我知道你不相信军城没有印玺。"

守十四推着轮椅走在前面，竹林莽莽，曲径通幽，走了好一会儿才见到一处小小的假山。

守十四在竹林厚厚的落叶堆里摸索片刻，"咔嗒"一声，自假山的背面裂开一道一人宽的门来。

那是一道斜斜插入底下的隧道，大约为了方便李奕，并没有做成台阶式，而是光滑的坡道。一行人鱼贯而入，守十四点燃沿路石壁上的灯盏。

一路无言，待得走至深处，眼前豁然开朗。

巨大的水晶石镶嵌在石壁上，内部放置有夜明珠，白森森的冷光照亮着周围。

这是个巨大的圆形地下空洞。

在最深处，有一方蓝幽幽的冰池。

冰池一丈见方，表面透出森森寒气，成君好奇地伸手摸了一把，果然是冰块，触之极寒，跟针扎一般，应该不是普通的冰。

她信手一挥，拂开了表面的一些寒气，蓝色的冰层下，是一张素净美好的面容。

成君吓得一个后退。

琼海却猝然上前，声音发颤："师父！"

成君骇然，琼海的师父，那个传说中的射雕手，竟然是这么美丽的一个女子。

琼海回过头，猛地抓住阿史那奕的衣襟："你当初答应我要好好保护她的!她为什么会变成这样?"

阿史那奕并不反抗,只是苦笑了一下:"我能保护谁啊?从前我以为,我武功不济,靠脑子就能胜过大多数人,为此我一直看不上你只会耍枪弄棒,甚至一度沾沾自喜。"

直到那一天。

军城破了,李家军全部战死,他以军师的身份站在城墙之上,想为身旁十岁的外甥求得一线生机,可那小孩自小勇武有担当,说母亲把城留给了他,他就要与军城共存亡。

他眼睁睁看着小孩挥着长枪策马出城,淹没在敌人的漫天箭雨之中。

他自城墙上一跃而下,本一心求死,却只断了双腿,被白檀拼死带走。

也不知道走了多久,那些日子他几乎是在昏睡中度过的,等到终于清醒,他发现自己在昆仑山山腹中。

他和白檀的关系很奇怪,既不是朋友,也不是爱人,他是爱白檀的,爱得发疯,但是他不知道白檀到底爱不爱他。

又或许,他觉得白檀那样的人,是不会爱上某一个人的,她的心里装着对众生的悲悯,徒有一身屠龙技,却怀着一颗菩萨心。

他想这就罢了吧,苦恋一生没有结果的人多了,不差他一个,可是白檀死在了他的面前。

白檀在救他出城的时候中了毒箭,毒已入骨,神仙难救。

死前,白檀说,她这一辈子过得好累啊!她是射雕手,是部落的保护神,却给部落带来了险些灭族的危机,为此她亲手杀了无辜的孩子,双手沾上了鲜血。

后来,她以为自己救了阿史那默,可到最后,却是阿史那默用自己的命救了她。

她这一生本该付出,却始终在亏欠,亏欠得太多,便什么都不敢要了。

不敢要爱,不敢要家人,不敢要阿史那奕。

"小奕,你好好地活下去。如果有下辈子,我不做射雕手,我做你的妻子。"

这是白檀留下的最后一句话。

阿史那奕笑得比哭还难看:"她说下辈子,做我的妻子。"

琼海两眼通红,到底还是放开了他,半晌,他退后半步,跪下重重磕了三个头。

"师父。"

他只说了两个字,再没多说。

忽有脚步声传来,这地方除了阿史那奕就只有城主府的几个影卫知道。

一身黑衣的影卫匆匆前来,单膝跪地:"城主,西汗国五千骑兵已经到了城外五十里处。"

守十四大步踏出:"城主,我去带兵守城。"

"等等,我也一起。"成君道。

城里的人该疏散的已经疏散得差不多了，不大的一个荒城，为了在这三不管的夹缝地带生存，其实没多少常住人口，各大学馆占了半数，剩下的要么是往来的商旅，要么是暂住的流民，这些天人心惶惶，人早就走得七七八八了。

城主府的亲兵不多，各大学馆下了令，想走的走，不怕死的可以留，到现在也不过剩下一千多人而已。

四

守十四曾经两次拒绝成君入学馆，然而直到成君换上一身甲胄翻身上马，他才发现，论武艺，成君的确不如他这个打小自军营里磨炼上来的悍将，可论统兵之道，她却绝不逊色于他，甚至在大局布置上，她比他还要刁钻老辣得多。

"你真的不考虑走？"守十四其实心里对她仍然有疑虑。

"走什么啊，回草原也不过是换个地方跟他们继续打而已。"成君慨然一笑，"你放心，只要坚持七天，阿布可汗的援军就会到了。再说，我相公还被你们关在机关城呢，我往哪儿走去？"

早在七天之前，得知西汗国对军城有可能动手的时候，她给琼海寄信的时候就给阿布也寄了一封，牧云过来时顺路把阿布的回信也带了过来。

信中说阿布的探子查到了西汗国的异动，此前并不知道他们打算干什么，现在知道他们的目标是军城，阿布那边反倒有了机会。

"倒是你,咱们往城墙上一站,可就不知道能不能下来了,你不考虑去见一下宋琢吗?"成君戏谑地眨了眨眼睛,守十四一窒。

"放心吧,守城的火油和滚木我这边来布置。我知道我在你那儿信誉值有点低,不过现在没什么好隐瞒的了,你不信我总该信你们城主。"成君循循善诱。

守十四:"……"

"他敢不信你!"话音刚落,宋琢一把推开城主府的大门走了进来。

"宋琢,你——"守十四期期艾艾,一时不知道说什么。

宋琢眼神一横:"闭嘴!我才不是为了你来的。"

她看向成君:"妹子,我知道轻重。军城别看有本事的人不少,但真能领兵作战的不多。你跟他守城我也帮不上什么忙,但是城里民众的安抚工作交给我。"

成君震惊道:"这难道也是大家族主母的必修课?"

宋琢笑了笑:"是啊,可惜十年来没有用武之地,全拜当初劫我花轿的那位所赐。"

话是对成君说的,眼睛却笑吟吟地看着守十四。

她原本只是想调戏一下守十四,这些日子以来,两人的关系好了不少,她撩拨,守十四就后退,等到她按兵不动了,守十四又巴巴地贴上来。

可这一次,守十四却没退,而是定定地看着她,紧张地喘了两口:"我……"

他嘴唇颤了颤:"我要能活下来,我就娶你。"

"不当守城人了?"

"我这一战若能守住军城,便对得起师父和历代守城人了。"

宋琢终于敛了戏谑的神色,半晌,她伸手在他脸上轻轻拍了拍:"去吧,你要是死了,我替你守丧十年。"

守十四的眼睛一瞬间通红。

人一生有几个十年,宋琢已经等了他一个十年,再来一个十年,半辈子就过去了,他何德何能?

守十四蓦地单膝跪地,一如十年前。那一回,他只说"我在城在,城破我亡",但这一回,他说——

"等我回来。"

五

当天子夜时分,空荡荡的武学馆里有几个身影正在缠斗。

武学馆一共有三百多号人,大多是来自五湖四海的亡命之徒,没有家小牵挂,听闻如今军城面临危机,二话不说全体上阵,投入了守十四和成君的手下,功夫出色的进了斥候军,差一些的编入巡防军,武学馆如今只剩下几个后厨的老人。

正在缠斗的是四个黑衣人,准确地说是三个人被一个人缠着。那个人功夫不错,还有一股不要命的劲儿,虽然略有些体力不济,却并没有落多少下风。

三人的打斗引来了武学馆后院的注意,听闻有人过来,那三人急躁起来,彼此对视一眼,目露凶光,手里多了武器。

那单独一人没有武器,见状压着嗓子怒道:"你们三人潜伏武学馆长达三年,难道真要背叛自己的同门?"

"同门?"三人中的其中一人冷笑道,"别拿你那一套同门情深的说辞来丢人现眼了,我们立场不同,从来就没什么同门情谊可言。"

第二人讥笑道:"你讲究同门情谊,你看看你那师妹讲究了吗?从前对你千依百顺,恢复了少城主的身份之后呢?她还搭理过你吗?"

第三人不说话,但是招式格外狠辣,那人一个不察,被他在手臂上划了一刀。

那第二人又道:"宋师兄,大家都是西汗国的人,来这军城到底是为了什么,你我心照不宣。你为了个女人就背叛了西汗国,你竟还有脸指责我们背叛同门?"

那一人正是宋预,闻言动作一僵,默然半晌才道:"道不同不相为谋。"

"道不同?"对面的人又嘲笑道,"宋师兄的道有人敢苟同吗?"

"有。"有人脆生生应道。宋预眼前一花,有一人自屋檐下跳上来,而后嗖嗖几声,宋预还没反应过来,眼前三人便被射倒在地。

李璟撑着屋脊轻轻巧巧地跳下来,同样是一身夜行衣,左手臂上安了一架小巧的臂弩。

李璟没看宋预,打了个呼哨,不多时便有几人从墙外翻过来。

"都是烈性麻药,带走,审审看,不行杀掉。"有外人在,李璟又是那副冷冰冰的少城主模样。

来人很快收拾干净,偌大的演武场只剩下宋预、李璟二人,远处的梅花桩沉默肃立,气氛尴尬得有点可怕。

"小璟。"宋预低声叫了一声,却没继续说下去。

李璟摘下半张面具,揉了揉眼睛:"你那天说的那些话,有几分是真的?"

其实李璟心里清楚,宋预那天气急败坏对她说那些,不过是为了把她摘出去,可是由不得她不多想,在从前的相处中,宋预就常常训斥她行事冲动不用脑子云云。

"都是真的。"宋预沉默良久,丝毫没有求生欲。

李璟红着眼眶转过身去打算离开,却听见宋预幽幽说了下半句:"可我就是喜欢你这样,喜欢你不对人设防,喜欢你天真烂漫,喜欢你热情黏人……"

他低着头,伸出一只手抓住李璟的手:"我喜欢被你拖累。"

"我那么拼命地想练好武功,拼命想夺得大试练的第一名拜入城主门下,就是为了能光明正大地被你拖累。"

"可后来我才知道,我的身份会拖累你。你是军城的少城主,而我只是一个有名无实的左谷蠡王。"他苦笑了一下,咬了咬牙,抬起头用力地看进李璟的眼睛里,"但我现在想通了,我没那么矫情了,我也不要什么面子,我三番两次去闯城主府就是想问问你,你介不介意被我拖累?"

李璟没绷住,"哇"的一声哭出来,不管不顾地冲过去抱住他,却摸到了一手血。

"别怕别怕,"宋预跟她拉开一点距离,"背后有点伤,估计伤口开了,你帮我重新上点药就好。"

被带走的三人就是先前混进武学馆的探子,也是城主一开始要抓的人,然而被他们提前察觉了,还把线索引到了缺心眼的宋预身上。宋预被成君点拨明白过来之后,查了好几天,终于查到了他们三个身上。

今夜那三人准备偷偷出城传递消息,却被宋预撞了个正着。

"你怎么来了?"宋预还是有些后怕,李璟武功是真的不好,但他不知道的是,李璟的机关之术受城主亲传,连机关城都拦不住她。

"是阿史那默让我来的,他是城主的亲弟弟。"

"他……"宋预哑然,却不知道该说什么。

半晌,他突然一笑:"算了,不重要,你来了就好。"

六

军城的战力倾巢而出,这一战空前惨烈,军城是从废墟上建立起来的城池,还留在这里的都是悍勇之辈,不多的平民也都彪悍得很，成君和守十四坐镇城门，七天里不知道扛住了对方多少次的冲锋。

西汗国这次下了血本，蒙脱不知道从哪里得到了确切消息，说城主是苍狼王的后人。

他自知自己与苍狼王的后人有不共戴天之仇，不管这个城主是阿史那默还是阿史那奕，都不可能为他所用。他只能背水一战，伤筋动骨也要把城主除掉，否则即使找到了印玺，他也无法动用苍狼王的力量。

也算他红运当头，五千精兵压境的时候，苍狼王仅有的两个儿子都在城中。

可他同样也时运不济，前脚刚刚进攻军城，后脚就听闻东汗国的骑兵打到了家门口，而一向与世无争的军城却被成君和守十四守得如同铁桶一般。

事已至此，再无退路，唯有拼死一搏。

第七日的时候，成君弹尽粮绝，守十四浑身是伤，宋琢一身白色粗麻布衣沾满了伤患的鲜血。城主坐镇北城门，这里人烟稀少，遍布机关阵法，由城主亲手布置，如果成君和守十四的城门被破，这里就是最后的退路。

黄昏时分，城门轰然攻破，成君提枪上马，守十四狠狠抱了一把宋琢，用力在她唇上亲了一下，拿起那柄沾满血肉的狼牙棒，大步离开。

成君不知道自己杀了多少人，手中的长剑都砍钝了口，却死死坚持着一口气不肯松懈。阿布说了，过了今晚援军就会到，并肩作战多年，她相信阿布会说到做到，而她承诺阿布的守城七日也一定得做到。

恍惚之际，城北猛然出现巨大的爆鸣声。

成君茫然后望，静默如铁塔的机关城轰然洞开，无数巨大的木质傀儡鱼贯而出，箭雨如牛毛，携带尖锐爆鸣声的火器裹挟着杀气滚滚而来。

"进攻！"阿史那默推着城主的轮椅，站在高高的城楼之上高声指挥。

在首当其冲的大木马的肚子里，工科狗墨涵已经瘦得脱了相，眼眶青黑，满脸胡茬，也不知道多少天没睡过。

开战之前城主就说了，机关城是最后的撒手锏，她只知道墨涵在里面，却不知道他到底做了些什么。

现在她知道了，这只工科狗别的本事没有，又一次拼了命、拼尽了毕生所学，做出了一大批的杀器。

墨涵突然跳出大木马，一个虎扑过来，死死搂住成君的脖子："对不起，我迟到了。"

成君浑身一松，长剑脱手而出，有气无力地伸手在他后脑勺拍了一把："我还活着，不算晚。"

半个军城熊熊燃烧了一夜，次日一早，蒙脱的大军基本全军覆没，军城伤亡惨重，阿布的援军比原计划晚了一夜到达，原因是他们在路上截获了蒙脱的援军，还顺路擒了这一战的主谋。

说来也是成君和墨涵的老熟人,正是原南朝丞相,勾结西汗国败露之后带着儿子逃往西汗国,成为蒙脱手下第一谋士的方大人。

方大人的儿子正是靠着满嘴谎言骗了成君一颗真心的那位,而工科狗墨涵也曾在这位方大人的门下效力过。

世事无常,当年这位大人满城追捕墨涵,墨涵拼了半条命才得以逃到东汗国,如今方大人成了阶下囚,一抬头就看见墨涵那张笑眯眯的脸。

七

一个月后,阿布带来的援军把军城整治一新,又把周围数百里几乎筛了一遍,确信西汗国蒙脱带着残兵一路西逃,再也没了反戈一击的能力。

而西域女财神牧云则给军城送来了大量的粮草物资,甚至带来了数百户商旅,女财神在西域商路上的影响力可见一斑。

阿布没有多作停留,带着自己的人回了王城,绝口没有多提有关军城的归属问题。

军城是李家人的,阿史那奕将自己都改姓了李,对所谓的苍狼王血脉显然没有半点留念,更何况这里还有白檀,他这一生,除了终老此城,不做第二选择。

意外之喜是从抓来的方大人口中撬出的一点关键消息,说当年先帝秘密处置了李稷,并没有杀他,只是废了他的武功,把他囚禁在一处秘密行宫之中。

后来星辰公主一人一剑闯宫廷，为了替丈夫讨个说法，虽有一夫当关之势，却终究不敌先帝的无数死士，同样被擒了废去武功，送至那秘密行宫。

这事是这位方大人一手操办的，一直到方大人离开中原，他俩还依然好好地住在行宫里，只是被限制了人身自由。

成君听到这个消息后当即心神一动，决定去探寻一番，因为苍狼王的印玺很大可能是在星辰的手中。

而守十四同样也想前去，找到李家后人是他的执念，原本已经不抱希望，但是如今既然有消息，他还是想去一趟。

休整了几天之后，成君、墨涵、守十四、宋琢加上牧云和琼海六人便去了中原。

牧云和当今皇帝的宠妃绮妃是闺中密友，两人一直保持着联系，听闻这事儿之后，她还真给他们弄到了那处行宫的通行令牌。

去行宫的那一日阳光很好，行宫外种满了枫树，红叶落了一地。

有一位布衫老人正在扫地，旁边一个年近花甲却依然气质不凡的老妇人正在侍弄花草。

李稷已经六十多了，不再是五十年前的落拓纨绔子弟，也不再是四十年前的一方雄主，如今的他在这方寸之地被磨平了所有棱角，见到来人只是微微一笑，从容随和。

他这一生,几度大起大落,到最后什么都没了,只剩下一直陪伴在身边的发妻,也幸好最后留在身边的是他挚爱的发妻。

星辰公主不复曾经的美貌,只是举手投足间还能隐隐看到当年那个胆敢一人一剑闯宫廷的女中豪杰的影子。

她略显疑惑的眼神在众人身上停了一瞬,最后落在了阿史那默的身上。

其实她已经认不出阿史那默了,分别的时候,阿史那默还是个七岁左右的小孩子,跟眼前的人实在差得太多,但或许是源自血缘的力量,她还是犹豫着走向了他。

阿史那默嗓子干涩,半晌才扯出一抹笑来:"姐姐,我是小默。"

谈及当年的事情,李稷和星辰并无隐瞒。帝王之术,令他们身不由己,李家合该有此一劫,其实新帝继位之后,提过想让他们离开,甚至是恢复爵位的想法,但是都被李稷拒绝了。异姓王自古至今都是动乱的种子,军城的悲剧没必要再来一遍,他已经什么都没了,能守着发妻过完剩下的日子也很不错。

至于当年那个失踪的小女儿,李稷夫妇倒是知道她的下落。

"说来也巧,新帝继位之后,他常常秘密邀请我们进宫品茶手谈,有一回一位公主闯了进来,还带着个小丫鬟,那丫鬟耳后有三颗红痣,我当即便留了心,新帝也随口答应帮我查那女子的来历。

"后来听说她跟随公主和亲去了草原,没过多久新帝告诉我说查到了一些事情,那女子是幼时被人卖入宫中为奴的,再往前查,才知道那女子是宋御史托付给家中老嬷嬷的,老嬷嬷死后,他的儿子儿媳为了几两银子把孩子卖入了宫中。"

成君开始还没听出什么,待听到和亲就整个人都蒙了。

星辰公主笑了笑,接着道:"我这才确定她就是我的女儿,我没跟皇帝多说什么,当时我只想着,她跟着那公主能一生平安,永远不要知道自己的身份。李家人也好,苍狼王的后人也好,都是过去的事情了,她应该有她的人生。"

"她叫——"成君艰难道。

星辰一笑:"她姓李,叫李云姝,被卖进宫中之后改了名字,唤作云珠。"

两个月后,成君和墨涵带着苍狼王的印玺回到东汗国王城,心情复杂地见到了阿布可汗和他的妻子云珠可敦。

阿布一脸呆滞地听完了成君的汇报,捏着那个小小的方形印玺揉着腮帮子:"你的意思是,苍狼王的两个嫡子都不问世事了,星辰公主只有一个后人,也就是——"

他抬头看了看自己妻子,云珠正在缝一件新的狼皮坎肩儿,闻言摆摆手:"别看我,我什么都不知道。不过既然是我母亲,那我倒是应该去拜见一下。"

"所以……如果非要算,苍狼王剩下的唯一嫡系传人就是……"

阿布顿了顿,扭头看向自家坐在狼皮褥子上啃脚指头的两岁儿子。

见他看过来,熊孩子啃着脚指头呵呵傻笑,亮晶晶的口水流下来,落在前襟上,十分有失苍狼王的威仪。

"行吧……"阿布叹了口气,把手中印玺丢给儿子,"苍狼王你就拿好自己的东西吧,不用这印玺,爹也能给你打天下。"

云珠打了个结,"嘎嘣"一声咬断丝线,把手中的狼皮坎肩冲阿布比画了一下:"打天下的可汗,过来试试你的新衣服。"

"哎,好嘞——"阿布喜形于色。

成君和墨涵无言告退,手牵手回了军营。

远在军城的守十四,卸下了守城人的身份,那栋被红绸子装扮了整整十年的宅院,也终于迎来了它的新婚主人。

军城的废墟上正在重建学馆,城主鲜少出面,管事的是少城主和她的未婚夫宋预,两人时常同进同出,郎才女貌,令人艳羡。

岁月静默,山河邈远,曾经那些波诡云谲、壮怀激烈,都被时光的车轮碾进了尘土里,如同军城一般,繁荣过、废弃过、重建过……

孰是孰非,命途苍茫,谁也不知道未来会遇到什么。

而唯一能抓住的,唯一想要抓住的,无非是身边这个人而已。

和亲大事记

相较于父亲阿布可汗随手丢给他的苍狼王印玺,他更爱啃自己的脚指头。

和亲元年，军城城主李稷和苍狼王长女星辰公主联姻，但草原王城宫变，蒙脱将军弑君，星辰公主把亲弟弟阿史那奕打扮成新娘，送往军城避祸，自己携带苍狼王印玺去求助于阿木将军，幼弟阿史那默被苍狼王亲卫护送出逃。是年，星辰公主十八岁，二弟阿史那奕十四岁，幼弟阿史那默七岁。

和亲3年，李稷寻回星辰公主，二人成婚。同年，十六岁的阿史那奕前往漠北寻找阿史那默，结识白檀。

和亲4年，白檀离开部落，途遇十岁的阿史那默，阿史那默拜她为师。同年，阿史那奕和白檀师徒相遇，却落入东汗国的圈套，为了救出白檀，阿史那默以身为饵，为东汗国阿木可汗所擒。同年，星辰生下长子。

和亲12年，阿史那默十八岁，逃出东汗国，偶遇牧云，却无缘相守。同年，牧云嫁给阿木可汗，此时，阿布刚刚出生。

和亲14年，皇帝设计抓了李稷，星辰一人一剑闯宫廷，同样被擒，军城成为弃子，十岁的李家长子殉城，不足一岁的李家小女儿被托付给京城宋御史。阿史那奕守城失败，双腿残废，被白檀所救，二人避世昆仑山，白檀因救人中毒，后毒发身死。

和亲20年，阿史那默潜入西汗国刺杀蒙脱失败。西汗国左谷蠡王被阿史那默连累惨死，其子宋预三岁。阿史那默遭受黥刑，逃离西汗国。

和亲22年，阿布十岁，阿木可汗身死，阿布的哥哥继位，对阿布意图赶尽杀绝，牧云带着阿布逃命躲到娘舅的部落里。同年，牧云去往中原做生意，再遇化名为琼海的阿史那默，并结识罗斯人阿黛。阿黛后来嫁给南朝皇帝，生下妍君公主。

和亲30年，宋琢成婚，为守十四所截，得知李家后人最后的下落是宋御史家。同年，阿史那奕回到军城，开办学馆，重振军城。同年，阿布十八岁，在养母牧云的帮助下从哥哥手中夺回东汗国汗位。

和亲31年，宋御史被贬岭南，因土人叛乱而死，宋琢代父守城。守十四得知宋琢并非李家后人，助其守城后，诈死回到军城。同年，柏华带着云珠和亲草原。之后，柏华和书生离开草原，逍遥江湖。

和亲32年，宋琢去往军城，发现守十四诈死真相。此后，二人冷战十年。

和亲36年，牧云四十岁，得知琼海身份真相，二人终得正果。同年，云珠嫁给阿布，成为可敦。

和亲37年，成君十六岁，和亲草原。程正离开算学馆，妍君十五岁，立志重回罗斯之地。

和亲40年，成君十九岁，成为东汗国的成君将军。妍君十八岁，在母亲的安排下和亲草原，同年，她找回游学归来的程正。同年，云珠可敦生下长子。

和亲41年，成君二十岁，墨涵离开方家，前往草原找到成君。二人相恋成婚。

和亲42年，成君二十一岁，生下长女。同年，东汗国国师谋反，成君力挽狂澜，此后查出西汗国在寻找苍狼王印玺的线索，留下女儿，和墨涵一起前往军城寻找印玺。

这一年，西汗国困兽犹斗，查到了印玺和苍狼王嫡子可能在军城，强力攻城。成君、守十四等人拼死守城，苍狼王二子阿史那奕和阿史那默的身份被揭晓。

这一年，李稷和星辰已被迫隐居二十八年。

这一年，李稷和星辰的女儿李云姝身份浮出水面。

这一年，苍狼王和军城李家硕果仅存的唯一传人才两岁，相较于父亲阿布可汗随手丢给他的苍狼王印玺，他更爱啃自己的脚指头。

（全文完）

草原小剧场

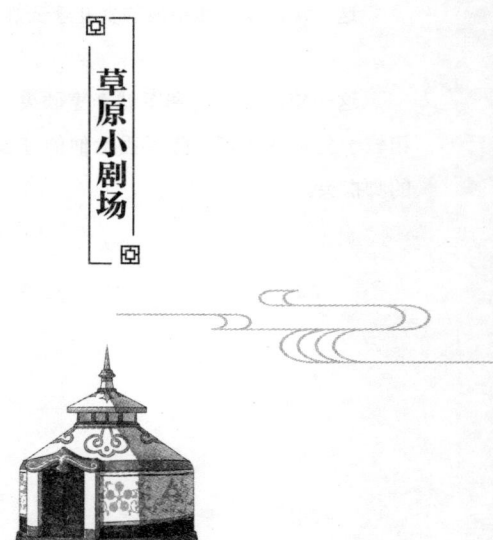

可汗醉酒

阿布可汗平日里高冷话少,但是一喝多嘴巴就闲不住想说话。庆幸的是他每次喝多了就离场,不用在他的股肱大臣们面前丢人。不幸的是他喝多了就会找云珠可敦。

这天他又喝多了,熟门熟路地摸到可敦的帐篷里,可敦一闻酒气,眼睛一亮。

次日阿布醒来觉得甚渴,问:"我昨晚是不是又说了一晚上话?"

可敦笑而不语。

后来整个后宫都在传颂可汗爱看言情小说,成君听到传言表示不信,就去问可敦。

可敦说:"嗨,看书眼睛累,他喝多了就喜欢说点啥,我那天给他塞了本言情小说,他就给我念了一宿。"

口头禅

每个草原人都有自己的心气,也有他们专属风格的口头禅。

栖梧之凤(小白脸):只是一点业余爱好……

工科狗墨涵:子曰……

云珠:女人要有自己的事业。

宋琢:你这就叫价值观单一。

成君:我是说在场的各位,都是辣鸡!

工科狗下厨

成君其实是个挺娇气的人,在中原时可谓食不厌精烩不厌细,来到草原只能吃囫囵煮熟甚至半生不熟的牛羊肉,可敦心疼她,便时不时给她开小灶亲自下厨做些南方小菜。

吃了几回之后,可敦发现成君的饭量越来越小,工科狗也奇怪,每次成君在可敦那儿吃完饭回来还要再抢他的饭吃,难道可敦不给管饱?

成君很无奈,说:"可敦做了一大桌子菜,我多夹两筷子就要被可汗盯着看,啧啧……"

工科狗是个有气性的,筷子一撂表示:"就他心疼老婆啊!咱不稀罕,我这就去研究菜谱,以后我做给你吃,乖!"

后来可汗一个月拨了八回军费修缮军营,原因是厨房起火。

学渣的野望

妍君和程正久别重逢,没在草原待多久就偷摸着回了长安城拜见算学馆的恩师。

经年不见,老先生仙风道骨,对程正带回来的算学典籍和新编的历法手稿十分满意,百般夸奖。

同为学生,妍君不甘示弱:"先生,我现在也挺厉害了,什么雉兔同笼、两鼠穿垣都是送分题,您不夸夸我吗?"

老先生笑眯眯地掏出一本书:"学无止境,切不可骄傲自满。来，这是程正前段时间从西夷之地寄回来的典籍，我粗略整理了一下，你好好研读。"

妍君警惕地接过，发现封面上书有四个大字：高等数学。

妍君：……您这是要我死啊！

相亲

当初牧云找上京城排名前十的红娘，说要找个夫婿，佣金给得十分丰厚，十个红娘激动得脸都红了，兢兢业业地把京城适龄男士捋了个遍。

红娘A："您想要多大年纪的？"

牧云掐指一算："比我大三岁最好。"

红娘B："身高呢？长相呢？"

牧云瞥了一眼守在门外的管家琼海："八尺一，皮肤不要太白，不能太瘦。"

红娘C："要求真细啊！不过严谨是应该的，还有别的要求吗？"

牧云："脸上有个疤最好了。"

红娘们面面相觑，私下偷偷商量，听说最近江湖第一高手就在京城，不如凑凑钱让他去把门口那位打晕了送牧云房里去，就是不知道那人要价几何，付完钱她们还有没有得赚……

女孩的事业

守十四:"我觉得女孩子还是要有自己的事业,走出家门,见识更广阔的世界。"

阿布:"其实我觉得女孩子在家做饭绣花也不错。"

守十四:"可汗您不能因为性别差异就对女孩子的能力产生歧视……"

宋琢笑眯眯地走过来:"十四啊,云珠可敦邀请我去草原参加那达慕大会,听说草原姑娘都会在那一天挑选自己的夫婿,我想去见识见识。"

守十四:"……其实,我觉得女孩子在家做饭绣花也是一种很健康向上的事业追求。"

阿布:"你看,我就说。"

患难之交

其实成君和宋预并不只是当初在宋琢客栈里的那点交情。

军城平乱之后,墨涵由于其一人挑翻整个机关城的耀眼成绩,被城主特聘为机关城的教习头子,而李璟则代替城主成为机关城的最高负责人。

作为家属,成君和宋预便时常会去机关城里溜达溜达,然后被层出不穷的机关暗器给逼得满场子乱飞。

这种时候经常会发生如下对话。

墨涵："宝贝小心！地砖是五行排列，你从木踩过去！"
李璟："师兄你右边有个八卦，你把艮卦掰到下面就好。"
而鸡飞狗跳的两个人——
成君："五行？哪个是木？"
宋预："艮卦是啥？"
诸如此类，机关学文盲二人组结下了深厚的患难情谊。

宝贝

很长一段时间内，成君都不愿意去回想当初自己一腔少女心喂了狗的初恋黑历史。

某天午后小憩，乱梦纷然，成君忽然记起，当年的往来信件里，她曾经问过一个所有傻白甜公主都会问的问题。

她问："如果我什么都不是了，你还喜欢我吗？"

回信很肉麻，成君本来想着大约是那渣男的哄骗之语，但仔细想想却更像墨涵的语气。套墨涵的话很简单，灌醉就行。

当夜，墨涵哼哼唧唧抱着成君，成君似笑非笑："喂，如果我什么都不是了，你还喜欢我吗？"

墨涵闭着眼睛嘟囔一句，跟当年的回信一字不差："你永远是我的宝贝。"

啧，就说会肉麻兮兮叫宝贝的只有这只不要脸的工科狗。

高光时刻

问:你们觉得自己人生的高光时刻都是什么场景?

墨涵工科狗本色毕露:破开机关城所有机关的时候。

程正理科直男也很坦诚:新历法修订完稿的那天。

阿布心系天下:还是夺取汗位的那天吧。

守十四的人生实在无趣:不负师父期望,完成守城人的承诺之时。

平日里话最少的阿史那默:人贩子市场看见她牵着马向我走来的时候。

众人一愣,万万没想到,最会撩的原来是这个闷葫芦啊!

盖章

作为一个二世祖,李稷擅长所有二世祖技能。

当然也有所侧重,比如说他尤其喜欢收集书画。

倒不是附庸风雅,而是真的喜欢,然后这份喜欢还非常的世俗,非得盖上一枚自己的印章才行。

当初他给星辰袖子上盖了一枚章,把星辰给感动得不行,心想这人可太浪漫了,结果来到军城才发现有此殊荣的并不止她一个,还有李稷那满屋子的书画。

星辰表示好气,于是洞房花烛夜的时候就没忍住,问他:

DATE :

DATE : _____

假如你穿越到草原世界里，变成了成君麾下一员将士，
你会选择怎样的职业生涯？

DATE :

DATE :

如果当初宋琢的花轿没被截胡，宋琢会成为怎样的人？

DATE :

DATE : _____

请模仿工口狗的语气给成君写一封情书。

DATE :

假如成君开直播搞美妆，请给她写几句弹幕。

DATE :

DATE : _____

给故事里你最喜欢的角色吹一句彩虹屁吧！

DATE :

DATE :

假如妍君是你的同窗同学，请畅想一下你们的同窗日常。

DATE :

DATE :

给阿史那奕和白檀编一个圆满结局吧!

DATE :

DATE : _____

假设阿史那奕路守机关城，阿史那默前来攻城，
你觉得这兄弟俩谁会赢？

DATE :

DATE : _____

你觉得星辰老了之后会有哪些日常爱好?

DATE :

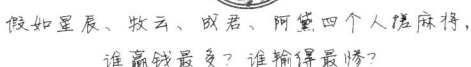

假如星辰、牧云、戏君、阿黛四个人搓麻将,谁赢钱最多?谁输得最惨?

DATE :

DATE:

宋预和墨涵二人 battle 说话的艺术,你觉得谁更强?

DATE :

DATE:

这本书里你最喜欢的一段故事是哪个?

DATE :

DATE : _____

你最想成为的角色是谁?

DATE :

DATE :

你觉得故事里的所有角色(不限男女),谁最有男友力?

DATE :

DATE :

你理想中的草原生活是怎样的?

DATE :

"你给我盖章,跟给你那些书画盖章有什么区别?"

李稷一愣,后知后觉地嗅出了一股酸味,哈哈一笑,猛地探头在星辰唇上亲了一口:"区别就是——"

趁着星辰愣神的工夫,他臭不要脸地又连亲几下,笑着低声道:"我想每天都能这么给你盖章。"

真香

成君平时很忙,月末休沐,大多数时间都是用来睡觉。

对此工科狗很不满意。

这天一觉醒来日上三竿,成君一扭头看见工科狗满脸怨念地蹲在旁边。

生日?成亲纪念日?初吻纪念日?

成君脑子里飞快过了一遍,发现都不是。

工科狗开口:"你闻到香味了吗?"

"啊?"成君有点懵圈。

"我闻了一早上了,很馋。"

"啥香味儿?想吃啥我去买!"成君颇有大将之风。

"我旁边有个人,睡得香,贼香。"工科狗舔了舔嘴唇。

图书在版编目（CIP）数据

这届和亲的公主不行 / 石佳 著. —— 北京：中国致公出版社，2019

ISBN 978-7-5145-1402-5

Ⅰ. ①这… Ⅱ. ①石… Ⅲ. ①长篇小说 – 中国 – 当代

Ⅳ. ① I247.5

中国版本图书馆 CIP 数据核字 (2019) 第 147882 号

本书由石佳委托湖北知音动漫有限公司正式授权中国致公出版社，在中国大陆地区独家出版中文简体版本。未经书面同意，不得以任何形式转载和使用。

这届和亲的公主不行 / 石佳 著

出　　版	中国致公出版社
	（北京市海淀区翠微路 2 号院科贸楼）
出　　品	湖北知音动漫有限公司
	（武汉市东湖路 169 号）
发　　行	中国致公出版社（010-85869872）
作品企划	知音动漫图书・时代坊
责任编辑	程　英
特约编辑	余　慧　黄雅芸
装帧设计	方　茜
印　　刷	长沙鸿发印务实业有限公司
版　　次	2019 年 8 月第 1 版
印　　次	2019 年 8 月第 1 次印刷
开　　本	787mm×1092mm　1/32
印　　张	10.5
字　　数	220 千字
书　　号	ISBN 978-7-5145-1402-5
定　　价	35.00 元

（版权所有，盗版必究，举报电话：027-68890818）
（如发现印装质量问题，请寄本公司调换，电话：027-68890818）